Georg Wolff

Die halbe Bier

Ein Schwank Konrads von Würzburg

Georg Wolff

Die halbe Bier
Ein Schwank Konrads von Würzburg

ISBN/EAN: 9783337814991

Printed in Europe, USA, Canada, Australia, Japan

Cover: Foto ©Andreas Hilbeck / pixelio.de

More available books at **www.hansebooks.com**

DIU HALBE BIR

EIN SCHWANK

KONRADS VON WÜRZBURG

MIT EINLEITUNG UND ANMERKUNGEN

HERAUSGEGEBEN

VON

GEORG ARNOLD WOLFF

Assistenten der Universitäts-Bibliothek zu Erlangen

Erlanger Inauguraldissertation

ERLANGEN 1893

DEM LIEBEN FREUNDE

DR. PHIL.

WALTER DE GRUYTER

Das Büchlein ist eine Gelegenheitsschrift und bietet wie viele derselben nur Stückwerk. Es beschränkt sich auf den Nachweis der Verfasserschaft und unterlässt es ebenso die Erzählung in die Reihenfolge der Werke des Dichters einzuordnen, wie es darauf verzichtet, ihr die litterarhistorische Stellung anzuweisen. Sind wir denn auch bis heute in der Frage nach der Chronologie der Konradischen Schriften über einige unbeholfene Ansätze hinausgekommen? Und kann das Wenige, was seither von den Vorbildern des Epigonen und seiner eigenen Schule vorgetragen wurde, für mehr als einen dürftigen Notbehelf gelten? Der Versuch diese Probleme wie das weitere von dem Verhältnisse des Dichters zu seinen Quellen, das hier gleichfalls unerledigt blieb, der Lösung näher zu bringen ist nicht gescheut worden; aber er führte zu so umfassenden Untersuchungen, dass sie ihren natürlichen Platz in einer Monographie über den Dichter, die ich vorbereite, finden werden. Möchte das neue Buch sich dann würdiger als mein Erstling des Meisters erweisen, unter dessen sichtlichen Augen es mir vergönnt war diesen Studien obzuliegen, des innig verehrten Lehrers

ELIAS STEINMEYER.

INHALT

Vorwort V

Einleitung IX

    I Stand der Frage XI

   II Die vorgebrachten Gründe XIII

  III Ihre Widerlegung XIV

  IV Unausgesprochene Einwände . . . XVI

   V Zurückweisung derselben XXV

  VI Stil XXXI

 VII Reim XLV

VIII Parallelen LIV

  IX Die Handschriften LXI

   X Handschriftenverhältnis CVIII

Text 1

Anmerkungen 63

Register 191

Berichtigungen 208

EINLEITUNG

I

Der Schwank von der halben Birne ist zuerst durch J. J. Oberlin in der Diatribe de Conrado Herbipolita (1782) S. 35—37, später vollständig durch Ch. H. Myller in seiner Samlung Deutscher Gedichte III (1785/86) S. XXXIX — XLII nach der gleichen Handschrift der Strassburger Johanniterbibliothek gedruckt worden. Am Schlusse der Erzählung nennt sich Konrad von Würzburg als Verfasser, und er galt auch als der Dichter [1])*, bis K. Lachmann in der Auswahl aus den Hochd. Dichtern (1820) S. X behauptete, das Gedicht sei Konrad „aufgelogen".*

----

[1]) *Vgl. z. B. E. J. Koch, Grundr. I (1795) S. 124, sowie F. H. v. d. Hagen u. J. G. Büsching, Grundr. (1812) S. 320; auch B. J. Docen erhebt in seiner Monographie über den Dichter im Mus. f. Altd. Lit. u. Kunst I (1809) S. 43 keinen Widerspruch.*

b*

Dieses Verdict ist dann in der gelehrten germanistischen Welt nachgesprochen worden und gilt noch heute [1]); — aber mit Unrecht: das wollen die folgenden Blätter erweisen.

---

[1]) *Siehe W. Grimm, G. Schm. (1840) S.* xv; *M. Haupt, Engelh. (1844) S.* viii; *Fr. Pfeiffer, Münchn. Gel. Anz. 1851 No. 92 S. 743; K. Goedeke Grundr.* i *(1859) S. 63; K. Bartsch, Md. Gedichte (= Stuttg. Litt. Ver. 53, 1860) S.* viii; *Fr. Roth, Schwanr. (1861) S. 43 zu V. 234; K. Goedeke, Grundr.* i² *(1884) S. 300; M. Herrmann, Anz.* xv *(1889) S. 146; E. Joseph, Engelh.² (1890) S.* viii. — *Nur v. d. Hagen, der die Forschungen der Grimms und Lachmanns meist bewusst ignorierte, kümmerte sich auch um diese Notiz nicht und blieb, gewiss mehr aus Eigensinn als Überzeugung, beim alten Dichter, vgl. MS.* iv *(1838) S. 726 u. GA. (1850)* i *S.* cxvi; *eine Widerlegung Lachmanns hat er nie versucht.*

Von Gründen hatte Lachmann nur das Vorkommen der späten Form hette *(:*bette *V. 338) für* habuit *angeführt. Und auch diejenigen, welche zustimmten, brachten wenig bei: W. Grimm (a. a. O. S. XV) wies auf die Schamlosigkeit der Erzählung hin; M. Haupt (a. a. O. S. VIII) zählte einige Übereinstimmungen mit Konrads Sprache auf, um den allgemeinen Satz hinzuzufügen, dass er sich keine Mühe gegeben habe, seine Manier nachzuahmen* [1]).

---

[1]) *Auf den leeren Einfall Goedekes im Grundr. I² S. 300, der für die grundverschiedenen Gedichte Falsche Beichte, Halbe Birne und Alten Weibes List einen zweiten, jüngeren Dichter Namens Konrad von Würzburg ansetzte, finde ich keinen triftigen Grund näher einzugehen. M. Herrmann, der Anz. XV (1889) S. 146 ff. eine ganze Würzburger Zotensängerschule mit Hans Folz als Spitze in die Luft baute, hat jetzt selbst eingesehen, wie bodenlos doch seine Fabeleien waren; vgl. Anz. XVIII (1892) S. 17 f. und E. Schröder, ebenda S. 146.*

III

Es ist nicht schwer die vorgebrachten greifbaren Einwände zu widerlegen. Für hette *verweise ich auf meine Anmerkung zu V. 338 des Textes. Schamlosigkeiten begegnen freilich bei Konrad nirgends wieder in so nackter Gestalt. Aber die Lüsternheit, die W. Grimm am Dichter auch sonst rügt, findet sich nicht selten und bisweilen in einer Form, die hart an den Inhalt des Schwankes streift. Man lese etwa aus der Liebesepisode Jasons und Medeas (Troj. 7377 ff.) die Verse 8509—9165, besonders 8936 ff., — oder vergleiche in der Schilderung der Liebe Achills zu Deidamia (Troj. 14537 ff.) die Stellen 15675 ff., 16060 ff., [1]) 16705 ff., 16954 ff., — oder*

---

[1]) *Troj.* 16060 hin z'einem clâren bache si zwei vil ofte giengen, dar în si beide hiengen ir füeze, des geloubent mir. 'lâ sehen', sprach er danne z'ir, 'ob dîniu bein iht liuhtent wîz.' sus

beachte die lascive Beschreibung der Toi-
lette Engeltrauts (Engelh. 3078 ff.), wie
die grobsinnliche Ausmalung der ganzen
Gartenscene, besonders 3268 ff.

---

leite er dar ûf sînen vliz, daz er gesæhe ir hiute
schîn. er huop ûf mit der hende sîn der wunnec-
lichen daz gewant und greif ouch dar nâch mit
der hant, swar in geluste bî der stunt.

Es wäre indess irrig zu glauben, dass Lachmann nur durch die Form hette zu seinem Urtheil geführt worden sei. Sein Ausspruch gehört vielmehr zu den esoterischen, wie er sie in Fällen liebte, wo es nach seiner Meinung nur eines kurzen Hinweises bedurfte, um dem „Kenner" die Augen zu öffnen und auch ohne weitere Begründung zu überzeugen. In der That konnte auf Grund des bis 1820 gedruckten Materiales und nach dem damaligen Stande der Forschung Jeder dem Meister philologischer Kritik in der Verfasserfrage der Halben Birne leicht beipflichten. Denn wer die damals neue und im Lachmannschen Kreise fast ausschliesslich geltende Methode übte und das nur im Myllerschen Druck vollständig vorliegende Gedicht nach Metrum und Reim untersuchte, musste eine Reihe auffallender Abweichungen von

*dem Brauche des Dichters feststellen, wie
er sich aus den übrigen bereits veröffent-
lichten Stücken desselben ergeben hatte.*

Unreine Reime begegneten 71 *f.* haben:
getragen, 203 *f. (nach meinem Text,* =
202 *f. nach* S^m, *dem Myllerschen Drucke)*
han : man, 231 *f.* (= S^m 228 *f.)* erlazen:
blazen *(falls* blazen = blôzen *gefasst
wurde)*, 301 *f.* (= S^m 296 *f.)* pflegen:
gegeben.

*Es fanden sich fehlerhaft gebaute
Verse:*

1) *mit 3 Hebungen, stumpf:* 165 *f.*
(= S^m 164 *f.)* Fraget úch ieman iht
Dem antwúrtet niht. 173 *f.* (= S^m 172 *f.)*
Swen ir herwider kumet Wan úch min
rat wol frumet. 323 (= S^m 318) Die
von der minnen kumet;

2) *mit ungewöhnlicher Betonung:* 171
(= S^m 170) Swas antwúrté geschiht.
231 (= S^m 228) Sich dez wássérs er-
lazen. 315 (= S^m 310) Der mínnén ge-
lustes. 339 (= S^m 334) Zuo der frówé

geleit. 344 (= S^m 339) Vil gérné bekander;

3) *mit mehrfacher Senkung:* 7 Voellecliche móehte beséhen *(nicht falsch, aber selten).* 12 Swaz mánnen an wíben wol behaget. 15 Den wárt si verzígen allen. 63 Vil mánigen gehúrten kunde. 75 Ze júngest kam ín getragen fúr. 97 (= S^m 96) Unde warf die hálbe bir ín sin munt. 116 (= S^m 115) Das láster unde oúch die schande. 119 (= S^m 118) Vor állen den díe do waren. 191 (= S^m 190) Wer braht úns disen tóren in dis hus. 212 (= S^m 211) Durch dás er begúnde gahten. 267 (= S^m 262) Leit er allen sínnen geríng. 276 (= S^m 271) Daz begúnder erzóigen. 302 (= S^m 297) Sit du mir dike rát hast gegében. 304 (= S^m 299) So hílf mir das ích gevachen. 336 (= S^m 331) Den tóren si bí der hende nam;

4) *mit nach Schluss eines Wortes fehlender Senkung:* 4 Und eine dohter dér lip. 18 den fúrsten allen kúnt tét. 26 Fúr die búrg úf den plan. 33 Nu waz gesessen dá bí. 67 Eins tages úber

tisch lúot. 79 Zwéin und zwéin éine. 90 (= S^m 89) Und sneit die bír úngeschelt. 104 (= S^m 103) Der die bír únbeschelt. 108 (= S^m 107) Der die halbe bír núog. 113 (= S^m 112) Der die halbe bír ás. 121 (= S^m 120) Von zorne er wider heim fúor. 172 (= S^m 171) Des verswigent mír níht. 203 (= S^m 202) Doch muestent sús vergúot hán. 230 (= S^m 227) Unde wolte gerne dá fúr. 249 (= S^m 252) Zwei frowelin hin wég ritten. 286 (= S^m 281) sú enbrán áls ein zunder. 353 (= S^m 348) Das der tumbe góuch lág. 362 (= S^m 357) Daz muos dir iemer gúot sin. 367 (= S^m 362) Unde trahte in zwischen ír bein. 381 (= S^m 376) Daz die froeiden zúo sígen. 421 (= S^m 416) Als ein gúot ritter sol. 438 (= S^m 433) Die frowe' in aber án schréy. 440 (= S^m 435) Der die bír úngeschelt;

5) *mit mehrfachem Auftakt:* 56 Und gedáhte in irme sinne. 88 (= S^m 87) Und fúr die jungfrowe vil gemeit. 129 (= S^m 128) Einen knéht der gantze trúwe hielt. 142 (= S^m 141) Und verándern

úch daz ist mit rat. 145. (= S^m 144)
Das har álles garwe abe nemen. 154
(= S^m 153) Einen kólben swere alsam
ein bli. 179 (= S^m 178) er wart gecleit
als ein tore. 182 (= S^m 181) Einen
kólben nam er an die hant. 191 (= S^m
190) Wer braht úns disen toren in dis
hus. 231 (= S^m 228) Sich dez wássers
erlazen. 356 (= S^m 351) Do sich díe
jungfrowe des enstuout. 390 (= S^m 385)
Die jungfrówe des fú gerte. 508 (= S^m 503)
Wan von eínre cleinen missetat;

6) *mit Elision:* 189 (= S^m 188) Be-
schírme úns noch húte. 209 (= S^m 208)
Do die frówe ínne slief. 445 (= S^m 440)
Stupf ein frówe Írmengart. 473 (= S^m
468) Daz er zuo wíbe úch behabe.

*Unkonradische Sprachformen wiesen
auf* 58 Sin ellent vil harte schin (: sin),
falls schin *als Verbum genommen würde.*
227 (= S^m 224) Do kam der frowen
eine (: alters elleine). 304 (= S^m 299)
So hilf mir das ich gevachen (: sachen).

Härten im Stil und ungewöhnliche Phrasen zeigten sich 38—41 Er bluote als ein bernder zwig An eren und an tugenden Er bluote in sinre jugenden Unde hatte lobes vil bejaget. 75 *f.* Ze jungest kam in getragen fúr Die beste bir die men kúr. 248—250 (= S^m 245—247) Mir ist so vil von ime gesaget Unde ist so rehte spêhe Daz ich in gerne sêhe. 274—276 (= S^m 269—271) Die starken naturen Ir kraft begunden oigen Daz begunder erzoigen. 350 (= S^m 345) Do lag von minnen und bran. 398 (= S^m 393) Des morgens do der tag uf was (: palas). 407 (= S^m 402) Ein schoenes bat daz wart getragen Er wart geweschen und getwagen.

Unverständliche, unklare oder lückenhafte Stellen lagen vor 75 *ff.* Ze jungest kam in getragen fúr Die beste bir die men kúr Uf allem ertriche Die teilte men geliche Zwein und zwein eine Kefes dar zuo gehowen. 84 *f.* (= S^m 83 *f.)* Nu hoerent wie der frische Die bir do

geteilet wart. 126 *f.* (= *S*ᵐ 125 *f.)* Bitz
er die gemuote die in geschendet hette.
142 (= *S*ᵐ 141) Und verandern úch daz
ist mit rat. 187 (= *S*ᵐ 186) Do wart
ein gros gebútze. 215 *ff.* (= *S*ᵐ 212 *ff.)*
Obe die wunnencliche In ir heimeliche
Begienge keinre slahte dingen Und zuo
laster moehte bringen. 252 *ff.* (= *S*ᵐ 249 *ff.)*
Zwei frowelin hin weg ritten In die kem-
menaten Sitzen sú in baten Nider zuo
dem fúre. 304 (= *S*ᵐ 299) So hilf mir
daz ich gevachen. 312 (= *S*ᵐ 307) Nu
varent al gefelle. 316 *f.* (= *S*ᵐ 311 *f.)*
Sit úch akustes Nieman kan erretten.
319 (= *S*ᵐ 314) Was obe ich disen
griegen. 348 *f.* (= *S*ᵐ 343 *f.)* Darumbe
er nie genante Wan er sú wolte griffen
an. 504 (= *S*ᵐ 499) Sin húbescher
heinnêre.

*An diesem Ergebnisse änderte es nur
wenig, als Lassberg 1838 im 3ten Bande
des Liedersaales eine neue Handschrift
publizierte, welche zwar mehrere Verse
besserte, aber im Übrigen einen elenden,*

stark überarbeiteten Text bot. So erklärt es sich, wie Haupt im Engelhard mit so grosser Bestimmtheit Konrad die Verfasserschaft absprechen konnte. Bei der Fülle der Verstösse gegen des Meisters Art, wie sie der Schwank in der überlieferten Gestalt aufwies, schien es ihm der Mühe nicht zu lohnen, auch auf die Übereinstimmungen näher einzugehen: er führte nur zwei dürftige Belege, den Gebrauch von gesten und die Form Amûr, an. Er gab aber auch dem Gedanken keinen Raum, wie es denn mit der Überlieferung des Gedichtes stehe.

Das unterliess dann auch der spätere Herausgeber, der bei der Echtheit verblieb. Von der Hagen gab 1850 in GA. I S. 207 ff. nur einen verschlimmbesserten Abdruck der Myllerschen Edition; die Lesarten der Lassbergschen Handschrift verwies er in die Varianten, wo er auch eine Collation des Strassburger Manuscriptes, die ihm Franz Roth besorgt hatte, nachtrug. Den Wiener Codex 2885, der schon von jeher bekannt gewesen, und die Handschrift des Innsbrucker Museums, die Emmert in Mones Anzeiger 5 (1836) S. 336 beschrieben hatte, führte er nur namentlich an. Das Pommersfelder Schwankbuch, auf welches Bethmann Zs. 5 (1845) S. 370 hinwies, war ihm wohl unbekannt geblieben.

Seither hat sich das Material noch um eine Karlsruher Handschrift, auf welche Keller, Altd. Hss. 1. 2 (1864) aufmerksam machte, und um ein Strassburger Fragment vermehrt, das von L. Müller Zs. 24 (1880) S. 56 abgedruckt worden ist.

Das Verhältniss der Handschriften ist unten in Kapitel X dargelegt. Danach besteht nur zwischen SVL (über die Siglen vgl. Kapitel IX) Verwandtschaft und zwar so, dass V und L wieder auf eine gemeinsame Wurzel zurückgehen. K, P und S[1] zeigen weder unter einander noch zur Gruppe SVL nähere Beziehungen. Die Handschriften weichen stark von einander ab; in einzelnen Partieen sind P, L und K geradezu Neubearbeitungen zu nennen. Die beste Überlieferung stellt S dar, und dieses Strassburger Manuscript ist für die Halbe Birne gerade so dem Texte zu Grunde zu legen, wie es für Hartmanns Armen Heinrich von den Herausgebern geschehen ist (s. Haupts Ausg.[2] S. VIII f.). Nur bieten die verwandten V und L, sowie die grössere Zahl unabhängiger Codices, ein weit reicheres Material für die Ver-

besserung von S, als es bei der kümmerlichen Überlieferung des Hartmannschen Gedichtes der Fall ist.

Als Resultat ergab sich ein Text, der die Verfasserfrage des Schwankes auf eine neue Basis stellt und als wichtigstes Beweisstück dieser Abhandlung folgt. Denn die grösste Zahl der Fälle, welche im vorigen Abschnitt als Verstösse gegen Konrads Kunst zusammengestellt sind, erweisen sich jetzt nicht mehr als Mängel des Gedichtes, sondern als Fehler der Handschrift S oder gar nur als Versehen ihres Abschreibers und Herausgebers. Der kleine Rest liess sich mit den leichten Modificationen[1]) entfernen, wie sie alle Textkritiker an dem Basler Meister übten, dessen Kunst viel zu zart und sauber war, als dass sie durch spätmittelalterliche Schreiber reinlich hätte überliefert werden können. Nur V. 230 ff. und wolte gerne hân dâ vor des wazzers sich erlâzen. dô

---

[1]) Dieselben finden in den Anmerkungen zum Text ihre Rechtfertigung.

vant si den blâzen, der dâ ein tôre solte
sîn *hat sich eine Sonderbarkeit bisher nicht
beheben lassen. Ist hier* blâzen = blôzen
*zu fassen, so würde ein dialektischer Reim
vorliegen, der bei Konrad nicht wieder
begegnet. Da indess der Dichter mund-
artliche Formen und Worte keineswegs
vermeidet (s. z. B. Hahn, Otte S. 9) und
die Reime ein buntes Spiel von Doppel-
formen zeigen (vgl. Anz. XIII S. 240),
könnte man glauben, es sei hier zur Er-
höhung der spasshaften Wirkung der
derbere elsässische Vokal gebraucht. Auf-
fallend bleibt nur dabei, warum dann
nicht gerade die Strassburger Handschrift,
welche reichliche Spuren des heimatlichen
Idioms trägt (s. die Beschreibung in Ka-
pitel IX) und mehrmals im Verse* â *durch
ô ersetzt,* erlozen : blozen, *sondern* erlazen :
blazen *schreibt. Es liesse sich daher
denken, dass in* blâzen[1] *ein weiteres*

---

[1] *Von éiner Wurzel mit* blâzen = blöken,
s. Mhd. Wb. I Sp. 203[b] *und Lexer I Sp.* 300, *so-
wie die dort verzeichnete Litteratur.*

Synonymon für die zahlreichen Bezeichnungen des verkleideten Narren, wie sie im Gedichte begegnen, vorliege.

Mit den seither gewonnenen Resultaten könnte die Untersuchung sich bescheiden. Sowohl die thatsächlich vorgebrachten Einwände, wie diejenigen, welche von Lachmann und Haupt hätten erhoben werden können, sind widerlegt: eine einzige, nicht völlig erklärte Stelle vermag an diesem Ergebnisse nichts zu ändern. Wir haben keinen Grund daran zu zweifeln, dass Konrad von Würzburg, der sich am Schlusse des Gedichtes nennt, auch wirklich der Verfasser ist. Die Worte, mit denen er es bekennt, tragen dazu deutlich das Gepräge seiner Marke. Von Wirzeburc ich Kuonrât *nennt sich der Dichter wie in der Halben Birne auch Engelh. 208. 6492. Herzm. (Lambel) 579. Otte 760. Parton. 192. Schwanr. 1354. Troj. 266. Welt L. 263.* [1])

---

[1]) *Im Pantal. und Turnei, die beide am Ende unvollständig sind, ist der Name des Dichters*

*Es geschieht daher ein Übriges, wenn
in den nächsten Kapiteln noch der posi-*

---

*überhaupt nicht überliefert. Wahrscheinlich folgte
er im ersteren Gedichte nach 2153 der diz
werc gefrumet hât, indem der Schluss einsetzte:
Von Wirzeburc ich Kuonrât (sicherlich nicht der
ist geheizen Kuonrât, wie Lachmann Zs. 6 S. 580
vorschlug und schon Pfeiffer Germ. 12 S. 26 Anm.
zurückwies). Im Turnei können die drei ersten
Zeilen der im Übrigen gefälschten Schlussverse
echt sein; nach Diz ist der werde Turnei. nû
sprechent alle heiâ, hei, daz er aus ein ende hât!
wäre gefolgt Von Wirzeburc ich Kuonrât. — Wo
sich Konrad sonst nennt, setzt er seinen Bei-
namen hinzu: Silv. 80 von Rœtenlein her Liutolt
der hât mit sînen gnâden mich tumben Cuonrâden
von Wirzeburc dar ûf gewent, Alex. 1378 und daz
ich armer Kuonrât von Wirzeburc gelebe alsô,
G. Schm. 120 alsô daz mir Cuonrâde von Wirze-
burc daz heil geschche, Lieder 2, 135 disen tanz
hât iu gesungen Kuonze dâ von Wirzeburc.
„Konrad" allein nennt er sich G. Schm. 890,
nachdem er indess schon vorher 120 f. seinen
vollen Namen angeführt hat. Thatsächlich be-
gegnet der blosse Rufname nur Kl. d. K. 31, 7
bî Kuonzen, der uns stêt hie bî. — Es ist deshalb
nachdrücklich hervorzuheben, dass der Verfasser
von Alten Weibes List (GA. i S. 205 V. 468) den*

tive Beweis für die Verfasserschaft, und zwar nach Seiten des Stiles, des Reichthums an Reimen und der Parallelen der Halben Birne mit Konrads übrigen Werken angetreten wird.

Schwank nur mit den Worten schliesst: Diz mær der arme Kuonrât Hât getihtet und geseit. *Den Beinamen „von Würzburg“ und die Absicht, sich mit dem Dichter des Otte und Herzmäre zu identifizieren, haben ihm nur die Litterarhistoriker zugeschoben. — Dagegen findet sich unter der Falschen Beichte (Keller, Erz. S. 241 V. 15) der Name* Cunrat von Wirczpurk; *wie es mit diesem Autor steht und ob es im Laufe der Gezeiten nicht noch mehr Leute gegeben hat, die den Namen* Konrad von Würzburg *trugen, ohne mit dem Vagus der Colmarer Annalen identisch zu sein, habe ich an anderer Stelle in grösserem Zusammenhange zu untersuchen; dort wird auch der Frage näher zu treten sein, wie es mit dem eigenartigen Ave Maria bei HMS.* III S. 337 *ff. sich verhält:* S. 337, 2, 2 *begegnet nur* Chuonrade mueze heil geschehen, *dagegen* S. 340, 17, 11 Von Würzburc Chuonrat, daz ist dir ganz unkunt.

Konrads Kunst auf ihre Formel zurückzuführen, soll anderwärts meine Aufgabe sein. Hier begnüge ich mich, die Übereinstimmung des Gedichtes mit denjenigen stilistischen Eigenthümlichkeiten nachzuweisen, die E. Joseph in seiner Ausgabe der Klage der Kunst (1885. QF. 54), S. 28—71 entwickelt hat.

Man vergleiche zu

Joseph S. 28: „Fülle an Synonymen":

gewinnen 19, erarnen 20; — turnei 21, ritterschaft 27; — meie 22, sumerzît 29; — spîse 70, trahte 75; — der kam... zuo dem turneie 42, als er ze velde komen was 45, Als er kam wider ûf den plân 101, varet wider ûf den plân 417, rîtent in dem melme 420, reit der frîe wider ûf den turnei 436; — 108 nuoc, 113 az; — daz

laster und die schande, diu im diu kü-
niginne bôt 116, diu in geschendet hæte
127, daz in diu frouwe schulte 136; —
wât 141, kleit 146; — werfent 159, slahent
161; — geriusche 162, gehiuze 187; —
gelimpf 194, gelæze 196; — kolbe 154. 182,
kiule 199; — palas 208, heimlîche 214, keme-
nâte 237. 255. 485, palast 397; — grûs 192,
schimpf 193, gemellîche 239; — geschirre
262, ebenalte 277, der eilfte vinger 289,
minnedorn 290; — kamerrûze 245, kamer-
wîp 297, kamerbelle 311, kamerbirse 454;
— *die Liebesnoth der Königstochter wird
bezeichnet mit* daz wart der küniginne
sûr 283, frou Vênus und ir sun Amûr be-
giengen an ir wunder 284, si enbran
reht als ein zunder 286, leit vil senec-
lîche nôt 291, den kumber, den ich dulde
305, von des tôren schulde brinne ich
alsô sêre 306, die nôt … diu von der strengen
minne kumet 323, der küniginne lecker-
heit 345, dô sôt in minnen unde bran 350,
leit vil seneclîchen pîn 352, minnen … die
guoten wîben sanfte tuont 354; — stap
371, gerte 372;

Joseph S. 29: „Die einzelnen Personen werden unter wechselnden Bezeichnungen aufgeführt":

Das Königskind wird bezeichnet als tohter 4, minneclîche maget 11, die selben maget 42, diu junge küniginne 55, künigîn 69. 73. 339, frouwe vil gemeit 88, des rîchen küneges tohter 93, juncfrouwe 99. 209, maget wolgetân 102, diu wolgetâne 111. 384, küniginne 117. 163. 169. 253. 265. 283. 345. 491, frouwe 136. 235. 244. 300. 335. 356. 363. 390. 438. 449. 455. 481, diu minneclîche 213. 240, diu maget vil geslaht 222, maget 247, diu minneclîche künigîn 351, des rîchen küneges fruht 357, des küneges tohter 379, diu schœne 382, frouwe wolgetân 418, daz minneclîche wîp 434; —

Ritter Arnold heisst ritter 34. 73. 87. 477, Arnolt 35, der ûzerwelte leie 44, der gehiure 48, werder helt 103. 439, Ungefuoc 107, der vil stæte 128, herre 132. 138. 173. 416, ritter mit der halben bir 423, der frîe 436, ritter guot 443, ritter wolgezogen 458, helt 466, ritter hôchgemuot 470, ritter Arnolt 499; *als Narr trägt er die schönen Titel* tôre 143. 191. 195. 202. 205. 233. 236. 306. 336. 374. 457, tœrehter knabe 156. 204, tôr 180. 502, gief 185. 210, narre 206. 241, snürrinc 216. 268, blâze (?) 232, den vil tumben viez 254, der ungeweschen 264, an dem gebûre 273, dem tumben wihte 288, disen giegen 319, der allerbeste gouch 326, der tumbe 330, der ungefüege stampf 341, der tumbe gouch 353, ungefüeger slûch 365, alter hofewart 369, der arge ribalt 378, der tœrehte man 396; —

Knappe Heinrich führt die Namen kneht 129. 401. 404. 412, Heinrich 131, knappe Heinrich 139. 415; —

zahlreicher sind die Ausdrücke für die Zofe der Dame: einiu, diu dâ saz 295, altez kamerwîp 297, Irmengart 299. 358, kamerbelle 311, dirne 332, maget 363. 389, frouwe Irmengart 370, maget Irmengart 385. 425. 445, kamerbirse 454;

Joseph S. 29: „*Neigung für gepaarte Ausdrücke*“:

an êren und an tugende 39, hiute und iemer 112, daz laster und die schande 116, an êren und an guote 125, mit râme und ouch mit üseln 150, antlitze unde varwe 151, beide wîp unde man 184, schuohe unde lînwât 259, frou Vênus und ir sun Amûr 284, beide lîp und êre 308, dô sôt von minnen unde bran 350, si menete unde kipfete, si stach unde stipfete 391, gewaschen und getwagen 408, von râme und ouch von schimele 409, des râtes und der helfe 413, mit schilte und ouch mit helme 419, beide leben unde lîp 433, beidiu lîp unde guot 469, beide liut unde lant 478, stipfete unde stach 484, gar und gar 501, daz ist mîn bete und ouch mîn rât 507;

Joseph S. 30: *„Parallelismus der Gedanken":*

1) *„einteiliger"*

er ensprichet noch enhœret, er ist ein rehter stumbe 328, si menete unde kipfete, si stach unde stipfete 391; —

2) *„zweiteiliger"*

a) *„mit entsprechender Stellung der Teile"* die schœne an wîben kunden spehen, die jâhen ir des besten, daz man si mohte gesten für eine minneclîche maget. swaz manne an wîben wol behaget, dâ was si vollekomen an 8, — si mahten alle ûz im ir grûs und triben mit im iren schimpf 192, — dâ wider kunde er den gelimpf, der tôren was gemæze. allez sîn gelæze was unmâzen töbelich 194; —

b) *„mit chiastischer Stellung"* swer si gewinnen wolte, daz ders erarnen solte zeime turneie ... und swer den prîs dâ næme, der solte si ze wîbe hân 19, — sîn ellen wart vil harte schîn an manegem stolzen ritter. den vînden was er bitter, wan er mit ellenthafter hant von dem orse ûf den sant vil manegen hurten kunde 58, — dô was im vil tiure schuohe unde lînwât, und swaz geruoch- lîche stât, des gienc er alles irre 258, — si enbran reht als ein zunder von der angesihte, daz dem tumben wihte der eilfte finger was ersworn. si sach den selben minnedorn und leit vil seneclîche nôt 286;

Joseph S. 31: „Breite der Darstellung":

„Jedes Moment der Schilderung wird einzeln ausgeführt":

ein samît grüene alsam ein gras was sîn covertiure. ouch fuorte der gehiure des selben einen wâpenroc. vil ritterlich was sîn gezoc, den er ze velde fuorte 46, — lânt iu obe den ôren daz hâr garwe abe nemen; diu kleit, diu tœrlîche zemen, diu heizent iu gewinnen. nâch töbelichen sinnen lâzent iu vermüseln mit râme und ouch mit üseln antlitze unde varwe, daz iu der lîp vil garwe swarz alsam ein erde sî. einen kolben swære alsam ein blî, den nement zeime leitestabe 144, — *vgl. 177 ff.;* —

„er scheut nicht das Mittel der Wiederholung":

swen er dâ beruorte, der muoste im sicherheite jehen 52 *und* wan er mit ellenthafter hant von dem orse ûf den

sant vil manegen hurten kunde 61; —
werdent zeime tôren 143, kleit, diu tœr-
lîche zemen 146, nâch töbelichen sinnen
148, als ein tœrehter knabe 156, als ir
niht habent sinne 164; —

„*Behäbige Phrasen*“:

als ich von im geschriben las 2, als
uns diu âventiure seit 340, als ich dâ
vorne hân geseit 346; —

„*Der Dichter unterbricht auch die Er-
zählung*“:

„*um die Spannung seiner Hörer zu
reizen*“: nû hœrent, wie diu frische bire
dô geteilet wart 84, nû muget ir wunder
schouwen 100, Nû hœrent, wes er flîzec
was 207;

„*um ihre Gläubigkeit in Anspruch
zu nehmen*“: daz mac man noch wol
schouwen ûf rîcher herren tische 82;

Joseph S. 32: „*Breite im einzelnen
Ausdruck*“:

a) „*Die Substantiva werden gern mit
Epitheten versehen*“:

rîcher künec 1, wunneclichez wîp 3,

.

minneclîche maget 11, der liehte meie
22, die schœnen sumerzît 29, ritter von
gebürte vrî 34, ein bernder zwîc 38, der
ûzerwelte leie 44, diu junge küniginne 55,
stolzen ritter 59, mit ellenthafter hant 61,
guoter spîse 70, rîche herren 71. 83, diu
frische bire 84, die frouwen vil gemeit,
der unbedâhte helt 89, rîchen küneges 93,
diu maget wolgetân 102, werder helt 103,
ganze triuwe 129, guotes râtes 130,
tœrehter knabe 156, wîsen râte 176, grôz
gehiuze 187, herten kiulen 199, starke
biulen 200, ein wunneclicher palas 208,
diu maget vil geslaht 222, bî eime schœnen
viure 225, mit schœner gemellîche 239,
den vil tumben viez 254, vil lanc ge-
schirre 262, ein tumber snürrinc 268, diu
starke natûre 274, dem tumben wihte 288,
seneclîche nôt 291, ein altez kamerwîp
297, der süezen minne 315, von der
strengen minne 323, ein rehter stumbe
329, der ungefüege stampf 341, diu min-
neclîche künigîn 351, seneclîchen pîn 352,
der tumbe gouch 353, guoten wîben 355,
rîchen küneges 357, den ungefüegen

slûch 364, ir linden bûch 366, alter hove-
wart 369, der arge ribalt 378, schœnez
bat 407, mit gar grôzem gelfe 414, die
frouwen wolgetân 418, ein guoter ritter
421, der leckerlichen missetât 429, daz
minneclîche wîp 434, der ritter wolge-
zogen 458, den unverdienten itewîz 461,
den ritter hôchgemuot 470, bœse tücke
481, allen guoten wîben 487, reinen wîben
489, sælic bilde 490, die grôzen lecker-
heit 495, sælic man 498, ein hübescher
minnære 504, *u. ö.;*

b) *Joseph S. 33 ff.: „umschreibender
Begriff":*

durch der minne solt 36, ouch fuorte
der gehiure . . . einen wâpenroc 48, mit
ellenthafter hant 61, durch sînen man-
lichen muot 68, des wart ein wunder
dar getân 72, ûf allem ertrîche 77,
nâch gebiureschlicher art 86, bî allen
gotes bilden 123, einen kneht, der
ganze triuwe hielt 129, diu kleit, diu
tœrlîche zemen 146, nâch töbelichen
sinnen 148, als ein tœrehter knabe 156,
dâ wonent stæteclîche bî 170, nâch

tœrlichen siten 178, von dem tœrehten knaben 204, keiner slahte dinc 215, von sô getânen dingen 218, an tœrlîche sinne 266, kêrte er alliu sîniu dinc 267, der vor lac gevalten 278, seneclîche nôt 291, durchriben was der selben lîp 298, zuo heimlîcher sache 303, von des tôren schulde 306, der süezen minne lustes 315, swaz iuwer lîp mit im gefrumet 324, seneclîchen pîn 352, des rîchen küneges fruht 357, durch dîne wîplichen art 386. 426. 446, diu von geburt an erbet dich 387. 427. 447, der frouwen minnen art 393, der tœrehte man 396, ez wære ein sælige vart 405, ein schrecke ir an daz herze kam 450, an den selben stunden 476, aller sîner tugende solt 500, der flîze sich der dinge 505.

Joseph S. 42 f.: Von „Metaphern und Vergleichen" begegnen folgende:

eine tohter, der ir lîp stuont ze wunsche garwe, daz man sich in ir varwe vollec-lîche mohte ersehen 4, — er bluote sam ein bernder zwîc an êren und an tu-

gende 38, — ein samît grüene alsam ein
gras 46, — den vînden was er bitter 60,
— er wolte sich verwilden an êren und
an guote 124, — daz iu der lîp vil garwe
swarz alsam ein erde sî 152, — einen kolben
swære alsam ein blî, den nement zeime
leitestabe 154, — dâ wonent stæteclîche bî
170, — er wart geswerzet als ein môr
179, — ein juncfrouwe vîu reht als ein
turteltiubelîn 227, — dô was im vil
tiure schuohe unde lînwât 258, — sîn vil
lanc geschirre 262, — an sînem ebenalten
277, — der vor lac gevalten und sich
crampf alsam ein wurm, der hete sich ûf
einen sturm bereit mit aller sîner ger; er
stuont mit ûfgerihtem sper 278, — daz
wart der küniginne sûr 283, — si enbran
reht als ein zunder 286, — der eilfte
vinger 289, — minnedorn 290, — durch-
riben was der selben lîp 298, — von des
tôren schulde brinne ich alsô sêre 306, —
beide lip und êre hînaht an der wâge
stât 308, — der ungefüege stampf 341, —
daz er sich als ein igel rampf und smuhte
sich zeinander 342, — dô sôt von minnen

unde bran 350, — des rîchen kûneges
fruht 357, — den ungefûegen slûch 365,
— dannoch lac er unde grein als ein alter
hofewart 368, — daz in diu süezekeit
zerran 395, — des morgens dô der tac
ûf brast 398, — ez wære ein sælige vart
405, — si wart noch grüener dan ein
gras und dar nâch als ein kirse 452, —
sô koment ir der schanden abe, dâ mite
ir sît gebunden 474.

*Gegen den „syntaktischen Paral-
lelismus", welchen Joseph S. 43 ff. ent-
wickelt, findet sich kein Verstoss. Beispiele
für denselben sind:*

dem ritter und der künigîn 73, — diu
für den ritter wart geleit und für die
frouwen vil gemeit 87, — daz laster und
die schande 116, — an êren und an guote
125, — mit râme und ouch mit üseln
150, — antlitze unde varwe 151, — dô
sôt von minnen unde bran diu minneclîche
künigîn und leit vil seneclîchen pîn 350, —
von râme und ouch von schimele 409, —
des râtes und der helfe 413, — mit

schilte und ouch mit helme 419, — si
wart noch grüener dan ein gras und dar
nâch als ein kirse 452, — daz ist mîn
bete und ouch mîn rât 507.

Unter den 514 Reimworten der Halben Birne, von welchen eigentlich nur 503 in Rechnung zu ziehen sind, da 5 Verse zweimal und 3 Verse dreimal begegnen, finden sich 423 verschiedene Worte, Wortformen oder Composita. Mehrfach begegnen maget 11. 42. 247. 363, kam 335. 380. 450, an 13. 349. 472, man 184. 396. 471, hant 61. 182, bedarf 106 (= 442), warf 105 (= 441), art 86. 386 (= 426. 446). 393, Irmengart 370. 385 (= 425. 445), wart 85. 394. 406, garwe 5. 152, varwe 6. 151, was 1. 45. 207, saz 223. 295, plân 26. 101. 417, wolgetân 102. 418, missetât 137. 429. 508, rât 138. 142. 465. 507, hât 430. 466. 511, stât 260. 309, kemenâten 237. 255. 485, helt 89. 103 (= 439), ungeschelt (unbeschelt) 90. 104 (= 440), nemen 145. 490, gezemen (zemen) 146. 489, eschen 243. 263, ungeweschen

244. 264, bette 337. 431, turneie 21. 43, ge-
meit 69. 88, geleit 27. 87. 339, seit 28. 70.
340, leckerheit 345. 495, Heinrich 131. 139.
415, sich 132. 198. 376. 388 (= 448). 428,
mich 140. 416, dich 387 (= 427. 447), nidere
159. 293, widere 160. 294, snürrinc 216.
268, küniginne 55. 163. 265. 491, stipfete
372. 392, sî 153. 169, bî 33. 170, minnec-
lîche 213. 240, sîn 57. 74. 233, schîn
58. 361, künigîn 73. 351, wîp 3. 297. 434,
lip 4. 298. 433, gief 185. 210, Arnolt 35.
499, solt 36. 500, tôr 180. 502, stumbe
167. 329, kumet 173. 323, frumet (gefrumet)
174. 324, guot 443. 469, muot 68. 444.

Von den 257 *(resp.* 251*) Reimpaaren
sind* 235 *verschieden; nur* 17 *kommen
mehrfach vor, nämlich* warf : bedarf 105 *f.*
(= 441 *f.*), Irmengart : art 385 *f.* (= 425 *f.*
445 *f.*), art : wart 85 *f.* 393 *f.*, garwe : varwe
5 *f.* 151 *f.*, plân : wolgetân 101 *f.* 417 *f.*,
missetât : rât 137 *f.* 507 *f.*, helt : ungeschelt
(unbeschelt) 89 *f.* 103 *f.* (= 439 *f.*), nemen :
zemen (gezemen) 145 *f.* 489 *f.*, eschen : un-
geweschen 243 *f.* 263 *f.*, geleit : seit 27 *f.*
339 *f.*, Heinrich : mich 139 *f.* 415 *f.*, dich :

sich 387 *f.* (= 427 *f.* 447 *f.)*, küniginne: sinne 55 *f.* 163 *f.* 265 *f.*, sîn (gesîn): schîn 57 *f.* 361 *f.*, wîp: lîp 3 *f.* 297 *f.* 433 *f.*, Arnolt: solt 35 *f.* 499 *f.*, kumet: frumet (gefrumet) 173 *f.* 323 *f.*

Von weniger häufigen oder neuen Reimen [1]) *finden sich nachstehende:*

[1]) *Hier folge zum Vergleich eine Auswahl seltenerer Reime aus den Konradischen Gedichten:* naben : ergraben *Troj.* 30017. laben : waben *G. Schm.* 205. vackel : tabernackel *G. Schm.* 1273. saf : getraf *G. Schm.* 627. Affer : gaffer *G. Schm.* 811. kragen : verjagen *G. Schm.* 1587. sahs : wahs *Pantal.* 1991. wahs : vlahs *G. Schm.* 1015. entwahsen : ahsen *Troj.* 30025. walken : valken *Troj.* 33523. salter : manicvalter *G. Schm.* 1567. wol gestalter : alter *Parton.* 20255. walzen : halzen *Troj.* 38025. blanc : ûzganc *Parton.* 21029. sandes : helfandes *G. Schm.* 1745. tugentsange : slange *G. Schm.* 1299. angen : gegangen *Engelh.* 4301. dans : grans *G. Schm.* 1627. nasebant : alzehant *Parton.* 21021. hant : Marschant *Parton.* 201. glanzen : lanzen *Parton.* 21075. bappel : cappel *G. Schm.* 1241. warm : himelharm *G. Schm.* 171. parte : griez-

.kaffete:geschaffete 333 *f.*, manicvalt: ribalt 377 *f.*, ebenalten:gevalten 277 *f.*,

---

warte *Troj.* 621. swarzen : warzen *Troj.* 32311. base : wase *G. Schm.* 1869. wase : glase *G. Schm.* 777. wasen : nasen *Parton.* 21024. masse : wasse *G. Schm.* 1019. rat : glat *Pantal.* 1603. vater : gater *G. Schm.* 1727. platze : tratze *Troj.* 29725. bekratzet : unbeschatzet

å *G. Schm.* 1213. — gemâc : bâc *Troj.* 37905. åder : quåder *Engelh.* 2313. ådern : quådern *Parton.* 13811. wæhet : dræhet *G. Schm.* 191. sælde : gemælde *G. Schm.* 583. geschræmet : gebræmet *Troj.* 2981. getæper : schæper *Troj.* 6779. stæte : genæte *Troj.* 28291. zuckermæze : ræze *G. Schm.* 657. brâme : sâme *G. Schm.* 1217. åse : måse *Troj.* 37029. åsen : låsen *Troj.* 37815. måsen : Jonåsen *G. Schm.* 1617. wåt : brât *Troj.* 38437. drâte : brâte *Parton.* 10533. berâten : oblâten *G. Schm.*

c 1467. — gebel : swebel *Parton.* 5781. nebel : gebel *Parton.* 21735. frech : sech *Troj.* 33716. frecher : becher *Parton.* 6883. lecken : flecken *Pantal.* 1465. zerflecket : erschrecket *Pantal.* 1843. sedel : wedel *G. Schm.* 1729. scheder : leder *Troj.* 34198. effen : treffen *Troj.* 2439. treffen : ereffen *Troj.* 2293. geslehte : schâchzabelehte *Troj.* 2999. mehtec : unehtec *Engelh.* 3735. zeichen : weichen *G. Schm.* 493. leidic : freidic stampf : rampf 341 *f.*, geschante : genante 347 *f.*, narren : scharren 241 *f.*, hofewart :

Troj. 24739. sweimen : Bêheimen *Engelh.* 697. ein : zein *G. Schm.* 797. hellegeisten : leisten *G. Schm.* 1557. weizel : reizel *Engelh.* 1925. snel : vel *Pantal.* 1639. quellen : wellen *G. Schm.* 573. vergellet : gevellet *Troj.* 2271. smelzen : gevelzen *G. Schm.* 3. tempel : exempel *G. Schm.* 557. überkempfet : gedempfet *G. Schm.* 1301. semt : ungezemt *Troj.* 39187. ende : behende *Troj.* 38167. 39145. volenden : lenden *G. Schm.* 567. gedrenge : strenge *Pantal.* 1441. sent : fundament *G. Schm.* 631. sent : gezent *Parton.* 14893. gerne : Hôloferne *G. Schm.* 1586. gerne : lucerne *Parton.* 7763. 7793. widerschernen : gelernen *Silv.* 4642. ernert : wert *G. Schm.* 775. vert : wert *(Wöhrd) G. Schm.* 1341. 1865. ertec : widerwertec *Engelh.* 2787. merzen : kerzen *G. Schm.* 859. mesten : glesten *Parton.* 11187. gester : gelester *Parton.* 15969. zeswen : erleswen *G. Schm.* 1575. neven : gleven *G. Schm.* 957. ez : mez *G. Schm.* 29. 1411. — vlêhen : zêhen *Troj.* 38379. Athêne : zwêne *Troj.* 23765. kêren : gêren *G. Schm.* 1545. verrêren : blêren *Troj.* 11043. prophête : cête *G. Schm.* 1615. Pêter : gêter *Parton.* 183. sêwen : zêwen *G. Schm.* 575. — zerklieben : schieben *G. Schm.* 1497. diech : siech *Troj.* 31507.

Irmengart 369 *f.*,   palast : brast 397 *f.*,
erlâzen : blâzen (?) 231 *f.*,   helfe : gelfe

spien : kien *G. Schm.* 711. grieze : gestieze
Troj. 37207. gihtic : durchsihtic *G. Schm.* 1033.
milch : drilch *G. Schm.* 327. berille : stille *G.
Schm.* 843. villen : willen *Pantal.* 1863. si-
mele : himele *G. Schm.* 551. dimpfen : ge-
limpfen *G. Schm.* 1405. kinde : empfinde *Troj.*
37229. prinzen : minzen *G. Schm.* 593. vipper
: sipper *G. Schm.* 383. gipse : apocâlipse *G.
Schm.* 1843. irdisch : unwirdisch *G. Schm.* 1003.
giric : wiric *G. Schm.* 645. dirne : gestirne *G.
Schm.* 1847. kis : gewis *Troj.* 26125. mischte
: wischte *Engelh.* 2623. risel : wisel *G. Schm.*
159. bisem : crisem *G. Schm.* 193. Franciscus
: hellebâsilicus *G. Schm.* 155. lit : Judit *G.
Schm.* 1583. besitzet : gespitzet *G. Schm.* 1589.
spitzic : witzic *Troj.* 35501. gâmahiu : driu *G.
Schm.* 1897. durchliuhtic : fiuhtic *G. Schm.*
1159. geliunc : niune *Troj.* 33757. gebriunet :
umbeziunet *G. Schm.* 1537. biutel : kriutel
Engelh. 517. liuten : geriuten *Parton.* 121. —
î flôrîe : erzenîe *G. Schm.* 1883. wîlent : îlent
G. Schm. 1599. zwîvel : Benîvel *Engelh.* 2495.
o rîzen : vlîzen *Troj.* 2033. — boc : holderstoc *G.
Schm.* 1435. model : rodel *G. Schm.* 1413.
Troj. 19745. versloffen : offen *Troj.* 27161.
gezoget : gebroget *Engelh.* 4611. boie : Mon-

413 *f.*, kamerbelle : getelle 311 *f.*, helt :
ungeschelt (unbeschelt) 89 *f.* 103 *f.* (=

soie *Parton.* 15170. betolben : kolben *Troj.*
38715. Arnolden : solden *Parton.* 20921. tropfen
: klopfen *G. Schm.* 1353. sorgen : erworgen
Silv. 407. durchbort : ort *G. Schm.* 35. Orte
: borte *Troj.* 247. vrouwe : Esouwe *G. Schm.*

ô 1597. bovel : hovel *G. Schm.* 795. — verbœsen :
rœsen *G. Schm.* 1225. Salomôn : trôn *G. Schm.*
1735. Salomônen : betrônen *G. Schm.* 1753.
ystôrje : glôrje *G. Schm.* 835. grôz : wandelblôz
G. Schm. 1857. dôze : bôze *Troj.* 33433. flôre
: mandragôre *G. Schm.* 1319. lôze : flôze *Troj.*

u 7436 — übel : engrübel *Parton.* 7351. drüber :
züber *Parton.* 5675. nider tücken : ûf zücken
Troj. 1515. jüden : hellerüden *G. Schm.* 543.
müejen : blüejen *Pantal.* 1481. wüetic : über-
flüetic *Troj.* 20745. prüeven : hüeven *Parton.*
10539. wîrouhbühse : lühse *G. Schm.* 199.
flühtic : zühtic *G. Schm.* 659. frühtic : waz-
zersühtic *G. Schm.* 1337. sündic : kündic *G.*
Schm. 613. würken : lürken *G. Schm.* 81.
1695. gedürne : gehürne *G. Schm.* 1381. hür-
sten : fürsten *Troj.* 37659. bürtic : fürtic *Troj.*
35779. 36309. vertüschen : büschen *Troj.*
20613. geknüstet : gebrüstet *Engelh.* 2855.
nasedrüzzel : slüzzel *Troj.* 9737. drum : wille-
kum *G. Schm.* 517. klummen : summen *G*

439 *f.)*, eschen : ungeweschen 243 *f.* 263 *f.*, hette : hette 337 *f.*, mezzer : gehezzer 91 *f.*, turnei : geschrei 437 *f.*, turneie : leie (laicus) 43 *f.*, turneie : meie 21 *f.*, bein : grein 367 *f.*, angesihte : wihte 287 *f.*, schimele : himele 409 *f.*, snürrinc : gerinc 267 *f.*, : dinc 215 *f.*, stipfete : erkripfete 371 *f.*, bir : zwir 423 *f.*, irre : geschirre 261 *f.*, kirse : kamerbirse 453 *f.*, wîc : zwîc 37 *f.*, gief : lief 185 *f.*, : slief 209 *f.*, giegen : betriegen 319 *f.*, giel : geviel 269 *f.*, hiez : viez 253 *f.*, gebiusche : geriusche 161 *f.*, vermüseln : üseln 149 *f.*, gehiuze : criuze

Schm. 1235. geswummen : summen *Parton.* 17865. z'undern : sundern *Engelh.* 2923. junger : hôchklunger *G. Schm.* 1267. gejunget : tunget (stunget *Bartsch Anm.*) *Troj.* 11063. kunkel : tunkel *Troj.* 14347. uns : runs *G. Schm.* 533. buochen : tuochen *Troj.* 33437. brût-stuol : gemuol *G. Schm.* 307. bluomen : kardamuomen *G. Schm.* 189. buosen : gruosen *G. Schm.* 271. rupfen : knupfen *Parton.* 20273. durch : furch *Parton.* 21025. ge-snurret : ergurret *Troj.* 35063. — kûme : pflûme *Troj.* 221. mûzete : lûzete *G. Schm.* 367.

187 *f.*, ersworn : minnedorn 289 *f.*, lustes :
âkustes 315 *f.*, slûch : bûch 365 *f.*, sûr :
Amûr 283 *f.*, gebûre : natûre 273 *f.*, ka-
merrûze : ûze 245 *f.*, tücke : ungelücke
481 *f.*, smücket : enzücket 321 *f.*, nütze :
urdrütze 313 *f.*

Von Konrad sind uns mehr als 85000 Verse überliefert: und das ist zweifellos noch nicht die gesamte Summe derjenigen, welche er geschrieben hat [1]). Bei solcher Massenproduction wäre es, auch abgesehen von der Formelhaftigkeit aller mittelhochdeutschen Poesie, ein Wunder sonder Gleichen, wenn sich in den Werken des Dichters nicht· zahlreiche Anklänge und Wiederholungen vorfinden sollten. Dass es in hohem Grade auch thatsächlich der Fall ist, belegen die Anmerkungen Haupts zum Engelhard und

---

[1]) *Es sei daran erinnert, dass Alexius (wenigstens nach Haupts Text), Herzmähre, Pantaleon, Partonopier und Schwanritter nur lückenhaft erhalten sind; dass der Silvester 2 Verse mehr als in W. Grimms Ausgabe zählt, zeigte ich Anz. 19 (1893) S. 155 f.; ob nicht manches anonyme Gedicht dem Vielschreiber zugehöre, wird sich anderswo Gelegenheit finden zu untersuchen.*

diejenigen Roths zum Schwanritter und Turnei. Aber wie hier die einzelnen Stellen sich nur selten bis auf den Wortlaut gleichen, so zeigen auch die vielen Parallelen der Halben Birne mit den übrigen Gedichten Konrads nur sporadisch wörtliche Übereinstimmung. Und gerade darin liegt ein Moment von stärkster Beweiskraft für die Echtheit des Schwankes. Denn nimmermehr vermag ein Nachahmer so souverän mit der geistigen Habe seines Vorbildes zu schalten, dass er sich fast ausschliesslich in dessen Gedanken und Formen bewegt und doch nur selten zu rein äusserlicher Imitation, in unserem Falle zu wörtlicher Entlehnung, greift. So wenig ist die Halbe Birne ein Cento aus des Meisters Werken, dass nur 9 Verse des Schwankes in den letzteren wörtlich wiederkehren (s. unten unter III[a]).

Im Folgenden sind die wichtigsten Parallelen der Erzählung mit den übrigen Gedichten Konrads, wie sie die Anmerkungen nachweisen, zusammengestellt: unter I die Übereinstimmungen in Situationen, unter II diejenigen in grösseren Perioden, unter III die Congruenzen einzelner Verse.

Aus dieser Liste ist zu allem Ende auch noch zu ersehen, welche unglaubliche Kenntniss der verschiedensten Konradischen Werke der Pseudodichter besessen haben müsste. Denn wegen der unter I angeführten Ähnlichkeiten waren ihm Engelhard und Trojanerkrieg vertraut. Nur im Letzteren begegnen die zweifellosen Parallelen zu 315 (s. III) und 341 (s. II), nur im Partonopier zu 279 (s. II) und 342 (s. II), nur im Schwanritter zu 234 (s. III[b]), nur in den Liedern zu 284 (s. III[b]), nur im Herzmäre zu 113 (s. III[b]).

Übereinstimmung findet sich

I: *in Situationen:*
89—99: *Engelh.* 550—561. 426—431; — 294—297. 300—303. 311—313. 334—339. 357—361. 363 *f.* 384 *f.* 389 *f.:* Troj. 8945—47. 8950—53. 8962 *f.* 8979—86. 9012—15. 9032—38;

II: *in Perioden:*

1. 3: *Parton.* 233 *f.;* — 4—7: *Par-
ton.* 7876—81. *Troj.* 19932—35. 20702—4.
17408—10; — 22 *f.: Engelh.* 5326 *f.;* —
38 *f.: Parton.* 4860 *f.;* — 48—51: *Engelh.*
2514—16. 2656—58; — 51—53: *Troj.*
34537 *f.;* — 109 *f.: Parton.* 14938—40; —
119 *f.: Engelh.* 1601 *f.;* — 121—123: *Parton.*
17348—51; — 132—134: *Troj.* 22422—24.
38282—84; — 161 *f.: Turn.* 902—905.
Troj. 34606—8; — 175 *f.: Pantal.* 1028—
30. 502—504. *Silv.* 1622 *f. Troj.* 12491 *f.;*
— 193 *f.: Parton.* 7081—83; — 194 *f.:*
Troj. 38086 *f.;* — 219 *f.: Parton.* 2744—
46; — 221—226: *Troj.* 37866—71; —
227—231: *Parton.* 3565—67; — 266 *f.:*
Silv. 132 *f.* 512 *f.;* — 268 *f.: Troj.* 27316 *f.*
Silv. 4834. *Parton.* 18364 *f.;* — 279:
Parton. 4230 *f.;* — 284 *f.: Troj.* 2740 *f.*
Lieder 2, 99; — 308 *f.: Troj.* 11474 *f.;* —
336 *f.: Troj.* 9036—39. 8961—63; —
341—343: *Troj.* 27248—51. *Parton.*
1304—7. *Lieder* 1, 55 *f.;* — 389 *f.: Silv.*
265 *f. und häufig;* — 450 *f.: Parton.*
14920—23; — 457 *f.: Parton.* 14947 *f.;* —

474—476: *Engelh.* 1764—66; — 486—
488: *Silv.* 5206 *f.* *Parton.* 12068—71;

    III: *in einzelnen Versen,*
     a) *wörtlich:*

    6: *Parton.* 7880; — 46: *Klage der
Kunst* 13, 3 (?); — 125: *Troj.* 11403.
12433. 18769 *u. ö.;* — 281: *Troj.* 39977;
— 346: *Silv.* 832. 4755. *Parton.* 17473.
(19772 *ist von Pfeiffer conjiciert).* 21256.
Troj. 4091. 5961. 9965; — 476: *Engelh.*
1766; — 478: *Troj.* 13148; — 507: *Troj.*
15264; — 512: *Herzm. (Lambel)* 579.
Welt L. 263. *Otte* 760. *Schwanr.* 1354.
Engelh. 208. 6492. *Parton.* 192. *Troj.* 266;
     b) *variiert:*

    2: *Troj.* 13097; — 3: *Troj.* 337; —
5: *Parton.* 429; — 8: *Parton.* 2313. *Silv.*
2100; — 12: *Troj.* 15042; — 16: *Silv.*
154; — 30: *Engelh.* 2352; — 34: *Engelh.*
223; — 35: *s. Anm.;* — 37: *Parton.*
4913; — 38: *Turn.* 16. *Parton.* 6314.
Troj. 584; — 39: *Turn.* 1133; — 45:
Engelh. 2671; — 52: *Troj.* 34538; —
53: *Turn.* 1051; — 56: *Parton.* 644; —

58: *Engelh.* 1466; — 69: *Parton.* 19434; —
75: *Parton.* 20616; — 84: *Kl. d. K.* 4, 1.
Troj. 16172. 17338; — 94: *Engelh.* 4278;
— 114: *Parton.* 19338 *f.;* — 116: *Troj.*
20633; — 118: *Troj.* 16130. *Engelh.* 4010;
— 119: *Engelh.* 1601. *Troj.* 16369; —
122: *Parton.* 17350; — 133: *Troj.* 22423;
— 151: *Welt L.* 77; — 170: *Herzm.* 252.
Silv. 191; — 192: *Schwanr.* 234; —
211: *Troj.* 10135. 8472; — 230: *Parton.*
3566; — 251: *Parton.* 2270. (7142 *von
Pfeiffer conjiciert)* ; — 253: *Troj.* 9373; —
267: *Silv.* 512; — 269: *Silv.* 4834; —
283: *Parton.* 6563; — 285: *Parton.*
18415 *f.;* — 287: *Schwanr.* 82; — 299:
Engelh. 876 *u. ö.;* — 301: *Troj.* 9518; —
315: *Troj.* 10130; — 340: *Parton.* 568.
13619; — 341: *Troj.* 27248 *f.;* — 348:
Troj. 16705; — 355: *Engelh.* 1045; — 356:
Schwanr. 639; — 363: *Herzm.* 194; — 373:
Troj. 565; — 377: *Troj.* 2677. 37634; —
387: *Engelh.* 297. *Silv.* 4461; — 389:
Silv. 265; — 390: *Silv.* 266; — 451:
Parton. 14922 *f.;* — 452: *Troj.* 1438.
25354; — 458: *Parton.* 14947; — 483:

*c**

Silv. 1400; — 490: *Engelh.* 6498. *Troj.* 284; — 496: *Troj.* 6513; — 497: *Troj.* 6591; — 506: *Troj.* 36544; — 513: *Herzm.* 578; — 514: *Parton.* 13964.

Von Handschriften des Schwankes sind bisher sechs mehr oder weniger vollstän-dige, sowie ein Fragment bekannt geworden, welche hier in alphabetischer Reihenfolge nach ihren Siglen stehen.

I: im Besitze des Innsbrucker Mu-seums (Sign. 16. 0. 9); *klein* 2^0; *Papier; der erste Theil, welcher Bl.* 18° *bis* 20^d *die halbe Birne enthält, aus dem Jahre 1456; beschrieben von A. Emmert in Mones Anzeiger 5 (1836) S. 336 ff. I gilt für eine Abschrift des unten als V aufge-führten Wiener Codex, vgl. v. d. Hagen, GA.* III *S. 762 und F. Pfeiffer, Münchn. Gel. Anzeigen Bd. 32 (1851) Sp. 679, ferner neuerdings K. Maeker, Die beiden ersten Redactionen des mhd. Gedichtes von der Heidin. Berliner Diss. 1889/90 Nr. 234,*

S. 7. *Eine Collation des Konradischen Gedichtes verdanke ich der Güte des Herrn Professor Dr. Oswald von Zingerle in Czernowitz. Die geringen Abweichungen von I gegenüber seiner vermuthlichen Vorlage siehe im Eingange des Kapitels X.*

K: *Nr. 408 (nach Holders Mittheilung, früher 481) der Karlsruher Hofbibliothek; beschrieben von A. v. Keller, Altd. Hss. 1. 2. (Tübingen 1864) S. 4 ff., vgl. H. A. Keller, Verzeichnis altd. Hss., hg. von E. Sievers, (Tübingen 1890) S. 2 ff.:* „*15. Jh. Das Gedicht Bl. 151^d trägt das Datum 1356. Papier. Höhe 0,294 meter; Breite 0,205; Dicke 0,04. 1 Vorblatt, 194 abgezählte Bl., 2spaltig.*“ *K zeigt keinen prononcierten Dialekt. Die Mundart steht auf der Grenze zwischen bayerisch und mitteldeutsch, und ist wohl ostfränkisch. Es begegnen die neuen* ei, au *(nur* ůff *114. 364^m. 364^n. 398) und* eu, i *erscheint öfters als* ie *(bezw.* ye*):* byere *(=* bir*) 85. 90;* vnbesnyeten *113;*

gebieten (= gebiten) 251. 406; durch rieben 298; nyed‘ 335; wied‘ 400. 417. 424; hyemel 410. 438[a]. 438[b]. 438[c] *u. ö.;* — 5 *lautet der Reim* garbe : varbe. *Das weist auf Bayern: aber von den alten Diphthongen tritt nur* ou *regelmässig als* au *auf,* ei *bleibt dagegen meist erhalten und erscheint als* ai *nur* 78. 88. 98. 146. 181. 296[b]. 351. 495. 496. *Dazu treten die mitteldeutschen Formen* kwam 42. 101, kwamen 31; vŏlkūmen 13, kūmen 45, kͦ mpt 474; dorch 42.

Die Handschrift, welche auf Bl. 18[c] *bis* 21[d] *den Schwank überliefert, ist für denselben bisher noch nicht benutzt worden. Herr Hofbibliothekar Dr. Holder in Karlsruhe war so liebenswürdig mir eine Abschrift zu übersenden.*

L: Die Liedersaalhs. des Freiherrn v. Lassberg: Nr. 104 *(L.* 177*) der Fürstlich Fürstenbergischen Hofbibliothek zu Donaueschingen; Papier;* 14. *Jh.;* 2°; 2*spaltig: s. K. A. Barack, die Hss. d. F.*

*Fürstenberg. Hofbibl. zu Donaueschingen,
(1865) S. 100 f., vgl. v. Lassberg, Idunna
und Hermode 1816 Nr. 18 u. v. d. Hagen,
GA.* III *S.* 763 *f. — Der Codex ist im Lieder-
saal* I—III *abgedruckt und enthält Fol.* CCVII
col. 1 *bis Fol.* CCVIII *col.* 4 *(=* LS. III
S. 147—160) *die Halbe Birne. Der Abdruck
ist wenig genau und durch Zuthaten ent-
stellt, wie eine Collation ergab, die ich der
Direction der Fürstl. Hofbibliothek ver-
danke. Lassberg hat nicht nur zu Beginn
der Zeilen stets grosse Anfangsbuchstaben
gesetzt, sondern auch bei jedem Absatz
die ausgelassenen Initialen eigenmächtig
ergänzt. Es fehlen daher je die ersten
Buchstaben zu* LS. V. 1 Hie. 19 Der
(statt D *wäre besser* W *gesetzt worden).*
35 Der. 53 Sin. 67 Warten. 83 Das *(lies
vielmehr* Kas). 99 Hin. 117 Wider. 135
Sprach. 151 Dem. 167 Lachent *(lies
Sachet).* 185 Der *(besser wohl* Wer).
205 Dez *(Hs. liest . es).* 219 Do. 241 Er.
259 Der. 275 Yrmengart *(nach der Ortho-
graphie der Hs. wäre* I *am Platze, vgl.*
336. 363. 401). 287 Do. 305 Er. 317 Nu.

335 Do. 351 Dir. 367 Der. 385 Von. 401 Stupfi. 415 Wider. 443 Nu. 461 Daz *(Hs. .as). — Ausserdem zeigt der Druck folgende Abweichungen von der Hs.:* kůnig *für* konig 1. 17. 66; kůniges] koniges 93. 147; kǒnigin] konigin 469; — ichz] ichs 2: *ferner hat die Hs.* s *für* z *bei Lassberg* gesessen 33; vermessen 34; gehaissen 35. 127; grünes 38; gestossen 65; tages 69; des 71; riches 85; messer 91; gehesser 92; was 115. 171. 223. 308; missetett 124; sines 130. 251; rates 130. 277. 389; missetat 133; das 12. 56. 149. 171. 176. 183. 203. 210. 258. 378. 436. 440; es 163; hůs 171; alles 176. 183. 251. 308. 378; grosse 181; grosser 390; wes 187. 368. 420; wassers 205; altes 273; dines 277; dehaines 307; wortes 307; gutes 337; koniges 357; schönes 383; gras 430; nachtes 461; flisse 487; misseling 488; *umgekehrt steht in der Hs.* z *für* s *in* dez 301; waz 334; daz 369. 429; *für* ß *schreibt Lassberg* s *in* laß 2, z *in* gemaß 175; můß 185. 216; flißig 187; groß 244; gesaß 268; baß 269; vergaß 307; ließ 360;

fliß 440; — *statt* minnreclichez 3 *hat L* minnickliches, *dsgl.* minicklichen 11; minickliche 191; minicklich 214; snellick- lich 263; minicklichen 327; seldickliche 381; vnminicklich 479; — wip] wib 3. 273. 412; lip] lib 4. 300; wiblich 402; — kunten] konden 8; konnt] kond 10; — zum besten] das beste 9; — si] sy 13. 14. 15. 19. 20. 25. 74. 107. 204. 206. 208. 264. 314. 325. 326. 353. 360. 368. 369 *(bis)*. 371. 405. 408. 427. 429. 430, *dagegen* sy] si 172. 180 *und* si] sü 483; — gesten] geste 10; kunt tet] kont t. 18; kam] kau 23; priß] briß 24. 41; ze wibe] ze wib 25; vff den plan] vff dem plan 26; — mår] mer 30; måre] mere 209; gezåm] gezem 467; Wår] wer 484; — — kôment] kament 31; geheizzen] ge- haissen 35; — Minne] mine 36. 299. 330; minn] min 254. 291. 470; minnen] minen 325; minner] miner 486, *vgl. oben zu* 3; sinn] sin 58; gewinnen] gewinen 157; — Gevochten] gefochten 37; v *statt* f *weiterhin in* farwe 142; fisch 148; frowen 166. 268; für 167. 190; fließig 187; forcht-

lich 236; gefalten 248; farent 288; vn-
gefüge 317; fert 417; flisse 487; — zway]
zwy 38; Der priß] des briß 41; Wen]
wenn 54; — muost] must 55; *dsgl.* guter
72. 126; guten 233; gutes 361; gut 397.
421; stunt 250. 252; — ellen] ellent 60;
mangen] mangem 61; vienden] vinden 62;
begonde] begunde 66; in] im 68; — luod]
lüd 69: *für Lassbergs* uo *steht in der Hs.*
ferner ü *bei* müt 70; für 117. 379; slüg
178; güt 183. 411; müß 186; lüff 208;
schüch 235; wüchs 243; hüb 375; swür
380; hochgemüt 448; — frȯwet] frowet
71; — schȯne] schone 71, *umgekehrt*
steht 188. 331 schonen, 383 schonez
für schönen, schönes *der Hs.;* — man]
wan 72; — ain] ein 73. 169. 202. 480,
dsgl. einem 91; heimliche 129; — Dem]
den 75; mercket] merckent 86; gepůrlicher]
gebürlicher 88; Schrotete] s · rit *(an Stelle*
von ch *ein Löchlein);* dů] die 95. 97. 101.
106. 110. 111 *(an Stelle des zweiten* dů).
122. 143. 145. 164. 169. 223. 229. 298.
355. 358. 362. 368. 394. 459. 470 *(das*
erste dů); besnitten] besniten 95; fraisigen]

fraisigem 96; — müezint] müsent 102, *dsgl.* fürten 230; fürt 313; vngefüge 317; vngefügen 343; — wieder] wider 103; vngevug] ungefüg 105; aß] aus 107; beckant] bekant 109; Er enwest] er west 114; tun] thun 115; verswour] verswür 118; gottez] gotes 119; — phlag] pflag 126, *dsgl* pflegen 277; — statt] stat 129; also] als 133; claine] clain 133; vernement] vernemet 136; — vch] üch 138, *ferner* uch 140. 289. 294. 297. 298. 299. 342. 398. 408. 410. 412. 435. 438. 444. 451. 464; — ůwer] uwer 141. 142. 300; — lofent] löfent 147; wylt pråt] wilt prat 148; geboß] geböß 151; im] in 157; swartzen] swertzen 160; wårent] warent 166; — burg] bürg 168, *dsgl.* hüs 171; grüß 172; — behuet] behút 170; pracht] bracht 171; — jm] im 172. 173. 461. 480. 483. 488, *dsgl.* in 310. 314. 363 *(bis),* ir 453. 479; — schimpff] schimpf 173; hert hart 177; sinen] sinem 182; vür guot] vergüt 183; — tuot] tut 184, *dsgl.* muß 216; gut 340; — narren] naren 186, *dsgl.* geschire 238; — Nu] nü 187. 215. 416,

dsgl. nütze 289; vrdrütze 290; smücke
297; — innen] inne 189; mizziempt] miß-
zimpt 192; megden] mayden 202; Daz da]
das 210; — kemenaten] kemnaten 211.
463, *dsgl.* kemnate 271; — ye] ie 214.
303. 440, *dsgl.* iemer 340; — wir] mir
215; *vor* recht *fehlt* so 225; gespåch] ge-
spach 225, *dsgl.* sach 226; — gebütten]
gebitten 227; vröwlin] frölin 228; eschen
åschen 239; eraiget] erraiget 246; hercen]
hertzen 251; entbran] enbrann 256;
ailfft] ailiff 259; gebott] gebot 264;
giengent] giengen 270; an] on 270; Wann]
wan 278; bayder] baider 284; Syd sich
ir akust] sider sich ir kust 292; enzucke]
entzucke 298; kunt (= venit)] kont 299;
vnuermeldet] vnuermeldot 301; quam] kam
311. 428; by] bi 312. 469; geleit] gelait
315; bran] brann 325; senelichen] senn-
lichen 328; Hinacht] hinnacht 339; müß]
müß 340; iren] irn 344; *nach* truckt *folgt*
in 345; *nach* Biß *folgt* er 354; manicualt]
manigualt 355; gram] gran 357; torecht]
toracht 372; gebútet] gebittet 382; rame]
rom 385; vernimme] vernime 392; melm]

meld 396; — ruffet] rüffet 398, *dsgl.*
(S)tüpfi 401; stüppfet 462; vergülte 481;
— ruoft] rúft 400; frow] fro 401. 423.
433. 440; Do] so 404; verstet] verstat
405; gedencket] gedenckt 406; lecker-
lichen] leckerliche 407; vart] fert 417;
helt] held 417; rief] rieff 421; gepurt]
geburt 425; Do] da 427; sin] sint 434;
Den] denn 437; min] myn 443; Baydů]
baidi 447. 456; ehelichen] elichen 449;
schand] schant 452; Dar von] dar umb
464; Irem] irm 473; vngemuete] vngemüte
474; mercke] merckte 476; arnolt] arnot
477.

*Der Dialekt der Handschrift ist der
alemannische.* î *und* û *sind erhalten; für*
ei *steht meist* ai; *für* â *findet sich* au *in*
auß 107; *zweimal begegnet für* â *ein* o:
rom 385, on 270; *von Suffixen beachte*
toraht 372, vnuermeldot 301, *mit* liebi
450; m *wird* n 23 kan *für* kam, 357
gran *für* gram; *für die Aussprache des
anlautenden* s *vor Consonant ist lehrreich*
428 srek. — *Von alemannischen Flexionen
begegnen* wir sint 434; 2 *p. pl. auf* nt:

merckent, müsent 86. 102 *etc.* — *Für*
man *steht* wan 72.

*Von der Hagen hat L nicht für den
Text, sondern nur nachträglich in den
Varianten verwerthet. Er gieng auch
nicht auf die Hs. zurück, sondern be-
nutzte nur den Abdruck im Liedersaal.*

*P: Nr. 2798 der Gräflich Schönborn-
schen Bibliothek auf Schloss Weissenstein
bei Pommersfelden* [1]).

*Die ungenaue Beschreibung Bethmanns
in Zs. 5 (1845) S. 370 ergänzte Bartsch
nach Seiten des Inhaltsverzeichnisses:
Mitteldeutsche Gedichte (= Litt. Ver. 53,
Stuttg. 1860) S. I—VIII. Für die halbe
Birne, welche den Schluss der unvoll-
ständigen Handschrift (Bl. 129—133)
bildet und nur bis V. 448 in derselben*

---

[1]) *Das Manuscript ist nicht nach Wiesentheid
verbracht worden, wie Maeker a. a. O. S. 6 schreibt:
letzterer Ort ist nur der Sitz des regierenden
Grafen von Schönborn, dem auch Pommersfelden
gehört.*

erhalten ist, war *P* bisher noch nicht be-
nützt worden. Es wurde mir gestattet
im Frühjahr 1890 an Ort und Stelle das
Gedicht abzuschreiben und das Manuscript
einer näheren Prüfung zu unterziehen,
welche folgendes Resultat ergab:

Brauner Ganzledereinband des vorigen
Jhs. mit gräfl. Schönbornschem Wappen
in Goldpressung auf Vorder- und Rücken-
deckel; Rückenvergoldung mit der Auf-
schrift Alte | Teutsche | Gedichte | [leeres
Feld] | MS.; im untersten Felde ein auf-
geklebtes Papierschild mit der Signatur
2798; — Papier mit Wasserzeichen: ein
einfacher Kreis mit 6 lanzettförmigen
Speichen; — klein 4°: 19,3 cm. hoch,
16 cm. breit; zu Anfang und am Schluss
unvollständig; 133 Bll. in 17 Lagen:
Lage 1 zu 7 Bll. (Bl. 7 irrig vom mo-
dernen Buchbinder an Lage 2 angeheftet),
Lage 2—16 zu 8 Bll., Lage 17 zu 6 Bll.;
die Bll. auf der Rückseite zum Teil von
einer Hand des 15. Jhs. gezählt: Bl. 4ᵛ
trägt Nr. V, Bl. 7ᵛ Nr. VIII: mithin um-
fasste auch Lage 1 ursprünglich 8 Bll.:

*dazu stimmt, dass von dem ersten Ge-
dichte, dem Schüler von Paris, 117 Verse
= 1 Bl. fehlen; die Hs. begann darum
im* XV. *Jh. und wohl von jeher mit der
jetzigen Lage; wie viel am Ende fehlte,
ist freilich nicht festzustellen; —* 2spaltig,
mit je 30—32 *abgesetzten Versen; un-
liniiert; keine Interpunction; rothe,* 3 *Zei-
len einnehmende, Überschriften; nur zu
Beginn eines neuen Gedichtes* 2 *Zeilen
durchlaufende Initiale; der zweite Buch-
stabe des ersten Wortes in jeder neuen
Erzählung, sowie der Anfangsbuchstabe
jeder folgenden Zeile roth durchstrichen;
keine Illustrationen; —* XIV. *Jh.: von einer
späteren Hand Bl.* 79ᵛ *der Eintrag* Anno
dnj MCCC septuagesimo tercio; *— von éiner
Hand geschrieben; am Schlusse der Marien-
legende (Bartsch, Md. Gedichte S.* 39 *nach*
1364 *Var.) nennt sich* (mich screib der
gute hanneman) *ein Schreiber: aber der
Vers kann aus der Vorlage herüber-
genommen sein; — Bl.* 64ᵛ *hat sich ein
Besitzer eingeschrieben* Iſte liber est Jo-
hañes thymo ipe eſt p̈b9 focius, *der Name*

ſ

wiederholt sich 67ᵛ *hans thymo; aus dem*
XV. *Jh. findet sich Bl.* 47ᵛ *der Eintrag*
hans frymar *mit Jahrzahl* LXVXX *(so!).*

Der Dialekt weist die Hs. nach Mittel-
deutschland. Nachstehend sind die Ab-
weichungen, auch die rein orthographischen,
vom gemeinen Mhd. der auch dialektisch
nicht uninteressanten Hs. verzeichnet.
Es erscheint gemeinmhd.

a *als*

o: komerische 245;

e: wen (= wan) 220. 244;

age *contrahiert zu* ey: seyt (: geleit) 28.
(: gemeyt) 70. meyden 292, — *zu* ay: behayt
(: mayt) 12. behayn (: geŕayn *[so!])* 71.
mayt (: behayt) 11. 42. 375ᵃ. sayte 235.
412. geŕayn *[so!]* (: behayn) 72. vnvor-
zcayte 44; ahe *wird* a: ian 9. slat 159.
161. vngetwan 408;

e *als*

a: varen wit 30;

i: iz (= id) 16. 140. 158 (is). 211.
221; — kobyrture 47; — in keyn 294; —

in der Vorsilbe ir- 304. 310; *in den End-
silben* -iln 67, -in 211. 212. 224. 231.
232. 243. 263. 264. 277. 278. 388ª. 408,
-ir 63. 67. 83. 100. 101. 158. 194. 234.
257. 422. 426ª. 427ª, -is 123, -it 100.
387 (-yt). 427;

o: borne *(brenne)* 307; — *in dem
Präfix* vor- 15. 20. 44. 89. 100. 195.
224. 238. 241. 251. 416. 427ᵇ;

u: vn zcwe 90. kūme 31;

ege *in* ey *contrahiert:* geleyt 27. 87.
leyte 98. 210, reyet (= reget) 388; —
ehe *erscheint als* e: besen: gespen 7. 8.
ien 48. ien: gespen 53. 54;

i: *graphisch meist,* 128 *mal, als* i, —
29 *mal als* y: yme 2. 4. 53. 92. 117.
130. 181. 193. 376ª. 411. yn 66. 126.
wy (= wir) 238. mynneclich (-es, -e, -en)
3. 11. 68. 213. 240. 375. mynne (ē-, -en)
36. 284. 290. 369ª. myt 52. 282. 423.
syges 53. erbyt 387:
    als
e: bern *(Birne)* 76. 85. 95. 108 (bren).
113. 423. dese (-r, -me) 77. 141. 243.

*f*ª

eme *(ihm)* 258. en *(ihn)* 246. 256. 290, *an Imperative* *incliniert* 366. 384[b]. 385. 425. 426[a] *(bis)*. 426[b]. ere *(ihrer)* 223. 224 (erī). ermēgart 385. 425. 426[b]. erre 261. erret 142. vor erre 241. met (-e, *mit)* 193. 216. vormeden 251. neder (-ir) 63. 159. 257. 293. schemele *(Schimmel)* 409. sete 96. 388[a]. gesneten 95. weder (-ere, -ir) 101. 160. 294. 410. 424. wel *(will)* 424;

o: borne *(brenne)* 307;

-ic *findet sich regelmässig in* konig (kunig) *und* koniginne kuniginne, *in* Manig 14 (59 *dagegen* manchem), — *sonst zeigt sich* -eclîche, *nur* Vollencliche 7 *und* heymelîclicher 303;

o *als*
a: Ab (ob) 213. adir 158. sal 38. 241.

u *und* ü: *graphisch nicht unterschieden, meist durch* u *bezeichnet, seltener durch* v *und zwar: stets in* vn̄ (368 vn̄, 125 vnde) *und der Vorsilbe* vn-; *ferner findet sich* vm̄e 137. 198. vbir 67. begvnde 211. kvnde 54;

   als

o: obir *(über)* 83. fromer (-en) 59. 241. konde 8. 194. konig 1. 17. 65. konigiñe 157. kor 76. vor (= vür) 72. 81. 87. 88. 99. 157. 241. dorch 36. lintworm: storm 279 *f.* torney 21. 43. gebort 34;

â *als*

o: wopin rok 49. geboren *(gebahren)* 120. irlosin 231. boten *(baten)* 256;

u: duchte (dvchte *dachte)* 56. 410;

æ: *ausgenommen* 300[b] *quæme durch* e *ausgedrückt oder in der Abkürzung* ` *ent- halten:*

   als

ey: keyse *(Käse)* 80;

î: *graphisch meist* i (55 *mal),* y *findet sich in* by 1. 33. 65. 144. myn (-en) 138. 142. 310. syne (-en, -er) 62. 196. 277. syn *(Copula)* 57. sy *(dsgl.)* 153;

ô *und* œ *(nicht unterschieden)*
als
oy: geboyt *(gebot)* 292;

û *und* iu *(nicht unterschieden): gra-phisch meist* u, v *findet sich:* vch 140. 141. 142. 144. 147. 149. vwer 152. vf 36. 61. 101. 191. 255. 280. 282. 366. vzſe 246. vz zcoch 50;

ei: *mit Ausnahme von* keiner 215 *und* weiz 422, *sowie in der Contraction aus* age, *wo es* ay *geschrieben wird (s. oben unter* a) *stets* ey *(76 mal):*
als
e: zcwen 79. 277. vnzwe 90. elfte 289;

ie *als*
ie *(auch die mit dem gemeinmhd. über-einstimmenden Fälle ausnahmsweise an-geführt):* lieb (-en, -er) 4. 29. 220, lief 186. 209. 304;
i *und* y *(letzteres stets in* dy = die *und* diu, sy *für alle Formen,* wy = wie, Hyr 1. gyf 210): Hir 309. diñe 32. vor

dīne 20. lif 234. liffen 201. rif 102. riffen 189. 202. hiz 253. liz 179. vinden 60. ging 261. begïng 272. Hing 263. aneving 271;

ey: geyf 185;

uo *und* **ue**: *mit Ausnahme von* uorte 51 *stets durch* u *wiedergegeben, als*

uy: bluyte *(blühte)* 38;
i: riffet *(sie ruft)* 422.

b *bleibt am Wortende erhalten, des-gleichen* g: *ausgenommen* vz zcoch 50, d *wird stets* t;

q *findet sich immer in* quam, *ferner in* quæme 300[b], queme 23; *dagegen steht* kuīe 31, komen 63; — t *nach* l *stets zu* d *erweicht:* solde, kande, alder 369, aldin: gevaldin 277 *f., wird* th *in* thore 195. 375[b]; — ht *und* rh *immer* cht *und* rch *geschrieben (für* wahs] wasch 452); — v *begegnet als* u *in* geuallen 16. houehart 369; f *für* v *gegen den Text in* frazes 96. hofe 114; pf *als* ph *in* schimpf: gelimpf 193;

s *erscheint als* s *oder* z, *letzteres steht in* allez *(gen. sing.)* 261. alz *(als)* 2. 28. 38. 154. 156. 179. 180. 185. 279. dez *(des)* 47. 67. 83. 93. 251. 261. 271. 305 *(bis)*. 369ᵇ. 388ᵃ. 388ᵇ. 412. wez 271, *einmal findet sich* ß: Alß 369;

ʒ *wird meist durch* z *wiedergegeben;* s *zeigen* alles 159. Is 158. langes 262. mȳnecliches ʒ; — *nach langem Vokal* zz *in* grozze 291, zſ *in* grozſen 199. lazſet 147. 242. 246. gepruzſe : geruzſe 161. 162, ſz *in* grofze 369ᶜ; — zz = zſ *in* geſezſen 33. ſluzſel 365. wazſes *(Wassers)* 231, ſz *in* vormeſzen 195, ? *in* . . . ſer (mezzer): gehes . . . (gehezzer) 91. 92; — sch = sch *oder* = ss *in* zcwissen 367, *oder* = s *in* here sullen *(erschollen)* 30, vis (: tisch) 158; — z *und* tz *stets* zc *geschrieben mit Ausnahme von* zcu lecz 75.

w *wird ausnahmsweise durch* v *bezeichnet in* vol *(wohl)* 7. varē *(waren)* 63.

Erhaltung eines unbetonten e *am Wortschlusse: stets in* yme, eme (= *ihm)*;

deme *meist abgekürzt* dē, *doch* deme 43; deseme 77; abe 145. 252; ane 61. 271. 287; mete 216; obene 367; vore 230; schemele: wedere 409. 410; —

Epithese eines solchen: cleidere 146. tore *(das Thor)* 229. beiagte *(Particip)* 41;

Apokope in der Flexion: torney *(d. sing.)* 21. 43. zcu lecz 75. Dy mer *(n. pl.)* 30;

Synkope: gliche 78. gnug *(nagte)* 108. 113. torn *(den Thoren)* 191. 388.

Vorsilbe er: here sullen *(erschollen)* 30. her kande *(erkannte)* 115; derbot 117. d' werbe 135.

Verdoppelung von Selbstlautern: torrecht 156. loffet 157. liffen: riffen 201. 202. riffen 190. riffet 422;

Angleichung: mb *wird immer* m; *im Satze:* Vm manchem vromen ritter 59; wazſes *(Wassers)* 231;

Umstellung: bren *(Birne)* 108. borne *(ich brenne)* 307;

Apokope des n *im Infinitiv:* sy *(sein)* 28; vor erre: vor zcerre 241. 242.

Adverb mit unorganischem Umlaut: lenger 251; —

Pronomina: wy *(wir)* 238; er *stets* her: *einmal* he *inkliniert* Ir beyten nicht en mochte 94; ir *als Possessiv immer flektiert; das Relativum* swer *nur ohne anlautendes* s;

haben *im Ind. Prät. stets* hatte, *im Conj. Prät. stets* hette.

dâ *und* dô, *mit Ausnahme von* 89, *wo* da *für* dô *steht, richtig gebraucht.*

S stammt aus der Bibliothek der Johanniter zu Strassburg (Sign. A. 94), deren Haus „zum grünen Wörth" bekanntlich von Rulman Merswin 1371 gegründet wurde[1]). *Die Handschrift war*

[1]) *Zur Geschichte der Bibliothek vgl. besonders Ch. Schmidt, Livres et bibliothèques à Strasbourg au moyen âge. Revue d' Alsace. N. S.* 5 (1875) *S.* 433—454. 6 (1877) *S.* 59—85. *Werthlos ist die Stoppelei von J. Rathgeber, Die hsl. Schätze der früheren Strassburger Stadtbibliothek. Gütersloh* 1876 *(Vgl. Steinmeyer, Anz.* II, 1876, *S.* 287).

bei der Auflösung des Stiftes 1789 mit einer grossen Zahl anderer werthvoller Manuscripte und Bücher verschleppt worden und gelangte bei der Einverleibung des übrig gebliebenen Teiles jenes Bücherschatzes nicht mit auf die Strassburger Bibliothek. Erst später, doch vor 1814[1]), kaufte die Stadt das verlorene Gut um 300 Franken einem Privatmanne[2]) ab. Mit dem gesammten Bestande der Stadtbibliothek ist dann auch S am verhängnissvollen 24. August 1870 verbrannt.

Eine nähere Kenntniss der Hs. lässt sich daher nur mehr aus secundären Quellen schöpfen.

----

[1]) In diesem Jahre benutzte sie J. Grimm auf seiner Rückreise von Paris, s. Briefwechsel zwischen J. u. W. Grimm. Hg. v. H. Grimm und G. Hinrichs (Weimar 1881) S. 343, und der Grimms Ausgabe des A. Heinr. (Berlin 1815) S. 139.

[2]) J. F. Hermann, Notices hist., statist. et littér. sur la ville de Strasbourg. II (Strasbourg 1819) S. 379 f. Nach v. d. Hagen GA. III S. 760 war Freih. v. Lassberg bei dem Ankauf irgendwie betheiligt.

Auf Grund von Autopsie[1]) haben S beschrieben: J. Witter, Catal. codd. mss. in bibl. O. Hiersolym. Argentorati asservatorum. (Argent. 1746, erschien auch als Anhang zu J. N. Weisslinger, Armamentarium catholicum perantiquæ bibl. quae asservatur Argentorati in commenda O. Milit. S. Joh. Hierosolym. Argentorati 1749), S. 4. 16. 20; — J. G. Scherz handschriftlich auf einem Blatte, welches

---

[1]) *Ausser Betracht bleiben also die Beschreibungen in Adelungs Magazin f. d. Sprache* II *(Leipz. 1784), 3, 71; — in E. J. Kochs Compendium. 2. Aufl. (Berlin 1795) S. 37 f.; — in v. d. Hagens u. Büschings Grundriss (Berlin 1812) S. 317—320; — in Altd. Wälder Heft 7 (Cassel 1813) S. 8 ff. (der zum ganzen Bande erschienene Titel trägt die Jahrzahl 1815); — in W. Wackernagels Altd. Lesebuch (Basel 1835) Sp. 855; — in HMS.* IV *(Leipzig 1838) S. 904 Nr. 36; — in M. Haupts Ausgabe des Armen Heinrich und der Büchlein von Hartmann v. Aue (Leipz. 1844) S.* IX, *sowie in W. Wackernagels Ausgabe desselben Gedichtes (Basel 1855) S. 5; — endlich in MSD.[1] (Berlin 1864) S. 429 (vgl. S.* VI).

Elias Stöber am 30. Januar 1756 in Abschrift an Bodmer schickte: mitgeteilt von J. Crüger in Strassburger Studien, hg. v. E. Martin u. W. Wiegand II (Strassb. 1884) S. 483; — Bodmer, Chriemhilden Rache u. die Klage (Zyrich 1757) S. XI u. 252; — Scherz-Oberlin, Glossarium med. aevi I (Argent. 1781) S. VI; J. J. Oberlin, Diatribe de Conrado Herbipolita (Argent. 1782) S. 11. 35 ff.[1]); — J. H. Prox, De poetis Alsatiae eroticis medii aevi vulgo Von den elsaessischen Minnesingern praeside J. J. Oberlino (Argent. 1786) S. 2. 25 ff.; — J. Grimm, Der Arme Heinrich von Hartmann v. Aue. Aus der Strassb. u. Vatikan. Hs. hrsg. u. erklär. durch die Brüder Grimm (Berlin 1815) S. 139 ff.; — E. G. Graff, Diutiska I (Stuttg. u. Tüb. 1826) S. 314 ff. (vgl. Massmanns Recension in Heidelb. Jbb. 1826

---

[1]) *Es sind von diesem Schriftchen eine Anzahl Exemplare ausgegeben worden, welche mit S. 32 schliessen. Das vollständige Werk zählt 2 Bll. u. 56 Seiten.*

Nr. 76 S. 1213 ff., der auch für v. d. Hagen ein Inhaltsverzeichniss anfertigte, s. GA. III S. 760); — F. Pfeiffer, Barlaam u. Josaphat von Rudolf v. Ems (Dichtungen d. deutschen MAs. 3, Leipz. 1843) S. 406; — L. Uhland, Alte hoch- u. niederdeutsche Volkslieder. I. Liedersammlung (Stuttg. u. Tüb. 1844) S. 997 f.[1]); vgl. Schriften z. Geschichte der Dichtung u. Sage III (Stuttg. 1866) S. 293 Anm. 39; — F. Roth bediente v. d. Hagen für die GA. vor 1846: s. daselbst I S. XLVI und III S. 76; vgl. auch F. Roth zu Mhd. Wb. I (Leipz. 1854) S. 694ᵇ und Schwanr. S. 43 Anm. zu 234.

Hiernach war S eine Pergamenths.; klein 2° (nach Scherz, Oberlin, Uhland) oder 4° (nach Prox und Massmann); 2spaltig

---

[1]) *Uhland arbeitete 1837 und 1844, sowie nachmals wieder 1846 auf der Strassburger Bibliothek; s. L. Uhlands Leben von seiner Wittwe (Stuttg. 1874) S. 264. 318. 319 und Briefwechsel zwischen Freih. v. Lassberg und L. Uhland. Hg. v. F. Pfeiffer (Wien 1870) S. 250.*

(nach Prox), die Spalte zu ca. 30 Zeilen, wie ein Vergleich der Länge der einzelnen Gedichte mit dem Raume, den sie im Ms. beanspruchten, ergibt; 80 Bll.; unvollständig; XIV. Jh. (nach Prox, Pfeiffer, Uhland) oder zweite Hälfte des 13. Jhs. (nach J. Grimm); jedes neue Stück und jeder Absatz begann mit rothen oder blauen Initialen (nach Prox); Überschriften.

Der Inhalt findet sich bei Prox S. 25—30, genauer bei Graff Diut. I S. 314—317 verzeichnet. Indess ist weder bei Letzterem noch in v. d. Hagen-Büschings Grundriss S. 317—320 erwähnt, dass das erste Gedicht der Sammlung Froeide ellende liebet sich ausser bei Myller III S. XLII—XLVI auch in C. R. Hausens Staatsmaterialien u. hist.-polit. Aufklärungen f. d. Publicum Bd. II Stück 5. 6 (Dessau 1785) S. 673—687 und zwar gleichfalls nach der Bodmerschen Abschrift gedruckt ist. Goedeken, der diesen Abdruck im Grundriss I² Nachtrag S. 491 erwähnt, ist wiederum die Identität mit der Myllerschen Erzählung entgangen[1]). — Bl. 49—53 der Hs. enthält die Halbe Birne.

Einzelne Verse wurden zuerst in Scherz-Oberlins Glossarium I: 1781. II: 1787 *(vorkommenden Falles als S⁹ bezeichnet) gedruckt. Es sind die folgenden:*

V. 12—15: *Bd.* I *Sp.* 161 *s. v.* bittel; 19—12: I, 61 *s. v.* arnen; 38—44: II, 893 *s. v.* lege; 58. 59: I, 301 *s. v.* ellen; 60—63: I, 301 *s. v.* ellenthaft; 70—74: II, 1010 *s. v.* masgenossen; 84—86: I, 487 *s. v.* gebnirschlich; 103: II, 1370 *s. v.* schafalier; 108: II, 1138 *s. v.* nvog; 112—114: II, 880 *s. v.* laster; 124—126: II, 1793

[1]) *Dieser Abdruck ergänzt und verbessert den Myllerschen an einigen Stellen nicht unwesentlich:* 173 *für* Decken ich *bei Myller]* Decke rich *bei Hausen;* 215 Wan ich ir fie ger niht getar] wan ich ir fagen niht getar; 248 hetzen] lætzen; 261 wes fichert ir mich] wes zihet i. m.; 397 Granat topafien tützel fardin] G. t. turkel f.: *daher ist der Edelstein* tützel *bei Lexer* II *Sp.* 1592 *zu streichen, es handelt sich um* türkel, *den Türkisen.*

s. v. sich verwilden; 149—153: I, 118 *f.*
s. v. bemuislen, *und* II, 1262 *s. v.* ram;
154—155: I, 913 *s. v.* leitestab; 160—163:
I, 487 *s. v.* gebuische; 184—190: I, 551
s. v. gief; 187: I, 505 *s. v.* gehuitze;
192 *(abgeändert):* I, 754 *s. v.* grvss; 227.
228: I, 32 *s. v.* altersain, alterseine;
227—229: I, 773 *s. v.* kemenate; 232:
I, 164 *s. v.* blaz; 244—46: I, 755 *s. v.*
kamerrvsse; 268. 269: I, 551 *s. v.* giel;
273—277: I, 266 *f. s. v.* ebenalt; 288—
290: I, 287 *s. v.* eilfte finger; 289: I, 354
s. v. ersworn; 290. 291: II, 1486 *s. v.*
seneclich; 308—310: II, 1922 *s. v.* wage;
311—313: I, 754 *f. s. v.* kammerbelle;
314—317: I, 25 *s. v.* akust; 344. 345:
II, 890 *s. v.* leckerheit; 364: II, 1865 *s. v.*
unversait, unversaget; 370. 371: I, 345
s. v. erkripfen; 378. 379: II, 1299 *s. v.*
ribalt; 391. 392: I, 347 *s. v.* kupfen;
420. 421: II, 1926 *s. v.* melm; 428. 429:
II, 890 *s. v.* leckerlich; 454: I, 755 *s. v.*
kamerbirse; 460. 461: I, 734 *s. v.* itewiz,
ittewiz; 466. 467: I, 141 *s. v.* beswichen;
490. 491: I, 156 *s. v.* bild.

Ganze Stücke, nämlich V. 1—127 und 510—512, sind von Oberlin Diatribe S. 35—37 und 12 publiziert worden (unten als S° bezeichnet), die Schlussverse teilte auch Scherz in seiner Beschreibung des Codex mit: s. Strassb. Studien II S. 483.

Oberlin und Scherz benutzten die Hs. selbst; dagegen beruht der Druck des vollständigen Gedichtes in Myllers Samlung III S. XXXIX—XLII auf einer Abschrift Bodmers (s. Myller S. XLVI), die derselbe 1756 genommen hatte. Diesem war das Ms. durch Elias Stöbers Vermittelung im Dezember genannten Jahres (nicht 1758, wie irrig bei Myller steht) zugeschickt worden, s. Strassburger Studien II S. 479 f.: Brief XXII und XXIII, und er behielt es bis etwa Mitte des nächsten Jahres, s. Brief XXIV.

Weiterhin sind V. 192 f. durch F. Roth in seiner Ausgabe des Schwanritters zu 234 nach eigener Abschrift mitgeteilt worden; zu V. 187 hatte er W. Müller für das Mhd. Wb. die richtige Lesart gegeben. Eine Collation des ganzen Ge-

dichtes war von ihm an v. d. Hagen für die Gesammtabenteuer überlassen, aber von Letzterem nur nachträglich in den Varianten, nicht für die Gestaltung des Textes verwertet worden. Diese Collation müsste massgebend sein, wenn sich nicht zeigte, dass sie v. d. Hagen entweder nicht vollständig vorlag, oder, wie wahrscheinlicher ist, von ihm nicht völlig ausgenutzt wurde[1]): so fehlen die Varianten zu 30. 37. 161. Die weitaus grösste Zahl der wesentlichen Abweichungen, und auch eine beträchtliche Reihe rein graphischer Differenzen sind indess nach der Rothschen Vergleichung zweifellos wiedergegeben worden; ich rechne hierher die Lesarten zu 7. 11 (betrifft wahrscheinlich 3: vgl. Oberlin, Diatr. p. 35 nota n). 23 f. 30. 33. 39 f. 43 f. 82. 84. 89. 95. 99. 103.

---

[1]) Nachforschungen in Frankfurt a. M. ergaben, dass der gesammte wissenschaftliche Nachlass Franz Roths 1869 und 1870 in die Hände Karl Bartschs gekommen ist. Ich verdanke diese Mittheilung dem Sohne, Herrn Stabsarzt Dr. med. Heinr. Roth in Frankfurt a. M.

107. 112. 125. 127. 133. 145. 152. 160. 173. 180. 187. 188. 266 *(= GA.* 262). 275 *f.* (= 271 *f.*). 279 (= 275). 303 (= 299). 312 (= 308). 367 (= 363). 372 (= 368). 385 (= 381). 401 (= 397). 419 (= 415). 426 (= 422). 439 (= 435). 444 (= 440). 464 (= 460). 478 (= 474). 484 (= 480). 489 *f.* (= 485 *f.*). 492 (= 488). 493 *f.* (= 489 *f.*). 499 (= 495). 504 (= 500). 512 (= 508).

Die Überlieferung der einzelnen Verse, ob durch Abdruck in Scherz - Oberlins Glossar (= g), in Oberlins Diatribe (= o), in Myllers Sammlung (= m), oder durch F. Roths Citat (= r), oder durch Roths Collation bei v. d. Hagen (= h), stellt folgende Tabelle dar.

1—6	$m+o$	17	$m+o+h$
7	$m+o+h$	18	$m+o$
8—10	$m+o$	19—21	$m+o+g$
11	$m+o+h$	22	$m+o$
	(vielmehr zu	23. 24	$m+o+h$
	3?)	25—29	$m+o$
12—15	$m+o+g$	30	$m+o+h$
16	$m+o$	31. 32	$m+o$

33	$m + o + h$	96—98	$m + o$
34—38	$m + o$	99	$m + o + h$
39. 40	$m + o + g + h$	100—102	$m + o$
41. 42	$m + o + g$	103	$m + o + g + h$
43. 44	$m + o + g + h$	104—106	$m + o$
45—57	$m + o$	107	$m + o + h$
58—64	$m + o + g$	108	$m + o + g$
65—69	$m + o$	109—111	$m + o$
70. 71	$m + o + g$	112	$m + o + g + h$
72	$m + o + g$	113—115	$m + o + g$
73. 74	$m + o + g$	116—123	$m + o$
75—79	$m + o$	124	$m + o + g$
80	*fehlt*	125	$m + o + g + h$
81	$m + o$	126	$m + o + g$
82	$m + o + h$	127	$m + o + h$
83	$m + o$	128—132	m
84	$m + o + g + h$	133	$m + h$
85. 86	$m + o + g$	134—144	m
87. 88	$m + o$	145	$m + h$
89	$m + o + h$	146—148	m
90—94	$m + o$	149. 150	$m + g$
95	$m + o + h$		(2 *mal*)

151	$m+g$	218	*fehlt*
	(2mal)	219—226	m
152	$m+g$	227. 228	$m+g$
	(2mal)$+h$	229—231	m
153—155	$m+g$	232	$m+g$
156—159	m	233—243	m
160	$m+g+h$	244—246	$m+g$
161—163	$m+g$	247—252	m
164—172	m	253. 254	*fehlen*
173	$m+h$	255—265	m
174—179	m	266	$m+h$
180	$m+h$	267	m
181—183	m	268	$m+g$
184—186	$m+g$	269. 272	m
187	$m+g$	273. 274	$m+g$
	(2mal)$+$	275. 276	$m+h+g$
	$h+r$	277	$m+g$
188	$m+g+h$	278	m
189. 190	$m+g$	279	$m+h$
191	m	280—287	m
192	$m+g+r$	288	$m+g$
193	$m+r$	289. 290	$m+g$
194—215	m		*(2mal)*
216	*fehlt*	291	$m+g$
217	m	292—302	m

303	$m+h$	402—418	m
304—307	m	419	$m+h$
308—311	$m+g$	420. 422	$m+g$
312	$m+g+h$	422—425	m
313—316	$m+g$	426	$m+h$
317—343	m	427	m
344. 345	$m+g$	428. 429	$m+g$
346—363	m	430—438	m
364	$m+g$	439	$m+h$
365. 366	m	440—443	m
367	$m+h$	444	$m+h$
368. 369	m	445—453	m
370. 371	$m+g$	454	$m+g$
372	$m+h$	455—459	m
373—377	m	460. 461	$m+g$
378. 379	$m+g$	462. 463	m
380	$m+h$	464	$m+h$
381—384	m	465	m
385	$m+h$	466. 467	$m+g$
386—390	m	468—477	m
391	$m+g$	478	$m+h$
392	m	479—483	m
393	$m+g$	484	$m+h$
394—400	m	488	m
401	$m+h$	489	$m+h$

490      $m+g+h$ 499 $m+h$

491      $m+g$ 500—503 m

492—494 $m+h$ 504 $m+h$

494—498 m 505—509 m

510. 511 $m+o+$ *Scherz (Strassb. Stud.*
        II S. 483)

512      $m+o+$ *Scherz (a. a. O.)* $+h.$

    Überliefert sind

        509 *Verse in m,*
        103   „   „ *g,*
        130   „   „ *o,*
         55   „   „ *h,*
          3   „   „ *r;*

   erhalten sind davon nur in

      m 289
      $m+g$ 56
      $m+o$ 76
      $m+h$ 24
      $m+r$ 1
      $m+g+o$ 29
      $m+g+h$ 8
      $m+o+h$ 13
      $m+g+o+h$ 8
      $m+g+h+r$ 2
      $m+o+$ *Scherz*   2
      $m+o+h+$ *Scherz*   1;

es sind also 4 *Verse belegt* 11 *mal*

$$3 \quad „ \quad „ \quad 52 \quad „$$
$$2 \quad „ \quad „ \quad 157 \quad „ \;.$$

Dieser Umstand ermöglicht eine Werthschätzung der eigentlichen Abschriften.

Von Abweichungen der Copieen unter einander finden sich nachstehende:

1 Hie vor *m*, Hievor *o*. — 2 geschriben *m*, gschriben *o*. — 3 wunencliches *m*, wunnecliches *(corr. aus* wunderliches: *h gibt diese Correctur, wahrscheinlich irrig, zu* 11 *an) o*. — 4 Und *m*, vnn *o*. — 7 moechte *mo*, mŏhte *h*. — 10 Daz *m*, dz *o*. — 11 *vgl. zu* 7. — 12 swaz *mo*, swas *g;* sú *mh*, sü *g*, svi *o*. — 16 Nu *m*, Nv *o*. — 17 dar ir bet *m*, dur i. b. *oh*. — 19 sy *m*, svi *o*. — 20 si *m*, sü *g*, svi *o;* Daz *m*, dz *o*. — 21 zuo *m*, zvo *o*, zu *g*. — turnay *m*, turney *og*. — 23. 24 kême: nême *m*, kéme: néme *h*, keme: neme *o*. — 26 uf *m*, vf *o*. — 29 sumerzit *m*, sumer zit *o*. — 30 erschallent *m*, erschullent *o;* mêre *m*, mére *h*, mere *o*. — 33 da bi *m*, do bi *oh*. — 35 geheizen *m*, geheissen *o*.

— 36 umbe *m*, vmbe *o*. — 37 Gevohte *m*, gevohten *o*. — 39 und *mg*, vnn *o*. — 39. 40 tugenden : jugenden *mog*, túgenden : júgenden *h*. — 41 Unde *m* *(auch h)*, unde *g*, vnde *o*. — 42 oech *mo*, och *g*. — 43. 44 turneye : leye *m*, turnege : lege *ogh*. — 46 gruene *m*, grune *o*. — 47 couvertúre *m*, couertúre *o*. — 51. 52 *in m enthalten, fehlen o.* — 53 muoste *m*, mueste *o*. — 56 Und *m*, vnn *o*. — 57 dike *m*, dicke *o*. — 60 manigen *mo*, mannigen *g*. — 62 vf *mo*, uf *g*. — 67 úber *m*, uiber *o*. — 70 guoter *m*, guter *o*. — 72 dar getragen *mg*, der g. *o*. — 73 unde *mg*, vnde *o*. — 74 mazgenozse *m*, mazgenosse *og*. — 77 Uf *m*, vf *o*. — 79 und *m*, vnn *o*. — 82 des *m*, dz *o*, daz *h*. — 84 hoerent *mo*, hôrent *h*. — 86 Nach *m*, noch *og*. — 89 unbedahte *m*, vnbedahte *o;* helt *m*, heilt *oh (vgl. 439)*. — 90 ungeschelt *m*, vngeschelt *o*. — 94 enmohter *m*, en moehter *o*. — 95 schoene *mo*, schône *h*. — 95 daz *m*, dz *o*. — 99 jungfrowen *m*, iunfrowe *oh*. — 101 uf *m*, vf *o*. — 102 wolgetan *m*, wol getan *o*. —

103. 107 schafaliers *mog*, schafeliers *h.*
— 107 ungefuog *m*, vngefuog *o.* — 109
Uf *m*, vf *o.* — 112 und *m*, vnde *o*, unde
gh. — haber *m*, hab er *og.* — 113 bir
mo, bier *g.* — 113 hute *mo*, hut *g.* —
114 hove zúhten *mg*, houe zúhten *o.* —
125 an eren *mo*, a. ere *g;* und *m*, vnde
o, und *h.* — 127 die in geschendet hette:
in *oh*, er *m.* — 133 heimliche *m*, hein-
liche *h.* — 145. 152 garwe *m*, g'we *h.* —
150 ouch *m*, oech *g.* — 151 Antliz *m*,
antlitz *g.* — 152 swarz *m*, swartz *g.* —
160 der wider *m*, do w. *gh.* — 161
schlahent *m*, slahent *g.* — 162 Und *m*,
unn *g.* — 173 kumet *m*, komet *h.* —
180 ein more *m*, eine m. *h.* — 187 ge-
bútze *m*, gehuitze *g*, gehútze *h (auch
Mhd. Wb.* I, 694[b]). — 188 crúze *mh*,
cruize *g.* — 245 kamerrusse *m*, KAMMER-
RUSSE *g.* — 266 sinne *m*, sinnen *h.* —
269 af *m*, uf *g.* — 275. 276 oigen : er-
zoigen *m*, oeigen : erzoeigen *g*, öigen : er-
zŏigen *h.* — 271 begunder *m*, begund er
g. — 279 krampf *m*, kranpf *h.* — 289
was *m*, waz *g.* — 290 den selben *m*,

denselben *g;* minnedorn *m,* minne dorn
g. — 291 Unde *mh,* und *g.* — 303 heim-
lichen *m,* heinlichen *h.* — 308 und *m,*
vnd *g.* — 310 niht *m,* nuit *g.* — 312 al
gefelle *m,* al getelle *gh.* — 314 ardrúze
m, urdruitze *g.* — 344 bekander *m,* be-
kan der *g.* — 345 lekerheit *m,* LECKER-
HEIT *g.* — 360 unversaget *m,* VNVER-
SAGET *g.* — 367 trahte *m,* truhte *h.* —
371 stap *m,* stab *g.* — 372 stupftete *m,*
stupfete *h.* — 378 der arge ribalt *m,*
d. alte r. *g.* — 380 Do er in die wise
kam *m: fůr* er] ez *h.* — 385 Stupfe *m,*
Stupfa *h.* — 401 Und *m,* Unde *h.* —
419 und *m,* unde *h.* — 426 wipliche *m,*
wiplich *h.* — 428 verstat *m,* verstant *g.*
— 439. 444 helt *m,* heilt *h (vgl.* 89). —
454 kammerbirse *m,* KAMERBIRSE *g.*
— 461 unverdienten *m,* unuerdienten *g.*
— 464 schimphfes *m,* schinphes *h.* —
466 muezent *m,* muizent *g.* — 478 und
m, vnd *h.* — 484 stupfete *m,* stunpfete
h. — 489. 490 gezême : nême *m,* gezéme :
néme *h.* — 490 bilde *m,* BILD *g.* —
491 kúniginne *m,* koeniginne *g.* — 492

dú *m*, die *h*. — 493. 494 eroeigete : irzoeigete *m*, ir ŏigete:irzŏigete *h*. — 499
tugende *m*, túgende *h*. — 504 heinnêre *m*,
minnære *h*. — 512 wurzeburg *m*, Wurzeburg *h*, Wúrzeburg *o*.

*Diese Liste stellt den Abschriften ein
verhältnismässig günstiges Zeugniss aus,
so dass der Verlust der Hs. nur wenig
zu empfinden ist. Erhebliche Differenzen
begegnen 51 f., die in m enthalten sind,
während sie in o fehlen;* 128 *hat* m
die er geschendet hette: *oh lesen* in;
378 *lautet in* m *der* arge ribalt, *in* g
d. alte r; 380 *steht in* m *do* er in die
wise kam, *h gibt* ez; 385 *liest* h Stupfa
statt Stupfe *bei* m. *Aber* 51 f. *stimmt
m zu der Überlieferung aller übrigen Hss.,
128 entscheidet die Majorität der Co-
pieen,* 38 *und* 385 *die Autorität von* h.
So kann nur 378 *ein Zweifel darüber
entstehen, ob das an sich wahrscheinliche
und durch den Sprachgebrauch des Dich-
ters gestützte* arge *(s. die Anm. zum Text)
auch wirklich in S gestanden hat. — Dazu*

treten einschneidendere orthographische Ver-schiedenheiten: 17 dar *m*, dur *oh*. 20 er-schallent *m*, erschullent *o*. 33 da *m*, do *oh*. 72 dar *mgh*, der *o*. 82 des *m*, dz *o*, daz *h*. 86 Nach *m*, noch *og*. 125 eren *mo*, ere *g*. 160 der wider *m*, do wider *gh*. 187 gebûtze *m*, gehuitze *gr*. 310 niht *m*, nuit *g*. 312 al gefelle *m*, al ge-telle *gh* 504 heinnêre *m*, minnære *h*. *Nur* 125 *und* 310 *kann die richtige Lesart zweifelhaft sein. — Sonst finden sich nur leichte graphische Discrepanzen, welche auf die Herstellung des Textes keinen Einfluss ausüben können. Worte sind verschieden abgeteilt* 1. 29. 74. 94. 102. 112. 271. 290 *(bis)*. 344. 493; *Ab-kürzungen werden bald belassen, bald auf-gelöst* 4. 10. 20. 39. 56. 79. 82. 95. 145. 151. 162; *eine Correctur der Hs. ist ver-merkt oder verschwiegen* 3 *(resp.* 11); *diakritische Zeichen über den Vokalen sind im Druck nachgeahmt, durch nebengesetzte Typen ausgedrückt oder ganz fortgeblieben*[1])

---

[1]) *Über die Orthographie von S vgl. Grimm A. Heinr. S.* 146 *f.*

7. 13. 21. 23 *f.* 30. 39 *f.* 42. 46. 53. 67. 70. 84. 94. 95. 150. 188. 275 *f.* 314. 466. 489 *f.* 493 *f.* 499. 504. 512; *von Vokalen werden vertauscht* a *und* e 7, ei *und* e 89. 439, i *und* e 493, ie *und* i 113, u *und* a 17. 30. 269. 314. 367, u *und* o 173, ú *und* y 19, ú *und* oe 487; *es laufen durch einander die Consonanten* b *und* p 371, g *und* y 43 *f.*, j *und* i 88. 99, m *und* n 133. 280. 304. 464, — s, ss, z, zz, sch 12. 13. 35. 74. 151. 153. 161. 289. 314, v *und* u[1]) 16. 26. 36. 41. 62. 73. 77. 89. 90. 101. 107. 109. 112. 114. 308. 360. 461. 478; *es fehlen einzelne Buchstaben oder werden hinzugefügt* 2. 37. 47. 57. 60. 99. 113. 125. 180. 245. 291. 345. 401. 419. 426. 428. 454. 464. 484. 490.

Abgesehen davon, dass es V.51 f. fälschlich auslässt, ist o die beste Abschrift; das lässt schon Oberlins[2]) *Name erwarten und*

---

[1]) *Vgl. Grimm a. a. O.*

[2]) *Dass Oberlin besser als Bodmer las, zeigt auch seine Collation zu dem Myllerschen Abdruck des Herzmäre (Samlung I, 208), die sich in seines Schülers Prox Dissertation De poetis Alsat. erot.*

wird durch die Genauigkeit im Kleinen bewiesen: V. 3 theilt o eine Correctur der Hs. mit; daz *und* dz *(10. 20. 95),* vnde *und* vnn *(39. 56. 79) werden unterschieden; in der Wiedergabe von* u *und* v *erscheint o genauer als m (16. 36. 77. 86. 89. 90. 101. 107. 109. 112), als g (112) und als gm (73). — An Werth folgt g: vgl. 43 f. 86. 160. 161. 187. 269. 312. 314. — Am wenigsten Sorgfalt zeigt m. Es steht gegen ohg 43 f. 112; gegen oh 3 (resp. 11). 17. 33. 82. 88. 89. 99. 128); gegen og 11. 74. 86. 112; gegen gh 160. 187. 312; gegen h 133. 145. 151. 173. 180. 280. 304. 367. 380. 385. 401. 419. 426. 439. 464. 478. 484. 492. 493 f. 499. 504. — Als Rangordnung ergibt sich also: h (soweit es von m abweicht, s. S. XCI f.) — o — g — m. Für 1—127 (excl. des in S fehlenden Verses 80) und 512—514*

S. 20 findet. Die Lesarten hatte Oberlin auch in sein Handexemplar, das unsere Erlanger Bibliothek besitzt, eingetragen. Abweichungen von Prox finden sich nur 120 Binamen, *146* Nu, *236* geschüffes, *433* fründes.

ist daher S nach Oberlins Abschrift, für die übrigen Stücke nach dem Myllerschen Abdruck unter massgebender Berücksichtigung der in Scherz - Oberlins Glossar angeführten Stellen benutzt worden.

Für den Lautstand der Hs. vgl. Grimm, A. Heinr. S. 145—153. *Sie ist im Elsass, wo sie aufbewahrt wurde, auch geschrieben; ich verweise auf* ô *für* â *in* koment 31. noch (= nâch) 86. lont (= lânt) 144. rome (= râme) 409; *auf* ei *für* e *in* heilt 89. 439; *auf* d *für* t *in* dohter 4. 93. 379 *und* disch 157; *auf Umstellung des* r *in* sinre 281. gruenre 452. alre beste 326; *endlich auf die Form* von dannan 436. *Sonstige Abweichungen vom gemeinmhd. sind gemeinalem., wie* n *für* m *in* heinliche 133. 303 *und* krampf 279. 342, sch *für* s *in* schlahent 159. schluog 198, tt *für* t *in* mitte 183. 475. 494. gebitten 251. 406. gesnitten : sitten 177. besnitte : sitte 95. gottes 123, *Antritt von* t *in* jahent 9. koment 31. sahent 185 *und anderes mehr.*

h

S¹: Fragment der Strassburger Universitäts- und Landesbibliothek, veröffentlicht und beschrieben von L. Müller, Zs. 24 (1880) S. 56 f.;

Pp., kl. 4⁰, 2 spaltig; XIV. Jh.; enthält V. 444—464 des Gedichtes.

V: 2885 (Philol. 119) der Wiener Hofbibliothek, aus Ambras stammend; vgl. H. Hoffmann, Verzeichnis der altd. Hss. d. k. k. Hofbibl. zu Wien (1841) S. 93 ff., Tabb. codd. mss. bibl. Palat. Vindob. II (1868) S. 150 f., K. Maeker, Die beiden ersten Redactionen des mhd. Gedichtes von der Heidin. Berl. Diss. 1889/90 Nr. 234 S. 6; — auf ältere Beschreibungen verweist v. d. Hagen, G.A. III (1850) S. 761.

Pap., 2⁰; 2 spaltig; 213 Bll.; vor einem halben Jahrtausend vom 22. (resp. 23.) April bis 4. Juli 1393 in Innsbruck von Johannes Götschl geschrieben; — über die bayerische Mundart vgl. Maeker a. a. O. S. 6 f.

Herr Prof. Seemüller in Innsbruck,

damals noch in Wien, hatte die Gilte die Handschrift für mich zu collationieren. Später konnte ich das Manuscript auch hier am Orte selbst vergleichen, seit die neue Direction der Hofbibliothek deren reiche Schätze durch Versendung so viel zugänglicher macht.

Eine Bearbeitung des Gedichtes unternahm Hans Folz auf Grund einer Hs., welche K nahesteht[1]), — aber zu frei, um für die Textherstellung des Gedichtes Verwendung finden zu können. Folzens Bearbeitung ist bei Goedeke, Deutsche Dichtung d. MAs., 2. Ausg. (Dresden 1871) S. 855 f. gedruckt.

---

[1]) *Vgl. S. 856 Z. 38 mit K 438 ff.*

Für das Verhältnis der Handschriften lässt sich folgender Stammbaum aufstellen:

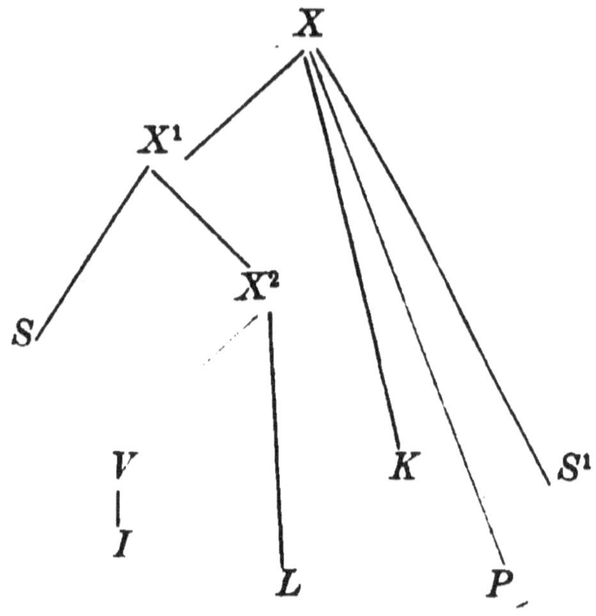

I ist Abschrift von V (s. S. LX). Abgesehen von unbedeutenden orthographischen Verschiedenheiten finden sich Änderungen des Originales nur V.30 erschullen]

entschullen. 57 er] es. 74 im] Inn. 128 der]
er. 134 in] ins. 160 da] dar. 163 Vor]
Von. 164 ÿwcz] icht. 166 nÿwcz] nicht.
172 Die] Der. 174 frumet] frumment.
181 erwant] enwant. 187 ain *doppelt ge-*
schrieben. 191 ins] in daz. 193 irē] ein.
203 sis] si. 212 pegundr] begund: *ver-*
bessert Schreibfehler von V. 239 (b) flegen]
slegen. 299. 385 Irmengart] Ir mengart.
342 igel] ain ygel. 352 senleichn̄ pein]
senleich pey im. 358 Irmengart] Mengart
s. 299 *(doch* 370 Irmengart). 371 er
gripfte] ergreifte. 372 starkn̄ stipfte]
starckem gifte. 388 rürt] wert. 432 secz]
täcz. 508 clain‘] cleinē, *corr. aus* claine`.
Da für die Construction des Textes die
Hs. völlig ausser Betracht bleiben konnte,
sind ihre Lesarten in den Varianten-
apparat nicht aufgenommen worden.

Von den übrigen Codices gehen V und
L auf eine gemeinsame Vorlage X² zu-
rück: 288—291 *(nach SKP)* daz dem tum-
ben wihte der eilfte vinger was ersworn.
si sach den selben minnedorn und leit

vil seneclîche nôt *lauten in VL* Daz
(*das L*) dem tumben wichte Der ainlift
(*ailiff finger L*) stunt enpor (enbor *L*) Ir
wart kunt daz ir da (da *fehlt V*) vor
Nie mer (mer *fehlt L*) waz beschehen
(beschechen *L*) Si pegund (begunt *L*) fast
(vast *L*) daz (dar *L*) sehen (sechen *L*)
und leit vil (vil *fehlt L*) senleichñ (snel-
licklich *L*) not (pein vn not *V*); — 346 *f.*
für als ich dâ vorne hân geseit, durch
daz er si geschante *(nach SK, in P Lücke)*
haben VL Als hie (uch *L*) vor ist gesait
Das er sei (sy *L*) gerñ (gern *L*) schante
(geschant *L*); 349 sam er si wolde grîfen
an *(nach SK, in P Lücke) bieten VL die
Lesart* Daz er sei (sy *L*) nicht *(fehlt L)*
wolt greiffñ (griffen *L*) an; — 372 *(nach
S, in KP Lücke)* und mit der gerten
stipfete *überliefert V* Mit ainem starken
stipfte, *L* mit ainem grozzen sticht; —
393—395 *(nach S, in KP Lücke)* biz in
der frouwen minnen art beiden alsô tiure
wart, daz in diu süezekeit zerran. dô
wart der tœrehte man *kürzen und ver-
gröbern KL, indem sie die Pointe ver-*

wischen: Piz (bisz *L)* er sei (si *L)* ze weib (wib *L)* gewan. Do wart der törisch (toracht *L)* man; — 499—503 *(nach SK. in P ist der Schluss verloren gegangen)* wie der ritter Arnolt aller sîner tugende solt alsô gar und gar verlôr, ob er niht worden worden wære ein tôr, daz er geschendet wære *ändern VL mit unreinem Reim in* Wie der ritter arnolt (arnot *L)* Von ir vn mimikleich *(so!,* vnminicklich *L)* verloz Ain (ein *L)* spehn (spåchen *L)* list er im erkoz (erkosz *L)* Wie er ir mocht (mocht *fehlt L)* vergeltn (daz vergülte *L)* Ir gespott vn̄ ir scheltn (als si an jm verschulte *L)* Dez waz (was *L)* si (sü *L)* im niht (nit *L)* lang vor Wer er nicht (nit *L)* wordn (worden *L)* ain tor. *— Ausser der Umstellung der Verse* 349 *f. finden sich gemeinsame Fehler V.* 9 des besten] daz beste; — 36 der] Und; — 60 was] wart; — 62 lant] sant; — 79 zwein] Ye (ze *L)* z.; — 114 an hovezühte laz *fehlt* an; — 139 knappe] knab;— 154 einen] Vn̄ (Und *L)* ain; — 206 verdulden] dulden; — 235 ir vrouwen] der v.;

— 282 ûfgerihtem] vffgerecktem (auf ge-
raktē *L)*; — 295 sunder einiu, diu dâ
saz *fehlt* diu; — 296 bekande] erkant; —
298 der selben lîp] ir l.; — 300 ir vrouwe
sprach zuo ir zehant *fehlt* zuo ir; —
313 *nach* mîn rât *fehlt* der; — 316 *f.* sît
inch ir âkustes nieman kan erretten *lesen*
VL sich ir (ires *V) und* mag; — 355
wîben] frawn̄ (frowen *L)*; — 357 rîchen
küneges *fehlt* rîchen; — 363 *fehlt* frouwe;
— 364 dienest] hilf (hilff *L)*; — 378 der
arge] der selb (derselb *L)*;— 380 wîse] zit
(zeit *L)*; — 389 maget] dirn̄ *V* (dirn *L)*;
— 391 kipfete] stupfte; — 397 gestôzen]
Gezogn̄ (zogen *L)*; — 400 mannen] dinst
man (dienest man *L)*; — 439. 444 ei
schafaliers] Hay ze laide *V*, hie ze lait
L; — 449 diu vrouwe] si (sy *L)*; —
463 *fehlt* gerne; — 466 beswichen] be-
slaffn̄ (beslaffen *L)*; — 473 behabe] hab;
— 482 ungelücke] gelükhe (selbe gelücke
L); — 495 *fehlt* grôzen; — 498 sælic]
ÿegleich (yglich *L)*; — 512 ich Kuonrât]
maist' chunrat (maister conrat *L)*.

Die beiden Repräsentanten von X^2

sind in ihrem Werthe sehr ungleich; als der bei weitem bessere stellt sich V dar: die Hs. zeigt ausser den oben angeführten und im nächsten Absatz zu erwähnenden nur folgende Abweichungen gegenüber dem Texte. Von ganzen Versen fehlen 213 f. 230 f. 311 f., *umgestellt sind* 471 f., *und Zusätze finden sich nach* 427 *und* 428 *je ein, nach* 240 *und* 290 *je zwei, sowie nach* 501 *und* 514 *je vier Zeilen. Stärkere Varianten, welche Wort und Sinn verändern, begegnen* 74. 107. 116. 126. 154. 191. 215. 218. 241 f. 280. 283 f. 348. 366. 382. 444, *geringere Differenzen finden sich* 1. 10. 12. 17. 37. 41. 42. 52. 54. 57. 58. 61. 64. 65. 67. 71. 72. 80. 89. 92. 97. 111. 120. 132. 133. 140. 142. 146. 147. 150. 156. 158. 172. 174. 176. 177. 178. 179 f. 181. 183. 187. 189. 190. 197. 199. 200. 212. 220. 221. 236. 245. 246. 252. 253. 269. 272. 276. 279. 281. 285. 291. 292. 295. 302. 303. 304. 316. 324. 330. 332. 334. 360. 365. 370. 379. 388. 390. 396. 399. 407. 436. 442. 448. 471. 473. 479. 488. 490. 493. 496. 497. — *Bunte*

Willkür herrscht hiergegen in L. Es fehlen die Verse 87 f. 149 f. 165—174. 211 f. 214. 220. 223 f. 253. 256. 265—272: in Summa 30 Zeilen; hinzugefügt sind nach 427 und 428 je ein Vers, nach 50. 98. 120. 180. 246. 254. 264. 290. 356 je zwei, und nach 296 und 501 je vier Verse: in Summa 28 Zeilen; umgestellt wurden 71 f. 151 f. 199—203. 275 f., 147 f. nach 178 versetzt: in Summa 13 Stück; abgesehen von den Abweichungen im Kleinen, wie sie für V aufgezählt wurden, findet sich in L allein der Wortlaut des ganzen Verses verändert: 10. 33. 37. 47. 49. 50. 51. 69. 71. 89. 91. 94. 96. 113. 121. 122. 128. 129. 130. 140. 151. 152. 155. 156. 184. 194. 196. 197. 201. 202. 203. 204. 208. 215. 218. 221. 227. 228. 232. 239. 241 f. 244. 246. 254. 257. 260. 261. 275. 276. 279—284. 324. 330. 333. 334. 348. 389. 404. 451. 456. 461. 481, *zusammen 67 mal.*

X^2 *seinerseits zeigt Übereinstimmung in Fehlern mit S:* 100 nû muget ir wun- der schouwen *(nach KP mit der zu nû

passenden Anredeform) lauten in SV n.
mag men (man *V)* w. sch.; *L abweichend* ir
müsent; — 122 gar tobelichen er dô
swuor: dô *(in PK gestützt durch Parallelen)*
fehlt SV; L abweichend tŭr er sich ver-
swŭr; — 137 umbe alsô cleine missetât:
umbe *in KP (auch L) und unterstützt*
durch Parallelen, Durch *in SV;* — 160
spreche ieman da widere *in KP (auch L)*
und Parallelen, Redet (rede) i. d. w. *SV;*
— 188 *f.* daz vil heilege criuze müeze
uns beschirmen hiute *nach K (P und L*
ändern, da der vorhergehende Vers fehlt): in
SV lautet 189 Beschirme uns noch (noch
fehlt V) hŭte; — 227 *ff.* dô kam ein
juncfrouwe vîn reht als ein turteltiubelîn
geslichen vŭr daz palastor *nach KP und*
Parallelen: SV und L mit starker Ände-
rung, aber auf Grund gleicher Vorlage
Do kam der frowen eine (eine *fŭr* einiu
begegnet bei Konrad nicht) Gegangen
altersaine (alters elleine *S)* Fŭr der
(dew *V)* kemenaten tŭr (tŭr *fehlt V);*
L wart sy da gemain vnder den mayden
ain dŭ wer gern fŭr das tor; — 233 der

dâ ein tôre solte sîn *nach KP*, dâ *fehlt SVL;* — 236 wie daz der tôre wære *nach KP*, wie *fehlt SVL;* — 267 kêrte er alliu sîniu dinc *nach K (P fehlt)*, Leit (Let *V*) er allen (allñ *V*) sinnen (sein *V*) gering (gerink *V*) *SV (L fehlt);* — 314 ir werdent noch urdrütze *nach K*, noch *fehlt SVL;* — 315 der süezen minne lustes *K und Parallelen*, süezen *fehlt SVL;* — 337 und fuorte in zuo ir bette *nach K (P fehlt) und Parallelen (auch L hat* zuo), *statt* zuo] an *SV;* — 339 zuo der künigîn geleit *nach K, für* künigîn] frouwe *SVL;* — 344 doch vil gerne bekander *nach K*, doch *fehlt SVL;* — 433 beide leben unde lîp *nach K und dem Sinne, statt* leben] guot *SVL.*

Beweisend sind von diesen ungleichwerthigen Übereinstimmungen die Varianten zu 188 f. 227 ff. 267. 315. 433.

Das verwandtschaftliche Verhältniss zwischen S und X^2 ist nicht ein directes, so dass letztere Gruppe sich aus S herleite: vielmehr gehen S und X^2 auf eine ältere gemeinsame Vorlage X^1 zurück.

Denn die Gruppe X^2 (VL oder V oder L) weist mehrfach richtigere Lesarten auf als S. 306 von des tôren schulde *VL, statt* des] dis S; — 418 für die frouwen wolgetân *VL, statt* frouwen] jungfrowe S, künigynne K; — 420 rîtent in dem melme *VL, statt* dem] solichem S. — — 4 und eine tohter, der ir lîp *KVL (P weicht ab)*, ir *fehlt* S; — 175 dô volgete er vil drâte] *KVL (P fehlt) und Parallelen,* S getrate; — 248 *f.* mir ist vil von im gesaget, er sî sô rehte spæhe *KVL (P fehlt)*, *statt* er sî] Unde ist S; — 342 daz er sich als ein igel rampf nach *KVL (P fehlt) und Parallelen, S statt* rampf] kranpf; — 398 des morgens dô der tac ûf brast *V (brachst L, da ůff brach d' tag K, P fehlt)*, *S statt* brast] was; — 435 iemermê beschrîe *KVL, statt* beschrîe] an geschrie S. — — 130 und ouch vil guotes râtes wielt *KV (PL weichen ab)*, vil *fehlt* S; — 166 dem verjehent nihtes *KV (LP fehlen)*, d. antwürtet n. S; — 203 *f.* doch muosten siz vür guot gehaben von dem tœrehten knaben *KV (L weicht ab)*, han : man S;

258 dô was im vil (laider *LP*) tiure *KV*,
vil *fehlt S;* — 323 diu von der strengen
minne kumet *KV (P fehlt)*, strengen *fehlt
S (auch L);* — 414 mit gar grôzem gelfe
KV (P fehlt), gar *(in L* hart) *fehlt S;*
— — 80 dar zuo wart ein cleine: *gegen
VLKP fehlt der Vers in S;* — 149 ver-
müseln *KV (L fehlt)*, bemüseln *S;* —
253 *f.* als si diu küniginne hiez. si brâhten
den vil tumben viez *KVP (L setzt andere
Verse an deren Stelle), beide Zeilen fehlen
S;* — 384 dô sprach diu wolgetâne *KVP,
für* sprach] rief *S (L auch* rieff); — —
407 ein schœnez bat wart dar getragen
KL (P ändert den ganzen Vers), für
wart dar] daz wart *S* (wart im her *V);* —
119 vor (wider *P)* allen die dâ wâren
PL und Parallelen, nach allen *folgt* den
S (auch VK).

*Es ist mithin für S und X² (VL) eine
gemeinsame Wurzel X¹ anzusetzen; und
zwar steht S derselben näher als X¹.
Über die verhältnissmässig geringe Zahl
der Abweichungen dieser Handschrift von
S ist oben Kapitel* IV *zu vergleichen.*

Die anderen Handschriften zeigen weder mit X^1 noch unter sich Verwandtschaft, sondern gehen, allerdings ihrerseits gewiss wieder durch eine Reihe von Mittelgliedern, auf den Archetypus X zurück.

Für die Textkritik kommt S^1 wenig in Betracht, da uns nur ein Fragment von 21 Versen erhalten ist. Es repräsentiert eine stark gekürzte Fassung, welche das Gedicht mit Vers 464 abschloss. Selbständige Abweichungen in einzelnen Worten finden sich 448. 450. 460. 461. 462, eine starke Änderung begegnet 451 f., nach 464 sind 2 Zeilen hinzugefügt.

Unter den beiden übrigen Manuscripten, deren jedes den Schwank in stark entstellter Form überliefert, aber doch eine Zahl guter Lesarten bietet, gebührt K der Vorrang. Eigene Abweichungen gegenüber allen anderen Handschriften finden sich an folgenden Stellen. Es fehlen V. 55—64, 173 f. 273—282. 377—383. 389—396. 454. 511—514: = 42 Verse, Zusätze sind gemacht nach 184. 264 und 384 je eine Zeile, nach 238. 296. 388 je zwei, nach

438 sechs und nach 511 sieben, zusammen 22 Zeilen. Über den ganzen Vers erstreckt sich die Variante 29. 65. 70. 81. 82. 95. 96. 113. 114. 169. 172. 190. 192. 194. 195. 197. 215. 226. 231. 264. 294. 316. 317. 320. 329. 330. 356 f. 359. 360. 365—376. 397. 398. 420. 439. 444. 461. 472. 478. 479. 480. 493. 501. 507. 510: in Sa. 56 mal. Die andere Lesart umfasst wenige oder nur einzelne Worte 3. 8. 19. 20. 24. 37. 52. 69. 71. 76. 77. 80. 87. 88. 90. 94. 101. 115. 118. 120. 126. 127. 132. 143. 146. 147. 150. 151. 152. 159. 162. 164. 167. 168. 170. 171. 181. 187. 188. 193. 202. 204. 206. 208. 221. 224. 234. 235. 242. 244. 246. 247. 251. 253. 260. 262. 263. 268. 269. 270. 283. 287. 289. 291. 292. 293. 295. 296. 297. 298. 301. 307. 319. 324. 326. 331. 334. 335. 337. 344. 345. 350. 353. 355. 358. 361. 385. 388. 399. 400. 402. 405. 413. 418. 421. 423. 424. 438. 448. 450. 462. 464. 470. 477. 488. 492. 494. 495. 496. 497. 502. 503. 509: in Sa. an 113 Stellen. Unter den 489 Versen, welche K zählt,

sind mithin 22 unächt, 56 total ver-
ändert, 113 mehr oder weniger va-
riiert, 42 ächte fehlen. Ungerechnet
blieben hiebei die falschen Übereinstim-
mungen mit irgend welchen anderen
Handschriften.

P, welches mit 452 in Folge Ver-
stümmelung abbricht, zeigt nachstehende
Lücken. Es fehlen 165—178, 183 f.,
203—206, 225 f., 247—250, 265—270,
273—276, 301 f., 313—364, 370—374,
377—382, 389—398, 400—406, 413 f.,
417 f., 428—451, in Sa. 146 Verse. Ein-
geschaltet wurden nach 300. 375. 384.
388. 426 je zwei, nach 369. 427 je drei,
in Sa. 16 Zeilen. Der Wortlaut ganzer Verse
ist verändert 4. 6. 10. 14. 22. 31. 46.
48. 49. 52. 58. 61—67. 71. 77. 82. 83.
107. 114. 126. 128. 135. 146—148. 151 f.
160. 185. 195—198. 207. 215. 221. 241 f.
251. 253. 277 f. 283. 290. 293 f. 304.
312. 365 f. 399. 407. 408. 410. 411. 420.
424. 452, in Sa. an 63 Stellen. Die
Varianten im Kleinen sind so zahlreich,
dass sie fast jede Zeile treffen.

Obwohl S¹, K und P von einander unabhängig sind und auch jedes für sich der Sippe X¹ selbständig gegenüber steht, wäre es doch ein Wunder, wenn die einzelnen Handschriften sich nicht öfters in der gleichen falschen Lesart begegnen sollten. Um Nachprüfungen zu erleichtern führe ich diese Fälle hier an; sie sollen zugleich darlegen, wie unbedeutend die Übereinstimmung gegenüber der Summe der Abweichungen erscheint.

I: SVL und K: SVLK: vacat.

SVK: 119 vor (wider *P*) allen die dâ wâren *nach LP und Parallelen,* allen den *SVK;* — 120 er enweste wie gebâren *nach LP,* Er enweste wie er solte gebaren *SV,* Er west nit wie er solt gefaren *K;* — 428 sâ zehant verstêt si sich *L (P fehlt der Vers),* zehant so v. s. d. *SKV.*

SLK: vacat.

SK: 258 *f.* dô was im vil tiure schuohe unde lînwât *VLP und Parallelen,* für was waren (warent) *SK.*

VLK: 190 riefen al die liute *SP,*

statt riefen das matte sprächen *KVL;* —
200 mahte er starke biulen *nach SP und
Parallelen, für* starke] grôze *KVL;* —
411 daz im sô rehte wol gelanc *S und Pa-
rallelen (P weicht ab),* rehte *fehlt KVL;*
— 441 halben in den munt warf *nach S,
für* den] sînen *KVL.*

VK: 42 *f.* der kam ouch durch die
selben maget zuo dem turneie, selben
fehlt vor maget *und steht vor* turneie
VK; — 67 eins tages über tisch luot *SLP
und Parallelen,* über] zuo *KV;* — 71 die
rîche herren süllen hân : herren *SP (L
weicht ab;* 69 *und* 73 *steht* künigîn), künig
KV; — 286 si enbran reht als ein zunder:
bran *KV;* — 324 swaz iuwer lip mit im
gefrumet *S (L weicht ab, P fehlt),* Was
ewrem (euw'm *K*) leip da (von *K*) m^t
(ym *K*) frumt (gefrûmt *K*) *VK;* —
341 *ff.* dô lac der ungefüege stampf, daz
er sich als ein igel rampf und smuhte
sich zeinander: 342 *lesen KV gegen SL,
die Hypotaxe in Parataxe auflösend,* Alß
eyn (eyn *fehlt V*) igel er sich rampf
(rampf *V*) *KV;* — 376 biz er begunde

*i**

regen .sich *SLP, statt* regen] rüren *VK*:
Er begůnd sich růren hýn und dar; —
456 wir sîn ze laster beide komen SS^1
(L wcicht ab, P fehlt), w. s. paid (beyde
K) ze (zů *K)* laster k. *VK*.

KL: 29 durch al die schœnen sumer-
zît: schœnen *SV*, lieben *P*, liechten (liecht
K) KL (lieht *s. vorher* 22); — 132 den
nam der herre für sich *S und Parallelen:
statt* für sich] zcu sich *P*, tawgñleich *V*,
zů ym gleich *KL (stand in X^2 tougen-
lich?)*; — 141 *f.* legent von in dise wât,
verandernt iuch, daz ist mîn rât, *ab-
weichend in SVP, fehlen KL;* — 153
swarz alsam ein erde sî *SVP, statt* ein]
die *KL;* — 158 ez sî reiger oder visch:
reiger *S*, flaisch *V*, braten *P*, wilt prat *L*,
wylprecht *K;* — 181 daz cleit im an
dem kniewe erwant: an dem *S*, auf dē *V*,
ab dem *L*, ob den *K* (an der erden *P);*
— 230 und wolte gerne hân dâ vor des
wazzers sich erlâzen. dô vant si den
blâzen: 231. 232 Sich des wassers er-
lazen. do vant si den blazen *S*, Dez
wazses irlosin Do sach sy den basin *P*,

Dez wassers han benőmen Da vant
sye den tṽmmen *K*, . es wassers hett
benomen da sach sy denselben komen
L (V liest an Stelle von 230—232 Si
sach den vmberatn̄); — 309 an der wâge
stât *SV: für* an] in *P*, ůff *KL;* —
311 *f.* dô sprach diu kamerbelle: nû varent
al getelle! *(in V fehlen beide Verse, P liest*
d. s. d. k. Der iūcfrouwen geselle): d. s. d.
kämer pille (bille *L)* Iūgfraůwe (frowe
L) farēt (farent *L)* stille *KL;* — 415 sprach
der knappe Heinrich *SVP: für* knappe]
knecht *KL (vgl.* 412); — 417 varet wi-
der ûf den plân *SV (P weicht ab): statt*
varet] rittent *L*, Reidet *K;* — 457—459
der tôre, der uns hât betrogen, daz was
der ritter wolgezogen, den ir dô hânt
gescholten: 458 was *SS¹V*, ist *KL.*

II: *SVL und P: SVLP: vacat.*

SVP: vacat.

SLP: vacat.

VLP: 232 dô vant si den blâzen
nach SK: Do sach sy den basin *P*, Si
sach den vmberatn̄ *V*, da sach sy den-
selben komen *L;* — 409 von râme

und ouch von schimele *SK:* ouch *fehlt VLP.*

SP: 159 daz werfent al dar nidere *VLK: statt* werfent] schlahent *S,* slat *P* (161 *steht im Text wieder* slahent).

VP: 53 der muoste im sicherheite jehen *SLK und Parallelen: für* sicherheite] siges *VP;* — 69 des wart diu künigîn gemeit *SK (L weicht stark ab): für* künigîn] junkfraw *VP;* — 72 des wart ein wunder dar getân *SKL: für* dar] für *V,* vor sy *P;* — 75 ze jungest kam ein trahte vür *SKL: für* ze jungest] Ze lest *V,* zcu lecz *P;* — 85 bire dô geteilet wart: dô in *SKL, fehlt VP;* — 96 er sach ûf nâch eins vrâzes site: sach ûf *S,* schob *L,* Recht *K,* Er tet *VP;* — 385 stipfâ, maget Irmengart: maget *S, fehlt KL,* vrouwe (fraw) *PV.*

LP: 26 für die burc ûf den plân: für die burc *SVK]* vor der b. *LP;* — 27 wart diu ritterschaft geleit: ritterschaft *SVK]* turnay *LP;* — 38 er bluote sam ein bernder zwîc: bernder *SVK]* grünes *LP;* — 42 der kam ouch durch

die selben maget: ouch *SVK]* *fehlt LP,*
selben *SVK]* schônen *LP;* — 59 an
manegem stolzen ritter: stolzen *SV (K*
fehlt)] frien *L,* vromen *P;* — 71 die riche
herren stillen hân *nach SVK:* Dy den
h'n wol behayn *P,* Als sy wol solt be-
hagen *L;* — 95 biz daz er si schône besnite
SV (K weicht stark ab): bies (Daz *P)* er
die birn het besniten *LP;* — 157 loufent
für den küneges tisch *SVK:* vnd l. *PL;*
— 187. 188 dâ wart ein grôz gehiuze:
daz vil heilege criuze *in SVK: fehlen*
LP; — 200 mahte er starke biulen:
mahte er *SVK]* Slug her *P,* er slûg in
L; — 258 dô was im vil tiure: vil *VK*
(fehlt S)] laider *LP;* — 293 daz si
sich leiten nidere *nach SVK:* das sy
giengen nider *L,* Sy solden alle gen en
neder *P.*

n: *KP: KP:* 73. 74 dem ritter und
der künigin. diu was der mazgenôze (mas
geselle *L)* sîn (74 Wan div junkfraw az
mit im *V) SVL: beide Zeilen fehlen KP;*
— 116. 117 daz laster und die schande,
diu im diu küniginne bôt: bot *SL,* der-

bot *P*, erbôt *(auch V) K*[1]; — 124 *f.* er wolte sich verwilden an êren und an guote: 124 entwilden *KLP*, erwildn̄ *V*; 125 an] *beidemal* von *KP*; — 139 sprach der knappe Heinrich: knappe *S*, knab *V*, knecht *KP (vgl.* kneht 129); — 211 swenne ez begunde nahten: swen *S*, Wan *V*, Da *PK (L fehlt der Vers)*; — 215 keiner slahte dinc *S (VL weichen stark ab)*: slahte] hande *KP*; — 222. 223 daz diu

---

[1] *Unter den Reimen des Parton., Silv., Alex., Pantal., G. Schm., welche etwa* 37000 *Verse umfassen, begegnet für* bieten, erbieten *im obigen Sinne* bôt *Parton.* 1631. 2931. 3425. 4123. 4327. 4349. 4583. 4658. 6373. 9301. 10787. 10865. 11321. 12130. 13297. 15247. 16824. 18945. 19273. 19793. 19925. 21509. *Silv.* 353. 3029. 4132. 4246. *G. Schm.* 681. 921. *Pantal.* 423. 1163. 1279. 1334; *einmal steht* gebôt *Parton.* 12231; erbôt, *resp.* erboten, *findet sich nur Parton.* 13993 in ze wunsche wol erboten. wiltbrât gebrâten und gesoten; *ebenda* nâch dem wunsche wol erboten. wilt gebraten *(Hs.* praten) und gesoten: *wahrscheinlich ist übrigens auch an letzterer Stelle für* wilt] wiltprât *zu lesen, wie der Vers sonst stets lautet, vgl. Troj.* 7302. 13724. 20552. 37734.

maget vil geslaht bî ir juncfrouwen saz
nach SVL: 222 *für* maget vil] jũgfraůwe
K, iũcfrouwe *P; —* 246 lâzent in dâ
ûze *nach SVL:* Wir sollen in laßen dort
aůßen *K,* wir lazsen en dar vzse *P; —*
252 zwei frŏuwelîn hinwec geschriten:
frŏwelin *S,* frŏlin *L,* frawn̄ *V,* jũgfraůwen
KP; — 253 als si diu küniginne hiez *V*
(SL fehlt der Vers): in K statt küniginne]
jũgfraůwe, *in P lautet die Zeile* vn̄ taten
daz ir iũcfrouwe hiz; — 260 und swaz
geruochlîche stât: swaz *SVL,* allez daz
PK; — 271. 272 swaz er des nahtes
anevienc; vil gemellîche er daz begienc
SV (L fehlt): PK vertauschen anevienc
und begienc; — 300 ir vrouwe *SVL]*
Sye *K,* sy *P.*

    ıv: *S V L und KP: SVLKP: vacat.*
    SLKP: vacat.
    SVKP: 15 den wart verzigen allen:
wart si *SVKP; —* 88 und für die frouwen
vil gemeit: *für* frouwen] jungfrowe *SVKP.*
    VLKP: 3 der het ein wunneclichez
wîp *S und Parallelen: für* wunneclichez]
minnecliches *VLKP; —* 28 sô man seit

S und Parallelen: statt sô] als *VLKP;*
— 31 daz al die liute kômen dar *S:*
liute *fehlt VLKP;* — 70. 72 swaz man
von rîcher spîse seit . . . des wart ein
wunder dar getân: *für* des] der *VLKP;*
— 103—106 (= 339—442) ei schafaliers
werder helt, der die biren unbeschelt
halben in den munt warf, waz er zühte
noch bedarf *S: fehlen VLKP (V.* 107 *be-
ginnt wie* 103: ei schafaliers);— 182 einen
kolben nam er an die hant: an *S]* in
VLKP; — 412 er seite ouch sîne knehte
danc *S:* ouch *fehlt VLKP.*

SKP: vacat.

VKP: 102 dô rief diu maget wol
getân *SL: für* maget] junkfraw *KVP*
(vgl. vorher V. 99 juncfrouwen); — 150 mit
râme und ouch mit üseln *S:* ouch *fehlt
VKP;* — 235 und seite ir frouwen mære:
frouwen *SL,* jũgfraûwē *KVP;* — 412—
415 er seite ouch sîme knehte danc des
râtes und der helfe. mit gar grôzem gelfe
sprach der knappe Heinrich *S (P fehlt):*
KPV ziehen 414 *irrig zum Vorhergehenden
und setzen deshalb* do *vor* sprach.

LKP: 29 durch al die schœnen sumer-zît *SV: für* schœnen] liechten *L*, liecht *K*, lieben *P (vgl.* 22 der liehte meie); — 44 der ûzerwelte leie: ûzerwelte *SV*, vil (vil *fehlt KP)* unuerzagt *LKP;* — 45 als er ze velde komen was: als *SV und Parallelen,* do *LKP;* — 101 Als er kam wider ûf den plân: als *SV*, do *LKP;* — 108—113 der die halben biren nuoc. als er sich aber dô gefleiz ûf einen langen puneiz, dô rief diu wolgetâne aber: hiute und iemer laster haber, der die halben biren az *nach SV:* 109—112 *fehlen LKP (vgl. den gleichen Anfang von* 108 *und* 113: der die halben biren).

v: *S¹: Gemeinsame Fehler mit anderen Handschriften finden sich nur in folgenden Fällen:*

VS¹: 452 si wart noch grüener dan ein gras: dan *SKP*, als *VS¹;* — 455 frowe, ich hân ez wol vernomen: ez *SK*, dz *V*, daz *S¹.*

LS¹: 460 nû hât er iu vergolten: nû hât er *SK*, Er h. *S¹*, Der h. wol *L;* — 462—465 ez was ouch ie der werlde flîz, daz er ze spotte gerne wirt, swer bœses schimpfes niht verbirt *nach SK:* 463 *f.* *in LS*[1] *umgestellt, aber sonst verschieden variiert:* Swer bôses spottes niht verbirt Daz er vil gerne ze schanden wirt *S*[1], der bôsen schimpf nit verbirt das er da von ze spotte wirt *L.*

KS[1]*:* 452 *f.* si wart noch grüener dan ein gras und dar nâch als ein kirse: 453 *schieben S*[1]*K gegen SVL* rot *ein.*

Als Resultat der Untersuchung ergibt sich, dass für den grössten Teil des Gedichtes drei unabhängige Zeugen, wenn auch mit häufigen Unterbrechungen, zu Gebote stehen: für V. 1—427 *SVL, K und P, für V.* 446—464 *tritt S*[1] *an die Stelle des letzteren. Doch wäre es irrig bei der grossen Ungleichheit des Werthes der einzelnen Handschriften den Text stets nach der jeweiligen Majorität zu construieren. Es ist demselben vielmehr S, gestützt durch VL oder nur V, zu Grunde gelegt worden, und Abweichungen wurden nur in Erwägung gezogen, falls V (oder seltener L)*

*zu K oder (weniger häufig) zu P stimmten,
sowie wenn gemeinsame Lesarten von KP
vorlagen. Grosser Einfluss auf die Ent-
scheidung musste stets den Parallelen ein-
geräumt werden, welche aus den unbe-
strittenen Werken Konrads in ergiebiger
Anzahl zu den einzelnen Versen beige-
bracht sind.*

*Zum Schlusse folge ein Verzeichnis
der verschiedenen Handschriften und Hand-
schriftencomplexe, auf welchen an stritti-
gen Stellen die Lesarten des Textes jedes-
mal allein beruhen.*

SVL: 73. 74. 113. 114. 125. 139.
195. 206. 222. 226. 246. 247. 252. 277.
292. 317. 320. 331. 337. 345. 351 *f.* 353.
359 *f.* 365—367. 377—382. 397. 398.
404. 413. 424. 438. 452. 469. 470. 472.
477. 478. 479. 480. 492. 493. 496. 497.
503. 507. 509.

SV: 29. 44. 45. 59. 65. 82. 101.
109—112. 118. 167. 169. 170. 171. 172.
173. 174. 177. 178. 186. 196. 197. 208.
211. 239. 244. 260. 268. 269. 270. 271.

273—276. 309. 320. 330. 371. 378. 381.
383. 400. 402. 404. 417. 451. 461. 476.
490. 491. 513. 514.

SL: 376. 382. 497.

VL: 473.

SVK: 26. 27. 38. 49. 66. 67. 78.
91. 128. 136. 155. 157. 183. 184. 187.
188. 200. 203. 225. 293. 298. 328. 333.
334. 338. 340. 422. 460. 486. 489. 504.

SVP: 193. 224.

SVS[1]: 458.

SLK: 53. 72. 75. 199. 304. 407. 455.
468. 471.

SLP: 42. 57. 67. 365 *f.* 496.

SK: 170. 212. 300. 313. 332. 346.
347. 363. 364. 397. 400. 409. 449. 466.
482. 498.

SKP: 36. 215. 235. 495.

SP: 37. 60. 71. 150. 190. 230. 280.
284.

SKS[1]: 449.

VLK: 175. 249. 342. 398. 435.

KV: 130. 166. 179. 180. 203. 204.
248. 258. 323. 414.

KL: 407. 442.

KLP: 54. 100. 160.

KP: 227—229. 233. 254.

KVP: 115. 149. 179 *f.* 253 *f.* 384.

VP: 141.

LP: 119. 120.

S: 3. 14. 16. 28. 31. 37. 58. 62. 64. 72. 88. 96. 103—106. 132. 136. 142. 145. 148. 150. 152. 153. 158. 167. 182. 215. 231. 279. 280 *f.* 283 *f.* 316. 319. 324. 361. 389. 412.

V: 186. 269. 276. 373. 398.

K: 71 *f.* 189. 191. 212. 241. 267. 303 *f.* 339. 425. 433.

L: 20. 370. 390. 428. 473. 480.

Lesarten gegen alle Handschriften finden sich 15. 38. 79. 88. 120. 171. 172. 173. 174. 303 *f.* 336. 350. 353. 362. 367. 381. 428. 438. 445.

DIU HALBE BIR

Hie vor ein rîcher kûnec was,
als ich von im geschriben las,
der het ein wunneclichez wîp
und eine tohter, der ir lîp

---

*Über die Lautverhältnisse der Handschriften
vergleiche die Einleitung. Weicht ein Vers in
einer Hs. so stark ab, dass derselbe vollständig
mitgetheilt werden musste, so ist er von den übrigen
Lesarten durch ein — getrennt; bietet eine Hs.
mehr Zeilen als der Text, so deutet dies ein*
$<$ *an.*

Überschrift: Dis ist von der bir *S*, Dit mer
heyzet dy albe bern *(roth) P*, Der ritter mit der
halbn̄ piren *(roth) V, unter der letzten Zeile des
vorangehenden Gedichtes als Vorschrift für den
Rubricator:* võ dē ritter mit d' halbē bỹrn, *darunter
in grossen Zügen die Rubrica:* Von dem Ritter mit
d' halbē birn *K, fehlt LI*

1 H *in* Hie, *wie überhaupt alle Initialen,
fehlt L* Hyr by v. *P* rîcher *fehlt P* was] saz *V*

2 ichs *L*

3 Er *K* 'male cod.' [S] 'wunderliches sed
jam olim emendatum' Oberlin diatr. p. 35, nota n),*
minnecliches *LVKP*

4 ir *fehlt S*   der ir lîp] dy waz yme lieb *P*

5 stuont ze wunsche garwe,
daz man sich in ir varwe
volleclîche mohte erschen.
die schœne an wîben kunden spehen,
die jâhen ir des besten,
10 daz man si mohte gesten
für eine minneclîche maget.
swaz manne an wîben wol behaget,
dâ was si vollekomen an.   ,

---

5 — Daz wūsches zcu eyner garwe *P*

6 Man mochte an i. v. *P*

7 mohte *fehlt LP*   beschen *S*, vol besen *P*

8 schŏnheit *K*   an wîben] an frowen *L*, *fehlt K*
kūnū *V*   erspehen *K* — ẘ fchonē vrouwen konde
gespen *P*

9 jâhen] sprachen *KL*   daz beste *LV*, daz
besten *P*

10 mohte gesten] ze lobū weste *V* — sy
kond sich wol geste *L*, Man machte sy zcu
gesten *P*

11 zu ainer minicklichen *L*   wunneclichen
(*gebessert aus* wunderlichen *S* ʰ) *S* — Dy vil
mȳneclichen mayt *P*

12 das *L*   mannen *SKPV*, *fehlt L*   an
wîben] vū vrouwen *P*   wol *fehlt V*

13 dâ] Daz *KP*   an] ane getan *P*

swie manegen bitel si gewan,
15 den wart verzigen allen.
doch was ez sô gevallen,
daz der künic durch ir bete
den fürsten allen kunt getete,
swer si gewinnen wolte,
20 daz ders erarnen solte
zeime turneie,
sô der liehte meie

---

14 swie *fehlt L*   bittel *S,* bitter *K,* pitt' *V*
ritter *L* — Manīg ritter sach sy an *P*

15 den wart si *SKVP,* sy wart *L*   ver-
saget *KP,* versnit *L*   allen] in allen *L*

16 Nv was es *S,* daz was *L,* Iz was *P*
also *KVLP*

17 gebet *K*   ir bete] sein stet *V*

18 Allen fürsten k. *KV*   fürsten] hren *P*
tete *Hss.*

19 . er *(vor er Raum für Initiale) L*   ge-
winnen] arnen *K,* haben *LP*   solde *P*

20 der] er *L*   si *fehlt K*   erarnen] arnen *SV,*
kůmen *K* — vñ dy vor dīnē woldo *(das gesperrt
gedruckte in der Hs. von späterer Hand, da es
verblichen war, nachgezogen) P*

21 In ainem *L* — In eyme torney *P*

22 sô] als *L*   vil liecht *L* — In dem kulen
meygey *P*

mit sìner wunne kæme;
und swer den prîs dâ næme,
25 der solte si ze wîbe hân.
für die burc ûf den plân
wart diu ritterschaft geleit;
diu solte weren, sô man seit,
durch al die schœnen sumerzît.
30 diu mære erschullen alsô wît,
daz al die liute kômen dar,
die ritterschefte nâmen war.

---

23 kæme] kan *L*

24 und *fehlt VLP*   dâ] ir *P*, *fehlt K*

25 Der solde *P*

26 vor der b. *LP*   den] dem *L*, einen *K*

27 diu ritterschaft] der turnay *L*, der tor-
ney *P*

28 Sv́ *S*, der *L*, vñ *P*   sal da *P*   weren] wer-
den *L*, sy *P*   sô] als *KVLP*

29 durch al die] gen der *L*, Do kwam die *K*
al *fehlt VP*   schœnen] liechten *L*, liecht *K*,
lieben *P*

30 erhůllen *L*   alse *S*, varen *P*, *fehlt L*

31 alle *SKVL*   liute *fehlt KVL* — Sy sullen
alle kūme dar *P*

32 die der ritterschaft *L*   nâmen war] war *L*,
dīne zcwar *P*

Nû was gesezzen dâ bî
ein ritter von gebürte vrî,
35 der was geheizen Arnolt.
der hete durch der minne solt
gevohten alsô manegen wîc.
er bluote sam ein bernder zwîc
an êren und an tugende;
40 er hete in sîner jugende
lobes harte vil bejaget.

---

33 *Initiale V*   auch da *K* — namen da by
was gesessen *L*, Da waz da gesezzen by *P*

34 von] an *S*   von gebürte vrî] so ver-
messen *L*

35 arnnolot *P*

36 der] Und *VL*   hete] hat *S*, auch *K*
durch] umbe *S*   der minnen *S*, mŷnen *K*, hocher
mine *L*

37 — Gevochten also manger lay *V*, gefochten
mangen turnay *L*, hett ge vŏchten māgen streit *K*,
gevochtē an mancher stat wit *P*

38 als *Hss.*   berndes *KV*, grünes *L*, grunez *P*
zwey *V*, zwy *L*

39 tugenden *SKP*

40 hete] bluote *S*   jugenden *SKP*

41 vnde hatte lobes vil S, Gar vil lobs *V*, des
brifz so vil *L*, pris also vil *K*   er iaget *K*

der kam ouch durch die selben maget
zuo dem turneie.
der ûzerwelte leie,
45 als er ze velde komen was,
ein samît grüene alsam ein gras
was sîn covertiure.
ouch fuorte der gehiure
des selben einen wâpenroc.
50 vil ritterlich was sîn gezoc,

---

42 der] Er *KVP*, Das er *L*   ouch *fehlt LP*
dar durh *V*   die schônen magt *L*, dy schõnc
mayt *P*, die maget *KV*

43 zuo] Wôlt ritten zu *L*   dem selben t. *KV*

44 ûzerwelte] vn v̇zaget *K*, unvorzcayte *P*, vil
unuerzagt *L*

45 als] Do *LPK*   komen was] quam *P*

46 semit *S*, scmyt *L*, samat *V*, samayt *K*
als *VLK* — Her hatte eyn samit grune an *P*

47 kooport tivr *V* — Dez selben waz sin
kobyrture *P*, Sein kôpper tûre waz tewr *K*, Der
was itel newûr *L*

48 ouch] den *L*   der vil g. *S* — Dy selben
dy ien hure *P*

49 — Ze ainem stoltzen wappen rock *L*, Her
vurte eȳ wopin rok *P*

50 vil] gar *P*, *fehlt K*   gezoc] vz zcoch *P* —
Mit im ain ritterlicher zock *L* $<$ (a) Kam aldar
geritten (b) Mit klûglichen sitten *L*

den er ze velde fuorte.

swen er dâ beruorte,

der muoste im sicherheite jehen.

daz kunde harte wol gespehen

55 diu junge küniginne;

si dâhte in ir sinne

vil dicke, wer er möhte sîn.

sîn ellen wart vil harte schîn

---

51 — . in sper das er fûrte *(vor* in *Raum
für Initiale) L*

52 Und wen *K*   dâ] damit *L,* auch *V*
rurte *VL,* rûrt *K* — vñ myt strite rurte *P*

53 sicherheite] siges *V,* syges *P*

54 kũd *(über der Zeile nachgetragen) V*
harte] gar *V,* vil *L,* man *P*   gespehen] gespen *P,*
sprechen *L,* geschen *S,* ersehen *V* — Da begonde
balde spehen *K*

55—64 *fehlen K*

55 konigin *L*

56 si] vnn *S,* Dÿ *P, fehlt L*   gedahte *S,* ge-
dacht *VL,* duchte *P*   irme *SP,* irem *VL*   sin *L*

57 vil] So *P, fehlt VL*   dicke *fehlt V*   er]
sy *P, fehlt L*   mochtē *P,* möcht der *L*   ge-
sein *V*

58 ellen] manhait *V*   wart *fehlt S*   vil harte]
v. dik *V,* im dick *L* — syn ros tet wol den willen
sin *P*

an manegem stolzen ritter.
60 den vînden was er bitter,
   wan er mit ellenthafter hant
   von dem orse ûf den sant
   vil manegen hurten kunde.
   der künic daz begunde
65 merken alsô vaste,
   daz er in zeime gaste
   eins tages über tisch luot

---

59 Am *P*, Gen *L*   manchem *P*   stolzen]
frien *L*, vromen *P*

60 was] wart *VL*

61 wan] die *L*   ellenthafter] ritterleicher *V* —
Dy her ane vtigete vf dē lande *P*

62 rosse *V*   den sant] daz (das *L*) lant *VL* —
von syner heldes hande *P*

63 vil manegen] wol *L*   gehûrten *S*, ge-
stossen *L* — Mit hūrtē varē nedir komen *P*

64 daz] der *V*, *fehlt L* — Daz wart harte wol
vernōmē *P*

65 . arten *(Raum für Initiale) L*   Daz
merkū *V*,   alsô] vff in *L* — Der künig also vast *K*,
By deme konige vaste *P*

66 daz] wann *L*   in] im *L* — Her bat yn
zcu gaste *P*

67 eines] dez *L*   über] zů *K*, ze *V* — Dez
tages do her vbir siner tabiln gut *P*

durch sînen manlichen muot.
des wart diu künigîn gemeit.
70 swaz man von guoter spîse seit,
die rîche herren süllen hân,
des wart ein wunder dar getân
dem ritter und der künigîn.
diu was der mazgenôze sîn.
75 ze jungest kam ein trahte für

---

68 mĕlichen *(hinter* ē *ist ein* n *ausradiert)* K,
mӯneclichen P

69 wart] waz K   künigîn] junkfraw V, iūc-
frouwe P — des frowet sich dů schone magt L
(vgl. 88)

70 man] wan L — Von gůter speyse alz man
seyt K

71. 72 *umgestellt* L

71 die] D' K   herren] kůnig K,   künig V
süllen] mŭzzē V, mocht K   gehan K, haben SV —
Als sy wol solt behagen L, Dy den hň wol behayn P

72 des] der KVLP   ein wunder] vil P   der S,
für V, ver sy P   getân] getragen SVL, gefayn P

73. 74 *fehlen* KP

73 dem] den L

74 mas geselle L — Wan div junkfraw az mit im V

75 *Initiale* V   Ze lest V, zcu lecz do P   kam]
trug man L   ein trahte] in getragen S, eyn gerichte P
da für K

der besten biren, die man kür
ûf allem ertrîche.
die teilte man gelîche
zwein unde zwein ie eine.
80 dar zuo wart ein cleine
kæses dar gehouwen,
daz mac man noch wol schouwen
ûf rîcher herren tische.
nû hœrent, wie diu frische
85 bire dô geteilet wart

---

76 der] die *SV* beste bir *S*, pestñ piren *V*
die] der *P* die man kür] ein kŏre *K*, so ich spür *L*

77 Mŏcht ûff *K* — In deseme riche *P*

78 — Man tailt vil gelich *L*, Dy wart geteylet
gliche *P*

79 Ye zw. *V*, ze zw. *L* ie *fehlt Hss.*

80 *fehlt S* zuo] nach *KL* so wart *L*,
kwam *K* ein] auch *V* — Dar zeu keyse cleyne *P*

81 . as *(Raum für Initiale) L* kese *V*
dar zuo *S*, für *L* — wart vor sy gehouwen *P*,
Snyeten kese dar getragen *K*

82 — als man dick mag schowen *L*, Alz ir
noch hŏrent sagen *K*, Den hñ vñ den vrouwen *P*

83 riches *L* — Obir dez hren tische *P*

84 hœrent] merckent *L* diu] der *S*

85 die bir *S* dô *fehlt VP*

nâch gebiureschlicher art,
diu für den ritter wart geleit
und für die frouwen vil gemeit!
die nam der unbedâhte helt
90 und sneit die biren ungeschelt
enzwei mit sînem mezzer.
des wart im vil gehezzer
des rîchen küneges tohter.

---

86 gebûrschlicher *S*, gepaûrischer *K*, paẅri-
scher *V*, gebürlicher *L*, ritter gebures *P*

87. 88 *fehlen L (vgl. 69)*

87 — Dye dem rŷtter wart für geleit *K*

88 für die] d‘ *K*   frouwen] jungfrowe *Hss.*
vil *fehlt VKP*

89 die] Da *P*   unbedâhte] vnvorstanden *P*,
auz erwelt *V* — der vil vnuerdacht h. *L*

90 und] Er *K, fehlt L*   sneit] s.. rit *(theil-
weise durch Loch zerstört) L*   die biren] sy vn
zewe *P*

91 — einem nam er sin messer *L*, Daz tet her
mit sinē ... fer *(die drei ersten Buchstaben des
Wortes durch Loch zerstört) P*

92 vil] dest *V, fehlt P*   gehef... *(die letzten
drei Buchstaben zerlöchert) P*

93 reiches *K*, edeln *P*   küniges *(es corr. aus
ns) V*

erbeiten niht enmohter,
95 biz daz er si schône besnite:
er sach ûf nâch eins vrâzes site
und warf die halben in den munt,
die andern leit er sâ ze stunt
hin vür die juncfrouwen.
100 nû muget ir wunder schouwen!

---

94 Derpaitñ *V* — er nit gebiten mochter *L*, Kaûm er beyten möcht er *K*

95 bitze dz *S*, Hincz *V* — bisz er die birn hett besniten *L*, Daz her dy bern hette gesneten *P*, Daz sye vō ym wart besnyeten *K*

96 sach ûf] tet *VP* — er schob nach fraisigem sitten *L*, Recht nach freßlichen syeten *K*

97 vnde warf die halbe bir *S*, vñ warf sei halb *V*, Wärff er die halben *K*, Dy halben warf her *P*, die birn halb *L*   den] sin *SK*, sinen *L*

98 die ander halbe leit er *S*, Div ander halb *V*, Er lait *L*   sâ ze stunt] ze stunt *SV*, zu der selben stunt *L*, da zû stûnd *K*, zcu der stūt *P* $<$ (a). in daz ander tail *(Raum für Initiale)* *L* (b) im ze grossem vnhail *L*

99 hin] Hie *S, fehlt VKP*

100 nû] Hye *K, fehlt L*   muget ir] mag men (man *V*) *SV*, ir müsent *L*

Als er kam wider ûf den plân,
dô rief diu maget wolgetân:
„ei schafaliers werder helt,
der die biren unbeschelt
105 halben in den munt warf,
waz er zůhte noch bedarf!
ei schafaliers Ungefuoc,
der die halben biren nuoc!"
als er sich aber dô gefleiz
110 ûf einen langen puneiz,
dô rief diu wolgetâne aber:

---

101 als] Do *PL,* Da *K*   kam wider] wieder
kwã *K*

102 maget] junkfraw *V,* jūgfraůwe *K,* iůc-
frouwe *P*

103—106 *nur in S; dieselben Verse, über-
liefert in SVLK, kehren 439—442 wieder*

104 bir

105 halber

107 — Wo ze laid dir ungefůg *V,* Za ha
geuatter vngefüg *L,* Hye rytt zů der vngefůk
(= 438 e) *K,* zcu hů wy der vngefug *P*

108 = 438 b *K* = 113 *P*   gnug *P*
109—112 *fehlen KLP*
109 dô] dann *V*   flaiz *V*
110 einen langen] ain grozzū *V*   pumaiss *V*
111 wolgetâne] junkfraw *V*

„hiute und iemer laster haber,
der die halben biren az;
er ist an hovezühte laz!“
115 vil schiere er dô erkande
daz laster und die schande,
diu im diu küniginne bôt.
dar umbe wart er schamerôt
vor allen, die dâ wâren;
120 er enweste wie gebâren.

---

113 — Und sy vnbeschelt aus *L*, Der dy halben bern gnug *(s. 108) P*, Er gab sie vnbesnyeten (= 438 e) *K*

114 er ist] der was *L*   an *fehlt VL*   hoff züchten *L* — Der waz zeu hofe an zeuchtē vngefug *(vgl.* 107) *P*, Er ist aber ůff den hôff gerŷten (= 438 f) *K*

115 vil schiere] Wie wol *L*   er *fehlt K*   bekande *S*, beckant *L* — Der ritter daz her kande *P*

116 vnde oech *S* — Dw selb grozze schande *V*

117 küniginne] iūcfrouwe *P*   er bôt *K*, erpot *V*   derbot *P*

118 — Er wart dick scham rot *L*, An schemedē wart her dicke rot *P*, Er můst von schanden ẇden rôt *K*

119 vor] wider *P*   allen] allen den *SKV*

120 — Er enwuste wie er solte gebaren *S*, Er enwest wie er solt geparn̄ *V*, Er west wie er ge-

Vor zorne er wider heim fuor;
gar tobelichen er dô swuor
bî allen gotes bilden,
er wolte sich verwilden
125 an êren und an guote,
biz er die gemuote,
diu in geschendet hæte.
nû hete der vil stæte

---

baren *L*, weste her nicht wy geboren *P*, Er west nit wie er solt ge faren *K* < (a) ald was er thun solt (b) vnd ob er dannen wolt *L*

121 *Initiale V*   Vor] von *S*, Jn *P*   wider] do *P*   heyme *K* — . ider er dannen für *(Raum für Initiale) L*

122 gar] harte *S*   toebelich *S*, tobleich *V*, tobenlichen *P*, vn mōschlich *K*   dô *fehlt SV* — tûr er sich verswûr *L*

124 erwildñ *V*, entwilden *LP*, entwŷlden *K*
125 von e. u. von g. *KP*
126 bisz das *L* — Durh dz ez in mute *V*, Biz ersich die *(es stand* d', ' *ausradiert)* jūgfaůwō *(so!)* bemůt (b *auf Rasur von* g) *K*, Daz yn dy hochgemute *P*

127 diu in] Dye in da *K*, So *P*   in] er *S*ᵐ   geschendet] bescholten *L*

128 — Daz hatte her vil stete *P*, ,vmb sin missetet *L*

einen kneht, der ganze triuwe hielt
130 und ouch vil guotes râtes wielt;
der was geheizen Heinrich.
den nam der herre für sich
an eine heimlîche stat,
dâ er in sînes râtes bat,
135 wie er daz vergulte,
daz in diu frouwe schulte

---

129 Eyn *K*, Ain *V* ganze] gancz' *K* triuwe]
trw̄n *K*, tw̄ *V*   hielt] wielt *K* — er hett ain
knecht so stett *L*

130 vil *fehlt S* — vn̄ yme eyn truw .. *(Durch
Loch zerstört)* rat ane m .... *(verwischt; m nicht
sicher und von späterer Hand nachgetragen) P*,
der pflag guter rett *L*

131 geheyz... *(die letzten Buchstaben durch
Loch zerstört) P*   . eynrich *(der erste Buchstabe
durchlöchert) P*

132 der herre] er dar *K* für sich] zcu sich *P*,
zu im golich *L*, zů ym gleich *K*, tawgūleich *V*

133 an] Zu im an *V*

134 dâ] Daz *V*   in *fehlt P*

135 daz] ir *L* — Wy her d'werbe d' iūcfrouwen
hulde *P*

136 jūgfraůwe *K*, Junkfraw *V* — dů in so
beschulte *L*, Dy en hatte so sere gescholden *P*

umbe alsô cleine missetât.

„vernement, herre, mînen rât!“

sprach der knappe Heinrich,

140 „ez wirt guot, des versihe ich mich;

legent von iu dise wât,

verandernt iuch, daz ist mîn rât,

und werdent zeime tôren! ·

lânt iu obe den ôren

145 daz hûr garwe abe nemen;

diu kleit, diu tœrlîche zemen,

---

137 umbe] Durch *S*, Durh *V*   alsô] so *SVP*
cleinen *S*

138 Herre vernemet m. *P*

139 *Raum für Initiale L*   knappe] knab *VL*,
knecht *KP*

140 wirt] ist ûch (vch *P*) *SP*   des versihe ich
mich] ich sicherleich *V*, volget iz *(so!)* mich *P* —
herre nu vernemet mich *L (s.* 138)

141. 142 *fehlen LK*

141 legent] leyget *P*, werfent *S*

142 Und v. *S*   verandernt] verkert *V*, vñ
erret *F*   mîn] mit *S*

143 und] ir *L, fehlt K*

144 vnd l. *L*, vñ l. *P*   ob] by *P*

145 daz] vwer *L*   garwe] alles garwe *S, fehlt
KVPL*

146 diu] vnd *L, fehlt K*   Klayder *K*, clai-

diu heizzent iu gewinnen.

nâch töbelichen sinnen

lâzent iu vermüseln

150 mit râme und ouch mit üselu

antlitze unde varwe,

daz iu der lîp vil garwe

swarz alsam ein erde sî.

---

der *L*   diu] dû uch *L*   tœrliche] toren *V* — Dy cleidere torlichen scheme̅ *P*

147. 148 *folgen nach* 178 *L*

147 diu *fehlt V*   heizent] lâßt *K* — vnd hicz in gewinen *L*, vñ lazset vch ſ winden *P*

148 töbelichen] tŏrlichen *K*, torleichn̅ *V*, torlichen *L* — Durch torliche dinge *P*

149. 150 *fehlen L*

149 Und lant *S* ꞏ vermusel *V*, bemüseln *S*, bemalen *P*

150 râme] rûß *K*, aschen *V*, vsclen *P*   ouch *fehlt KVP*   üseln] rame *P*

151. 152 *umgestellt L, in einen Vers zusammengezogen* Das vwer lib varwe *P*

151 Euwer a. u. euw' v. *K* — mit antlitz vnd uwer farwe *L*

152 Und daz *K*   iu der] euwer *K*, ewr *V* vil *fehlt K* — vnd entwilden uwer garwe *L*

153 Swarcz *P*   alz *KVLP*   ein] die *KL* in erde *ist* r *aus* n *corr. V*   erde] mor *P*

einen kolben swære alsam ein blî,
155 den nement zeime leitestabe;
als ein tœrehter knabe
loufent für des küneges tisch:
ez sî reiger oder visch,
daz werfent al dar nidere.
160 spreche ieman dâ widere,
dem slahent ein gebiusche,

---

154 Und ain kolben *L*, Eyno kūlē *(auch* k *in* kūlē *von der späteren Hand nachgebessert) P* swære *fehlt L* alz *KP*, als *L* — Vñ ain kolbñ da pei *V*

155 — nement in die hant zo ainem stab *L*, Dy nemet zcu eyme stabe *(auch* c *in* zcu *von der späteren Hand nachgezogen) P*

156 Recht alz *P* torrecht *P*, torleicher *V* — so sint ir ain vil tumber knab *L*

157 vnd lofent *L*, vñ loffet *P* für des küneges] vor der konigīne *P*

158 Is sy *P* reiger] flaisch *V*, wilt prat *L*, wylprecht *K*, braten *P*

159 werfent] slat *P*, schlahent *S* alles *SVKP*, als *L* der *S*, h' *K*, da *P* nider *SVL*, nyoder *K*, neder *P*

160 spreche] rede *V*, Redet *S* der *S*, icht *L* wider *SVL*, wieder *K* — Vor nemet w' da spreche wedir *P*

161 *Raum für Initiale L* gebiusche] gebōß *L*, gut gepruzse *P*

und machent ein geriusche
vor der küniginne,
als ir niht habent sinne.
165 frâge iuch ieman ihtes,
dem verjehent nihtes,
reht als ir sît ein stumbe.
varent umbe und umbe:
swâ diu küniginne sî,
170 dâ wonent stæteclîche bî;
swaz iu âventiure geschiht,
des verswîgent mir enwiht,

---

162 und *fehlt* K   gestosz L

163 konigin L

164 Als ob ir K   niht] icht L   sinne] sin L

165—174 *fehlen* LP

165 Fraget S, Fragt K   ÿwcz V, iht SK

166 verjehent] antwúrtet S   nÿwcz V, niht S, nicht K

167 reht als] Als ob V, Und tût alz K   sît] sint S

168 Und varent K

169 — Wo d' künigynne wönüg sei K

170 wonent] seit V   stæteclîche] alle wegen K

171 iu *fehlt* S, *steht vor* geschiht VK   abentewr V, antwúrte S, glúckes K

172 Die V   enwiht] niht SV — Daz v'smehet mit törheit nicht K

swenne ir, herre, wider kumet;
wan iu mîn rât wol gefrumet.“

175   Dô volgete er vil drâte
sîme wîsen râte.
daz hâr wart im abe gesniten
gar nâch tœrlichen siten;
er wart geswerzet als ein môr
180 und gecleidet als ein tôr:

---

173. 174 *fehlen* K
173 herre] her *SV*   koment *V*
174 Mein rat ew w. *V*   frumet *SV*
175—178 *fehlen* P
175 *Initiale* V   vil drâte] getrate *S*
176 sîme] Dem vil *V*
177. 178 *fehlen* KL
177 daz] Sein *V*   im *fehlt* V
178 gar *fehlt* V $<$ in *L folgen* 147 *u.* 148
179. 180 — Er wart geswĕrczet als ein môr Vnd bekleydet als ein dor *K*, Er wart swarcz als ain mor Geklaidet als ain tore *V*, Her liz sich malen alz cyn mor vñ cleyden alz eȳ tor *P*, Er wart gecleit als ein tore Geswerzet als eine (*so S* ʰ) more *S*, claider als ainom toren sich swertzen als ain moren *L* $<$ (a) vnd daz cleit sniden (b) von semit vnd syden *L*

daz cleit im an dem kniewe erwant;
einen kolben nam er an die hant.
dâ mite huop er sich von dan.
beide wîp unde man
185 sâhen in für einen gief;
swâ er in der bürge lief,
dâ wart ein grôz gehiuze:
„daz vil heilege criuze

---

181 cleit] es *L*   an dem kniewe] auf dē knie *V*,
ab dem knie *L*, ob den knyewē *K*, an der erden *P*
wāt *K*, wante *P*

182 Eyn *K*, Ain *V*, Den *LP*   an] in *KVLP*

183. 184 *fehlen P*

183 huop er sich] schied er *L*   vō danne *K*,
hin dan *V*

184 — ez warent vrowen oder man *L* < (a)
Blickten ein ander an *K*

185 sâhen] . achet *(Raum für Initiale) L*,
Und er sahen *K*   in] ir an *L*   gief *(davor radiert
dieb) V*, giech *L*, greiff *K* — Recht alz eyn thumer
geyf *P*

186 Wa *V*, da *K*, do *SLP*   jn die *K*, vf
dy *P*, gen der *L*   bürge] berg *P*

187. 188 *fehlen LP*

187 dâ] do *SV*   grôz gehiuze] grozz' schawcz *V* —
Und macht ein geheūtz *K*

188 vil *fehlt K*

>   müeze uns beschirmen hiute!“
> 190 riefen al die liute,
>   „wer brâhte den tôren in daz hûs?“
>   si mahten alle ûz im ir grûs
>   und triben mit im iren schimpf.
>   dâ wider kund er den gelimpf,
> 195 der tôren was gemæze.

---

189. 190 *umgestellt LP*

189 — Mů̈s vns beschirmen heůt *K*, Beschirme uns noch hůte *S*, Peschirm vns haẅte *V*, Nu beschirme vns got hute *P*, her got behůt vns hůt *L*

190 Rieffent alle *S*, Do rieffen alle *P*, Sprẘchen gemeynlich *K*, Spẅhn ez *V*, ein tail sprachent *L*

191 wer] was *L*   den] uns disen *S*   in daz] ins *V*, in dis *S*, vf daz *P*

192 im *S* — Si hetn̄ an im ain graws *V*, si tribent ab im iren grüß *L*, Sy muzen triben iren gruz *P*, Also trieben sye iren strauß *K*

193 Sy triben *P*, Vnd mẘchtent *K*, vnd hetten *L* irn *S*

194 den] keynen *P* — Dar zů̈ halff er jn mit vnglẙmpff *K*, da wider kam der gelimpf *L*

195 tôren] tor *V*, dem toren *L*   gemaß *L* — Der thore waz vormeszen *P*, Den tôren hetten sye vnwert *K*

allez sîn gelæze

was unmâzen töbelich.

vaste sluoc er umbe sich;

mit sîner herten kiulen

200 mahte er starke biulen

den knehten, die dâ liefen

und ime tôre riefen.

doch muosten siz vür guot gehaben

---

196 — alles sin wesen das *L*, Alle sein vn geberd *K*, Alle syne sinne *P*

197 töbelich] torleich *V* — ducht sy hart gemenlich *L*, Waz vn mōschlich *K*, Stūden yme tū lich *P*

198 — Her slug vil wito vm̄e sich *P*

199—203 *haben in L diese Reihenfolge:* 201. 202. 200. 199. 203

199 sinre *S*, sinem *L*   herten] starkn̄ *V*, grozsen *P*   knůlen *L*

200 vn̄ machot *V*, Slug her *P*, er slüg in *L* starke] grozz *V*, grőß *K*, grosso *L*

201 die dâ] da *(durch Rasur undeutlich, I liest* die] da *V* — die knaben im nach lieffen *L*

202 ime tôre] im toren *V*, ym zů tőr *K*, en ane *P* — si vast vff in rieffen *L*

203—206 *fehlen P*

203 vorguot *SV*   haben *KV*, han *S* — daz must man alles han vergůt *L*

von dem tœrehten knaben:
205 wan der mit tôren schimpfen wil,
der muoz verdulden narren spil.

Nû hœrent, wes er flîzec was!
ein wunneclicher palas,
dâ diu juncfrouwe inne slief,
210 dâ vür leite sich der gief,
swenne ez begunde nahten,
durch daz er kunde gahten,

---

204 tŏrischen *K*   knaben] man *S* — als man noch dick tut *L*

205 wan *fehlt L*   der] . er *(Raum für Initiale) L*, wer *K*

206 verdulden] dulden *VL*, v̓tragen *K*

207 *Initiale V* — Nu horet wes her ī inne wart *P*

208 wunneclicher] wunnecliches *S*, wunnickleichs *V* — Daz waz ein wn̄nigkleich' palast *K*, Jn eynō wn̄neclichen palas *P*, vor ainem schönen ballas *L*

209 iūcfrouwe *PV*, frowe *S*, maget *L*, kůnigynne *K*   jnnō *K*, *fehlt P*   slief] lief *P*

211. 212 *fehlen L*

211 swenne] swen *S*, Wan *V*, Da *KP*

212 durch daz] So *V*, Do *P*   er kŏnde *K*, er begunde *S*, pegundr *(so!)* ez *V*, begvnde her *P*   achten *K*, trachten *VP*

ob diu minneclîche
an ir heimlîche
215 begienge keiner slahte dinc,
dâ mite si der snürrinc
ze laster möhte bringen.
von sô getânen dingen
lac er zallen zîten dâ

---

213. 214 *fehlen* V

213 die wunnencliche *S*, daz minickleiche kint *L*

214 *fehlt L*   an] In *S*   heymleich *K*

215 — Begienge keinre slahte dingen *S*, Hettē keiner hande ding *P*, Traybe keyner hande dýngo *K*, Ob er fünd ain dink *V*, tett kain ding daz ir mißzimpt *L*

216 *fehlt S*   si *fehlt L*   der snůringe *K*, der snůdalingen *L*, den ...' wing *(theilweise durch ein Loch zerstört, mit* wing *beginnt ein neues Wort) P*

217 Und zuo *S*   mocht (t *nur zur Hälfte sichtbar) P*   laster sy mŏcht *L*   bringen] .... ıge *(.... zerlöchert) P*

218 *fehlt S*   sô] also *K* — Mit so getanen dinge *P*, mit sochtanen sachen sa *L*, In sulhn̄ gedingn̄ *V*

219 zallen zîten] alle zcit *P*

220 gerner vil dan anderswâ.
    diz treip er unz ûf eine naht,
    daz diu maget vil geslaht
    bî ir juncfrouwen saz
    und ir swære gar vergaz
225 bî eime schœnen fiure
    mit maneger âventiure.
    dô kam ein juncfrouwe vîn
    reht als ein turteltiubelîn

---

220 *fehlt L*   Gern vil *V*, vil lieber *P*   dan] wen *P*

    221 Ditz *V*   unz] piz *V, fehlt K*   ein *K*, ain *V* — daz zoch sich bisz ze ainer nacht *L*, Jz geschach an cyner stat *P*

    222 maget] jūgfraůwe *K*, iucfrouwe *P*   vil] so *L, fehlt KP*   geslaht] slacht *P*

    223. 224 *fehlen L*

    223 bî] Mit *P*   iren *VK*, irre *S*, cre *P*

    224 und] Aller *P*   irre *S*, erī *P*   swære] vngemachs *K*   gar] sy *P*

    225. 226 *fehlen P*

    225 — Saz by ainem fůre *L*

    226 — Vnd sageten abentaůr *K*

    227 ein juncfrouwe vîn] ein kleines freuwelcin *K*, der frowen eine *S*, der frawū aine *V* — Wart sy da gemain *L*

    228 tůrckelteůblin *K* — Sam eyn turtel-

geslichen vür daz palastor
230 und wolte gerne hân dâ vor
des wazzers sich *erlâzen.
dô vant si den *blâzen,
der dâ ein tôre solte sîn.
balde lief si wider în
235 und seite ir frouwen mære,

----

tubelin *P*, Gegangen alters elleine (altersaine *V*) *S V*,
vnder den mayden ain *L*

229 geslichen *fehlt P* — Fúr der kemenaten
túr *S*, dů wer gern fůr das tor *L*, Fůr dew
kemnatū *V*

230. 231 *fehlen V*

230 hân *fehlt S*   fúr *S* — Vnd wolt sich
han da vor *K*, vñ solde sich da vore *P*, gewesen
das sy sich da vor *L*

231 — Sich dez wassers erlazen *S*, Dez wazses
irlosin *P*, Dez waßers han benŏmen *K*, . es wassers
hett benomen *(Raum für Initiale) L*

232 blâzen] tŏmmen *K* — Do sach sy den
basin *P*, da sach sy denselben komen *L*, Si sach
den vmberatū *V*

233 dâ *fehlt SVL*   ein] der *L*

234 balde lief si] Da lif sy balde *P*   lief]
rief *S*   wider] hyn wied' *K*

235 ir] der *VL*   iūcfrouwen *P*, jūgfraůwē *K*,
junkfrawn *V*   die mere *K*

wie daz der tôre wære
vor der kemenâten.
„sô werden wir berâten
mit schœner gemellîche“,
240 sprach diu minneclîche,
„bringent uns den narren!
er muoz hie tâlanc scharren
vor mir in der eschen.“

---

236 Wie *fehlt SVL*   daz *fehlt P*   da were *V*,
da vor ẇe *P*

238 sô] Nu *P*   werden] sin *L*   vor rate *P*
< (a) Vnd mag vns gelingen (b) Mit hûbschen
dingen *K*

239. 240 *umgestellt P*

239 — Wan der tôr ist gemcheleich *K*, also ge-
melliche *P*, al gemaincklich hie *L*

240 So (Da *K*, Do *P*) sprach *SKP*   die vīl m. *K*
minicklich io *L* < (a) Er kan v̄ns wol erfräw̄ı
(b) Mit flegen v̄ı mit dräw̄ı *V*

241. 242 — Sol er hie talank kerr̄ı V̄ı mit
den hend̄ı scherr̄ı *V*, Sal her vns vor erre wy
lazsen in nu vor zeerre *P*

241 uns har *S* — nu bringen mir den toren *L*

242 — Er sal dalanck snarren *K*, er muß mit
mir schoren *L*

243 vor mir] hie vor *L*, Hir noch *P*   der]
deser *P*   aschen *KV*, aschin *P*

„frouwe, er ist ungeweschen",
245 sprach eine kammerrûze,
„lâzent in dâ ûze!"
„waz darumbe?", sprach diu maget,
„mir ist vil von im gesaget,
er sî sô rehte spæhe,
250 daz ich in gerne sæhe."
dô wart langer niht gebiten.

---

244 frouwe] wē *P, fehlt K*   vngewaschen
KVP — der vil vngeweschen *L*

245 eine] eyn *KP,* dw *V*   kamerrusse *S,*
kamrauzze *V,* kāmerreussen *K,* komerische *P* —
. o sprach ain alti kamer rach *(Raum für Ini-*
tiale) L

246 Fraw lat *V* — nain frow lant in mit ge-
mach *L,* Wir sollen in laßen dort außen *K,* wir
lazsen en dar vzse *P* < (a) er ist ain tor ain affen
(b) vnd ist gar vngeschaffen *L*

247—250 *fehlen P*

247 Waz ist d. *K*

248 so vil *S*   vil *fehlt L*

249 er sî] Unde ist *S*   gespach *L*

250 sach *L*

251 Nicht lenger wart g. *K*   langer niht]
nicht leng' *K* — lenger wart dez nicht vor-
meden *P*

zwei fröuwelîn hinwec geschriten,
als si diu küniginne hiez.
si brâhten den vil tumben viez
255 in die kemenâten.
sitzen si in bâten
nider zuo dem viure.
dô was im vil tiure

---

252 hinwec] enweg *L*   geschriten] sritten *L*,
ritten *S* — Zwo frawū hin schritū *V*, Zwoe jŭg-
fraůwen nach ym schreyten (r *auf Rasur von* e) *K*,
zcwo iūcfrouwen her abe schriten *P*

253. 254 *fehlen S*

253 *fehlt L*   si *fehlt V*   küniginne] jūg-
fraůwe *K* — vū taten daz ir iūcfrouwe *(von* ou
die unteren Spitzen durchlöchert) hiz *P*

254 brâhten] zugen *V*   vil *fehlt V*   viez]
fŷlcz *K* — do brachtō sy den g.f *(In Folge Zer-
löcherung der Hs. fehlen von* g *und* f, *welche in-
dess deutlich erkennbar sind, die unteren Spitzen;
zwischen beiden stand ein Buchstabe, der völlig
zerstört ist)* P, vnd namen den toren an die hant *L*
< (a) sy fürten in sa ze hant (b) enschwischen in
vil drat *L*

255 in] Vf *P*   die] aine *L*   kemenat *L*
256 *fehlt L*
257 — zu aincm guten füre *L*
258 dô was im] Im was *L*, do waren (warent *S)SK*
vil] laider *L*, leyd' *P*, *fehlt S*

schuohe unde lînwât;
260 und swaz geruochlîche stât,
des giene er alles irre.
sîn vil lanc geschirre
daz hienc im in die eschen.
sus saz der ungeweschen
265 vor der küniginne.
an tœrlîche sinne

---

259 Beyde sch. *K*   vnd och *L*   linin wat *S*

260 und] oder *S*   swaz] allez daz *KP*   ge-
ruochlîche] gefurleich *V*, gefůglich *K*, erlichen *P* —
Er forchtlich nacket stat *L*

261 — wann er der bruch irre *L*

262 vil *fehlt V*   langes *P*, langs *V* — das sin
langes geschire *L*, Er hett ein grôß geschŷrre *K*

263 daz hienc im] Hing yme *P*, im hieng *L*,
Hangen *K*   im] in *S*   die] der *K*   aschū *V*,
aschin *P*

264 vngewaschū *V* — vnd was gar vnge-
weschen *L*, lang vngewaschin *P*, So saß er jn der
ǎschen *K* < (a) Vnd saß v̊n gewǎschen *K*, (a)
. r saz in dem schalle *(Raum für Initiale)* (b) vnder
den frowen alle *L*

265—272 *fehlen L*

265—270 *fehlen P*

266 tŏrlich *K*, torleich *V*, toerlichem *S*   sin-
nen *S* ʰ

kêrte er alliu sîniu dinc.
als ein tumber snürrinc
zart er wîte ûf sînen giel.
270 den vrouwen allen wol geviel,
swaz er des nahtes anevienc;
vil gemellîche er daz begienc,
biz an dem gebûre
diu starke natûre
275 ir kraft begunde eröugen.

---

267 alles sein ding *K* — Leit (Let *V*) er allen
(allñ *V*) sinnen (sein *V*) gering (gerink *V*) *SV*

268 snürrinc] schüßling *K*

269 wîte *fehlt S*   ûf *fehlt V*   sein weitü
g. *V* — Auff die zartë erdë seinen giel *K*

270 jūgfraûwen *K*   allen] er *K*

271. 272 *umgestellt P*

271 swaz] wez *P*   anevienc] begieng *KP*

272 gemeleichen ers *V*   begienc] ane fienk *K* —
Sin ding her aneving *P*

273—282 *fehlen K*

273—276 *fehlen P*

273 biz] Do wůchs *L*   geburen *S*

274 diu starke] Sin groß *L* — Die starken
naturen *S*

275 begunden *S*   öigen *S*, aygñ *V* — sich
schier het erzaiget *L*

daz muoste sich erzöugen
an sînem ebenalten.
der vor lac gevalten
und sich crampf alsam ein wurm,
280 der hete sich ûf einen sturm
bereit mit aller sîner ger;
er stuont mit ûfgerihtem sper.
daz wart der küniginne sûr.
frou Vênus und ir sun Amûr

---

276 daz] Do *V*   muoste sich] begunder *S* —
vnd sich also eraiget *L*

277 an] In *L*   sime *S*   ebenalten] zcwen
aldin *P*

278 vor] E *L* — Der lag an dri gevaldin *P*

279 crampf] rampf *V* — vnd gerumpffen a.
e. w. *L*, gecrümet alz eyn lintworm *P*

280 der] Her *P* — der stunt gericht vff ainen
sturm *L*, Recht alz ain' zu aim sturm *V*

281 — nach alles sines hertzen ger *L*, Perait
er sich m' aller ger *V*, geschicket nach aller sin'
ger *P*

282 mit ûf gerichtem] vf myt gerichtē *P*, mit
vffgerecktem *L*, mit auf geraktē *V*

283 — Dz wart sawr d' küniginne *V*, Daz
wart gar swe' d' küniginne *K*, Daz wart an d'
iücfrouwen suse *P*, dez wart dů konigin *L*

284 Frowe *S* — vrouwe ven° vū der mȳnē

285 begiengen an ir wunder.
si enbran reht als ein zunder
von der angesihte,
daz dem tumben wihte
der eilfte vinger was ersworn.
290 si sach den selben minnedorn
und leit vil seneclîche nôt.

---

amor *P*, Ven' daz ist div minne *V*, gehezt von
venus der min *L*, Ir wycze vnd alle ir synne *K*

285 begiengen] Dw pegie *V*, Dy worchtē *P*,
si gieng *L*, Dye giengen *K*   wunder] v̊nder *K*

286 reht *fehlt SKL*   als] sam *P*   enbran]
bran *K*, pran *V*, brante *P*

287 — von dem ane gesichte *P*, Von der vn-
geschicht *K*

289 der] Sin *P*   Eylfft *K*, elfte *P*   was]
waz ym *K*   gesworn *P* — Der ainlift stunt en-
por *V*, der ailiff finger stunt enbor *L*

290 — Sye sahe auch den selben do̊rn *K*, En
stach d' mȳne dorn *P*, Ir wart kunt daz ir da
(da *fehlt V*) vor *VL* < (a) Nie mer (mer *fehlt L*)
waz peschehn̄ (beschechen *L*) (b) Si pegund (be-
gunt *L*) fast (vast *L*) daz (dar *L*) sehen (sechen *L*) *VL*

291 und] Daz sy *P*   vil] so *P*, *fehlt KL*
seneclîche] senleichn̄ *V*, snellicklich *L*, engstlich *K*,
grozze *P*   nôt] pein vn̄ not *V*

den frouwen allen si gebôt,
daz si sich leiten nidere.
dâ wâren si niht widere,
295 sunder einiu, diu dâ saz.
diu bekande ir vrouwen baz.
daz was ein altez kamerwîp,
durchrîben was der selben lîp:

---

292 den frouwen] Den jûgfrauͦwen *K*, Jrē
meyden *P*   allen si] si allñ *V*, man allen *K*

293 sich leiten] giengen *L*   nider *VL* — Sy
solden alle gen en neder *P*, Daz sye sich nyeder
leyten *K*

294 Do *S*   wider *VL* — Jr in keyn sprach
da weder *P*, Nicht lenger sie erbeiten *K*

295 *Initiale V*   diu *fehlt VL*   dâ *fehlt K*,
in P stand do: *von* o *ist nur die Hälfte noch zu
erkennen*   saz] pesaz *V*, gesaß *L*, . az *P*: *vor* a,
das theilweise zerstört ist, ein Loch   ·

296 bekand] erkant *VL*, kant *K* — Dy be-
kante der iūcfrouwen sito baz *P* < (a) Dan d' and'n
keyn (b) Da vō bleip sye bei ir ayn *K*, (a) denn
die andern alle (b) sy giengen on schalle (c) in ein
kemnate (d) stil vnd gedrate *L*

297. 298 *fehlen P*

297 daz] da *L*, Si *V*, Die *K*

298 der durchriben *L*   der selben] ir *VL*, ir
altez *K*

Irmengart was si genant.
300 ir vrouwe sprach zuo ir zehant:
„nû lâ mich dînes râtes pflegen.
sît dû mir dicke hâst gewegen
rât zuo heimlicher sache,
sô hilf mir, daz ich swache
305 den kumber, den ich dulde.
von des tôren schulde

---

299 . rmengart *(Raum für Initiale)* L, Jrmelgart K — Dy waz sich ermengart genant P

300 ir vrouwe] dů frowe L, Sye K   zuo ir
fehlt VL — zcu der sprach sy zcu hant P < (a)
Jrmengart durch dine zcucht (= 358) (b) Ab du
ie quæme von gut' frucht P

301. 302 *fehlen* P

301 nû] dů L, *fehlt* K

302 sît] wan L   hâst] rat hast SL, hast
rat V   gewegen] gegeben S, geben VLK

303 — Rât zů heymlichen sachen K, zu vil
haimlicher sache L, Vō haimleicher sache V, Von
heinlichen sachen S *, In heymeliclicher sache P

304 sô *fehlt* L   mir *fehlt* V   ich] ich icht L
swache] geswache VL, gevachen S, mǒge swachen K
— Si lief daz sy irswachte P

305 den] an dem L — Dez kůmers dez ich
dulde P

306 des] dis S

brinne ich alsô sêre,
daz beide lîp und êre
hînaht an der wâge stât,
310 ob mîn wille niht ergât.“
dô sprach diu kamerbelle:
„nû varent al getelle!
mîn rât der wirt iu nützе,
ir werdent noch urdrützе
315 der süezen minne lustes.
sît iuch ir âkustes

---

307 brinne ich] So prýnne ich *K*, Jch borne *P*
308 beide] paide *V*, bayder *L*
309 hînaht] Noch hinacht *S*, Hir nach *P*
an] ůff *K*, vff *L*, in *P*   der] eyn' *P*
310 mîn] mir mӯ *P*   ergât] fúr sich gat *S*
311. 312 *fehlen V*
311 kamer bille *L*, kâmer pille *K*
312 — Iūgfraůwe (Frowe *L)* farēt (farent *L)*
stille *KL*, Der iūcfrouwen geselle *P*
313—364 *fehlen P*
313 der *fehlt VL*   wurt *S*   uch *SL*, euch *K*
314 noch *fehlt SVL*
315 süezen *fehlt SV*   lustes] lůst *K*, ge-
lustes *SV* — von der min gelust *L*
316 sît] sider *L*   iuch] sich *VL*   ir] ires *V*,
fehlt S   âkustes] kust *L*, durstes *V* — Seit
euẅ gyer stet zů ym sůst *K*

        nieman kan erretten,
        lât iu schône betten;
        waz ob ich disen giegen,
320 mit listen kan betriegen,
        daz er sich zuo iu smücket
        und iu die nôt enzücket,
        diu von der strengen minne kumet?
        swaz iuwer lîp mit im gefrumet,
325 des sît ir unvermeldet ouch;
        er ist der allerbeste gouch,
        der ie wart getœret:

---

317 kan] mag *VL*   entretten *L* — So kan cz nye mät er retten *K*

319 waz *fehlt VLK*   ob] So wil *K*   disen] den *K*   griegen *S*

320 liste *V*   kan] mag *L*, *fehlt K*   betriegen] über kryegen *K*

321. 322 smücke : entzucke *L*

323 streng *V*, *fehlt SL*   mine *L*, minn *V*, minnen *S*   kumt *V*, küpt *K*, kunt *L*

324 — Was ewrem leib da m' frumt *V*, Waz euw'm leip von ym gefrümt *K*, das uwer lip wurd gesunt *L*

325 sît] sint *SL*   ir *fehlt L*   vngemeldet *VK*

326 er ist] Auch ist er *K*

327 getœret] betðret *L*

er ensprichet noch enhoeret,

er ist ein rehter stumbe.“

330 diz hôrte wol der tumbe.

deheines wortes er verjach,

swaz diu dirne zime sprach,

wan daz er si an kaffete.

und dô si daz geschaffete,

335 daz ir vrouwe nider kam,

den tôrens an der hende nam

---

328 ensprichet] spricht *K*, gesichet *L*   enthôret *K*, gehôret *L*

329. 330 — Doch hôrt ez d‘ vil tŷme Wye daz er waz eŷ stůme *K*

329 stumme *SV*

330 diz] Daz *V*   tumme *S* — dez lachet der vil tumbe *L*

331 deheines] Chains *V*, Keyns andn *K*   verjach] vergaß *L*

332 diu dirne] dw fraw *V*, sy alles *L*   zime] zu jr *L*

333 kafft *K*, kapfte *V* — das er sy also afft *L*

334 und *fehlt V*   si] die dŷrne *K*   daz] ez also *V*, *fehlt K*   geschafft *K*, schafte *V* — das si also in in gafft *L*

335 ir] dw *V*, dů *L*, die *K*   vrouwe] jůgfraůwe *K*

336 an] bi *SKVL*   hant *KVL*

und fuorte in zuo ir bette.
vil schiere si in hette
zuo der künigîn geleit.
340 als uns diu âventiure seit,
dô lac der ungefüege stampf,
daz er sich als ein igel rampf
und smuhte sich zeinander.
doch vil gerne bekander
345 der küniginne leckerheit,
als ich dâ vorne hân geseit,
durch daz er si geschante.

---

337 und] si *L*   zuo] an *SV*   ir] dem *K*

338 vil *fehlt L*

339 künigîn] frowe *S*, frawn *V*, frowen *L*

340 uns] mir *L*

342 egel *L*   rampf] kranpf *S* — Alß eyn (eyn *fehlt V*) igel er sich rampf (rámpff *K*) *KV*

343 und] Er *K*   smuhten *S* — nache zu ain ander *L*

344 doch *fehlt SVL*   gerne] wol *K*

345 küniginne] jŭgfraŭwen *K*   leckerheit] bŏsheit *L*

346 vorne] vor *SK* — Als (als *L*) hie (uch *L*) vor ist gesait *VL*

347 — Das (das *L*) er sei (sy *L*) gerñ (gern *L*) schante (geschant *L*) *VL*

darumbe er nie genante,

sam er si wolde grîfen an.

350 dô sôt von minnen unde bran

diu minneclîche künigîn

und leit vil seneclîchen pîn,

daz der tumbe gouch gelac

und der minnen niht enphlac,

355 die guoten wîben sanfte tuont.

dô sich diu frouwe des entstuont,

---

348 — Doch geyn ir ersich nye gewāt *K*, Dar vmb er sich nicht wante *V*, da von er sin namen vant *L*

349. 350 *umgestellt L V*

349 sam] wan *S*, Alz ob *K* — Daz er sei (sy *L*) nicht *(fehlt L)* wolt greiffn (griffen *L*) an *VL*

350 sôt] lag *S*, lag si *V*, si lag *L* — Da sye lack vnd võ mÿnen prann *K*

351 minicklichen *L* — Dy mayt also reyche *K*

352 und] Si *V*, *fehlt L* — lack gar ſchēme-leiche *K*

353 daz] Do *L*, Vnd daz *K*   lac *Hss.*

354 phlak *V*

355 die] den *K*   guoten] zarten *K*, schönen *L*, den *V*   wiben] frawñ *V*, frowen *L*

356 jungfrowe *S*   verstunt *V* — Da sich die

dô sprach des rîchen küneges fruht:

„Irmengart, durch dîne zuht,

ob dû mir keines guotes ganst,

360 sô lâ die liste, die dû kanst,

noch hînaht an mir werden schîn!

daz muoz dir iemer guot gesîn.“

„Gerne, frouwe!“ sprach diu maget,

„mîn dienest ist iu unversaget.“

365 si nam den ungefüegen slûch

---

jügfraůwe die wde frůcht *K* < (a) das er stille
wolt ligen (b) do waz ir frőd gar ersigen *L*

357 *Initiale V, Raum für Initiale L*   rîchen
fehlt LV — Dez vstūt da rieff dez edeln kőnigs
frůcht *K*

358 Eya jrmelgart *K*

359 — Ob dů mit keyn‘ liebe gůnſt *K*

360 die liste] din list *L*, dw kunst *V* — laß
alle liſt vnd dein kůnst *K*

361 noch *fehlt VLK*   an mir *nach* werden *K*

362 daz] ez *L*   muoz] sol *K*   gesîn] sin *Hss.*

363 frouwe *fehlt VL*   diu maget] der frowen
magt *L*

364 dienest] hilf *V*, hilff *L*   ist] d‘ ist *K*, sy *L*

365—375 *in K:* (a) Sye stůnd auff vnd v‘nam
(b) Daz die rőse nach d‘ myne bran (c) Sye ge-
dacht auch jn irē synnen (d) Wye sie d‘ tőre

und leite in ûf ir linden bûch
und druhte in zwischen beidiu bein.
dannoch lac er unde grein
als ein alter hovewart,

---

môcht gemÿnen (e) Da lack die mÿneklich frücht
(f) Ir waz v̓geßon alle ir zûcht (g) Dûrch den vn-
gefûgen stầmpff *(vgl.* 341) (h) D' bey ir lack vnd
sich rầmpff *(vgl.* 342) (i) Daz tet er alles vmb daz
(k) Daz er sie beschaůwet dest' baß (l) Jrmelgart
da er dacht (m) Daß sye jn v̓ff die jūgfraůwē
bracht (n) Da er ůff die rôsen kwam (o) Da lac
er alz ein fůller stam̄e (p) Jrmelgart ein nadel nam
(q) Den tôren sye stechen began (r) Da d' tore
d' stiche wart geware

365 nam] let *V*   ungefüegen] don vil tum-
ben *S*   slûch] sluzsel *P*

366 und leite in] Der frawn̄ *V* — Sy legeten
vf ire bruste *P*

367 beidiu] ir *S,* irů *L,* ire *V* — Obene zcwissen
ire beyde beyn *P*

368 dannoch] Noch do *S,* Do *LP*   er] der
tore *P*

369 hovewart] houehart *P* < (a) Daz tet her
durch d' mÿnē art *(vgl.* 393) (b) Dez wart ir vn-
gemute breyt (= 496) (c) vū ir vil grosze lecker-
heyt *(vgl.* 495) *P*

370 biz daz diu frouwe Irmengart
    einen stap erkripfete
    und mit der gerten stipfete:
    daz kam ir dô ze heile.
    des tôren hinderteile
375 gap si stich über stich,
    biz er begunde regen sich:
    des wart ir vröude manicvalt.
    doch was der arge ribalt

370—374 *fehlen* P

370 Bitze *S*   das *fehlt VS*   diu frouwe] daz weib *V*

371 erkripfete] er gripfte *V*, gericht *L*

372 stüpftete *S* — Mit ainem starken stipfte *V*, mit ainem grozzen sticht *L*

373 daz] Der *S*, dir *L*   heile] vail *L*

375. 376 — Do sprach dy mayt mȳneclich wol do her nu regen sich *P* < (a) Ermengart tct yme ein stich (b) Do begunde der thore regen sich *P*

375 über] wider *L*

376 regen] rüren *V* — Er begünd sich rüren hȳn vnd dar *K*

377—382 *fehlen* KP

377 des] Do *VL*   ir] die *L*

378 doch was] Dez wart *L*   der arge *S*ᵐ] der alte *S*ᵗ, der selb *V*, derselb *L*

des küneges tohter alsô gram:
380 dô ez in die wîse kam,
daz die fröuden zuo gesigen,
dô liez er die schœnen ligen
alles liebes âne.
dô sprach diu wolgetâne:
385 „stipfâ, maget Irmengart,
durch dîne wîplichen art,
diu von geburt an erbet dich,

---

379 alsô] so *V*

380 in] an *V*   wîse] zit *V*, zeit *L*

381 die] ir *L*   fröuden] fräwd *V*, fröd *L*
zuo] solt *L*   sigen *Hss.*

382 schönen] fraw *V*, sy *L* — Daz er dw
fraw lie *V*

383 *fehlt K*   liebes] gutes *L*, leydes *P*

384 dô *fehlt P*   sprach] rief *S*, rieff *L* —
Da spch die künigÿne wolgetan *K* < (a) Alz
sie den frümen wölt han *K*, (a) Stich ermengart
den gouch (b) Sichen aber stichen ouch *P*

385 = 425. 445 stipfâ] Stupfa *S*, Stupfen *V*,
Stupf in stupf in *L*, Stichen *P*, Stîch vnd rûre jn
baz *K*   maget] vrouwe *P*, fraw *V*, *fehlt LK*   er-
mēgart *P*, jrmelgart *K*

386 = 426. 446

387 = 427. 447 an erbet] erbyt an *P*.

sô reget aber der tôre sich!“

diu maget dô gewerte

390 die vrouwen, des si gerte:

si menete unde kipfete,

si stach unde stipfete,

biz in der frouwen minnen art

beiden alsô tiure wart,

395 daz in diu süezckeit zerran.

dô wart der tœrehte man

---

388 = 448 sô] Do *L*   reget] rürt *V*   aber
der tôre] der tor aber *V*, auch d' tôr *K* — Stich
den torn so reyt h' sich *P* < (a) Die nacht lack
die vil gůt (b) Jr waz gar wol zů můt *K*, (a) Jre
sēte dez wñdert noch manchin man (b) Waz h'
froude dez nachtes gewan *P*

389—397 *fehlen KP*

389 maget] dirñ *V* — . er frowen dirn gewert
(Raum für Initiale) L

390 die vrouwen] Die jungfrowe *S*, Jr fraw *V*
des] wes *L*

391 kipfete] kupfete *S* — Si mant und stupfte *V*,
sy mant si daz sy stupfte *L*

392 — Sû stupfet unde stupfete *S*, Si stach
und schupfte *V*, Si stach si bupfte *L* < Piz
(biaz *L*) er sei (si *L*) ze weib (wib *L*) gewan *VL*

393—395 *fehlen VL*

396 tœrehte] törisch *V*

gestôzen für den palast.

des morgens dô der tac ûf brast,

dô huop er sich von dannen

400 und lief zuo sînen mannen

und seite sîme knehte

allez daz vil rehte,

daz im des nahtes widerfuor.

der kneht dô vil tiure swuor,

405 ez wære ein sælige vart.

niht langer dô gebiten wart.

---

397. 398 — Dez môrgēs da ûff brach d' tag Da wart er gestôßen für den hâck *K*

397 gestôzen] Gezogñ *V*, zogen *L*

398 des morgens] Morgen *L*   brast] brachst *L*, was *S*

399 dô] Da mit *K*, *fehlt V*   von *fehlt L* dan *VL* — Dar nach her heym quam *P*

400—406 *fehlen P*

400 und lief] Wied' heyme *K*, Hin *L*   zuo sînen mannen] zů seinē māne *K*, zu seinē dinst man *V*, zu sinem dieneet man *L*

402 vil rehte] zů rechte *K*, gerechte *L*

404 knehte *S*   dô *fehlt KV*   vil tiure] bei sein' sele *K* — vil tûr er do swûr *L*

405 wære] we' gewesen *K*   sælige] seldick-liche *L*

406 gebiten] gebittet *L*

ein schœnez bat wart dar getragen;
er wart gewaschen und getwagen
von râme und ouch von schimele.
410 er lobete got von himele,
daz im sô rehte wol gelanc.
er seite ouch sîme knehte danc
des râtes und der helfe.
mit gar grôzem gelfe
415 sprach der knappe Heinrich:
„herre, nû vernemet mich!

---

407 schœnez *fehlt V*   wart dar] daz wart *S*,
wart im h' *V* — Mit frouden h' in cyn bat trat *P*

408 er] im *L*   geweschen *S*, gezwagen *KL* —
Her waschin vū vngetwan *P*

409 *Raum für Initiale L*   ouch *fehlt VLP*

410 lobet *L*, lôbt *K*, lopt *V* — Her dvchte
se' en wedere *P*

411 sô] also *L*, da *V*   rehte *fehlt VLK* —
Daz yme frouden da gelang *P*

412 er] Vnd *K*, Dez *P*   ouch *fehlt VLKP*

413. 414 *fehlen P*

413 des] Seins *K*

414 gar] hart *L*, *fehlt S*   grosser *L*

415 sprach] Do (Da *K*) sprach *KVP*   knappe]
knab *V*, knecht *KL*

416 vernemet] vernime *L*

varet wider ûf den plân
für die frouwen wolgetân;
mit schilte und ouch mit helme
420 rîtent in dem melme,
als ein guoter ritter sol;
sô ruofet si, daz weiz ich wol:
„„ritter mit der halben bir!““
dâ wider ruofet ir wol zwir:
425 „„stipfâ, maget Irmengart,

---

417. 418 *fehlen P*

417 varet] Reidet *K*, rittent *L*

418 frouwen] jungfrowe *S*, kûnigynne *K*

419. 420 *umgestellt P*

419 ouch *fehlt VP*

420 dem] den *L*, solichem *S*   melm] meld *L* —
Vnd jn streit jn in dē welm *K*, wē ir nu wider
kumet ī den melmen *P*

421 guoter] guot *S*, gut *VL*, fromer *P*   sol]
vō recht sol *K*

422 sô ruofet si] si rüffet uch *L*, So riffet sy
abir *P*

423 Eya rÿtter *K*, Der ritter *P*

424 wider *fehlt L* — So rüfft ir hin wieder
zwÿrnt *K*, Da wedir ruffet daz wel ich worn *P*

425 = 385. 445 stipfâ] Stupfe *S*, . tüpfi (*Raum
fürInitiale) L*, Stupfñ *V*, Stûppfa baz *K*, Stichen
aber *P* maget] frouwe *SVL*, *fehlt P*   jrmelgart *K*,
ermēgart *P*

durch dîne wîplichen art,
diu von geburt an erbet dich!““
sâ zehant verstêt si sich
der leckerlichen missetât,
430 die si mit iu begangen hât
dâ heime an ir bette.
ich setze iu ze wette
beide leben unde lîp,
ob iuch daz minneclîche wîp
435 iemermê beschrîe.“

---

426 = 386. 446 < (a) Sichen abir stich en ouch
(b) Sichen ermögart den gouch *P*

427 = 387. 447 diu] Daz *K*   an erbet] erbit an *P*
< (a) So reget (regt *L*, rürt *V*) aber (abir *folgt in P
nach* tore) der tore (tôr *K*, tor *V*) sich *VLKP*
< (b) Also snel also h' das wort gesprach (c) Dy
vrouwe sich .. *(ein Loch in der Hs.; Bartsch,
Md. Gedichte, Stuttg. 1860, S.* viii *fabuliert ein
des an die Stelle)* vorsach *P*

428—451 *fehlen P*

428 sâ ze hant] Ze (Zû *K*) hant so *SKV* <
(a) Daz solt ir wißen sicherlich *K*, Vnd gedenckt
wider sich *L*, Diser gemmeleichū tat *V*

431 heymen *K*

433 leben] min guot *S*, guot *VL*

435 beschrie] an geschrie *S*

von dannen reit der frîe
wider ûf den turnei.
diu frouwe im aber zuo geschrei:
„ei schafaliers werder helt,
440 der die biren unbeschelt
halben in den munt warf,
waz er noch hovezuht bedarf!“
dâ wider rief der ritter guot:
„ei schafaliers hôher muot!

---

436 von *fehlt V*

437 *Raum für Initiale L*   ûf] in *L*

438 frouwe] künigynne *K*   im] in *S*, nû *K*,
nû *L*   zuo] ane *S, fehlt L*   schrei *Hss.* <
(a) Hye reit zû d‘ vn gefûck (= 107) (b) D‘ die
halben bÿeren nûck (= 108) (c) Er ist d‘ hoff zûcht
laß (= 114) (d) D‘ die halben bÿren fraß (= 113)
(e) Er gaß sye vnbesnycten (= 113 *Var.*) (f) er ist
aber ûff den hôff gerieten (= 114 *Var.*) *K*

439 — Hay ze laide werd‘ helt *V*, hie ze lait
fert der held *L*, Er ist ein voller helt *K*

440 vmbeschelt *V*, vnbeschelt *L*

441 Halber *S*, Halbe *K*, Halb *VL*   den]
sinen *L*, seinen *K*, sein *V*

442 waz] wes *L*, Hay waz *V*   noch hovezuht]
zühte noch *S*   noch *fehlt V*   bedarft *L*, darf *V*

444 — Zewelich mit hohen mût *K*, Hay ze
laide hoh gemut *V*, hie ze lait der ungefugt *L*

445 stipfâ, maget Irmengart,
    durch dîne wîplichen art,
    diu von geburt an erbet dich,
    sô reget aber der tôre sich!"

    Dô diu vrouwe daz vernam,
450 ein schrecke ir an daz herze kam,
    daz ir vil nâch geswunden was.
    si wart noch grüener dan ein gras

---

445 = 385. 425 stipfâ, maget] Stupf ein frowe *S*,
Stupfñ fraw *V*, stupffe fro *L*, Stůpffa stůppfa *K*
Jrmelgart *K*

446 = 386. 426 *Hier beginnt S¹*

447 = 387. 427 Erbet *(mit grossem Anfangs-
buchstaben) S¹*

448 = 388 sô] Vil lihte *S¹*   reget] růrt *V*
aber] auch *K*, *fehlt S¹*, *folgt nach* tôre *V*

449 *Initiale in V*   diu vrouwe] si *V*, sy *L*
daz] dw red *V*, daz mer *L*, *steht nach* dô *S¹*

450 schrecke] srec *L*, schrik *V*, clumpf *S¹*
ir an daz] an ir *V*, jn ir *K*

451 *fehlt S¹*   nâch] nahñ *V* — daz sy vil
nach geuallen was *L*, Daz sye nahent v̇swünden
waz *K*

452 noch *fehlt KVS¹*   dan] als *VS¹* — Dy
wart noch geler den cyn wasch *(Hier bricht die
Hs. ab) P* < (a) Von rehter schame het siv
daz *S¹*

und dar nâch als ein kirse.

dô sprach diu kamerbirse:

455 „frouwe, ich hân ez wol vernomen,

wir sîn ze laster beide komen.

der tôre, der uns hât betrogen,

daz was der ritter wolgezogen,

den ir dô hânt gescholten.

460 nû hât er iu vergolten

den unverdienten itewîz.

ez was ouch ie der werlde flîz,

---

453 und *fehlt LS*[1]   vor als *steht* rot (rôt *K*) *S*[1]*K*

454 *fehlt K*

455 ez] dz *V*, dz *S*[1]

456 ze laster beide] beyde zů lâster *K*, paid ze laster *V* — das wir ze schant sint komen *L*

457 uns] uch *L*   hât] hett *L*

458 was] ist *KL*

459 bescholten *L*

460 nû *fehlt LS*[1]   hât er] Er hat *S*[1]   er *fehlt L*   nach iu *folgt* wol *L*

461 — Den dē v̇dienten ye v̇ways *K*, der vnuerschulte ritter wisz *L*, Vmb so cleine itwiz *S*[1] *(vgl.* 137)

462 ez was ouch ie] das was fro ie *L*, Daz ist ye *K*, So ist noch *S*[1]   flîz] gehayz *K*

463. 464 *umgestellt LS*[1]

daz er ze spotte gerne wirt,
swer bœses schimpfes niht verbirt.
465 nû volget mir, daz ist mîn rât:
der helt, der iuch beswichen hât,
den heizet iu besenden;
bevelhet sînen henden
beidiu lîp unde guot
470 und nemt den ritter hôchgemuot
zeinem êlichen man.

---

463 *vor ze spotte steht* da von *L*   gerne] vil
gern *S¹*, dicke *S, fehlt VL*   spotte] schanden *S¹*

464 swer] Der *V*, der *L*   bœses schimpfes]
pösñ (bösen *L*) schimpf *VK*, d' bösen spôt *K*, böses
spottes *S¹* < (a) Diz ist der halben birn mere
(b) Got erlaz vns alle swere *(damit schliesst das
Gedicht) S¹*

465 *Raum für Initiale* ·*L*

466 ·helt] ritter *L*   beswichen] beswechet *K*,
beslaffñ *V*, beslaffen *L*

467 heizet iu] muezent ir *S*

468 Vnd bevelhet *K* — Vñ enphelhet in sein
hendo *V*

469 unde] vnd euẁ *K*

470 und] Jr *V, fehlt L*   ritter] helt *K*

471. 472 *umgestellt V*

471 zeinem] Vñ habt in ze ainē *V*

mit liebe bringent in dar an,
daz er iuch ze wîbe behabe;
sô koment ir der schanden abe,
475 dâ mite ir sît gebunden.“
an den selben stunden
wart der ritter dô besant.
beide liut unde lant
wart im undertænic.
480 doch het er arcwænic
der frouwen bœse tücke
durch daz ungeltücke,

---

472 — bringent in mit liebi dran *L*, Vnd greifft ez frŏlichen an *K*

473 iuch *nach* ze wîbe *SK*   wîbe] frawn̄ *V*   behabe] hab *VL*

475 ir] er *K*

476 an] Zů *K*, do zu *L*

477 ritter] selbe rĭtt‘ *K*   dô *fchlt KVL*

478 — D‘ fraůwen bůrg vnd ir lant *K*

479 wart] Dye wŭrden *K*   im] im da *V*

480 het] hat *S*, wz *V*, waz *K*   er] sein *K*   arcwænic] ain wenig *L*, arck wenig *K*

481 der] Die *V*   bœse] pŏser *V* — die frowen gemant jr bŏser tŭck *L*

482 ungelücke] gelükhe *V*, selbe gelücke *L*

daz im des nahtes dô geschach,

dô man in stipfete unde stach

485 in der kemenâten.

darumbe wil ich râten

allen guoten wîben,

daz si die zühte trîben,

die reinen wîben wol gezemen,

490 und ein sælic bilde nemen

an der küniginne,

wie si betrouc diu minne,

dô si den list eröugete,

---

483 *Raum für Initiale L*   dô *fehlt KVL*
geschach] beschach *KL*

484 stunpfete *S* ^, stüpffet *L*, stůpfft *K*,
stupft *V*

486 wil] so wil *K*   ich] ich uch *L*

488 si] dy *L*   die zühte] die zühten *S*, die
sitē *V*, den willen *L*, sůlch ding *K*

489 wîben] frowen *L*   gezemen] gezême *S*,
gezem *L*, zemen *V*

490 sælic bilde] sulh pild *V*, ebenbylde *K*
nême *S* — das si dar an ain bilde nåm *L*

491 an] bi *L*, Bei *K*

492 wie si] die *L*   betrouc] betôrt *K*

493 dô] Daz *V*, Als *K*   den list] dů liste *L*,
die list *V*, ez zů letzste *K*   eröugete] avget *K*,
aügte *V*, taiget *L*

dâ mite si erzöugete
495 ir manne die grôzen leckerheit;
des wart ir ungemüete breit,
er was ir iemer mê gehaz.
ein sælic man der merke daz,
wie der ritter Arnolt
500 aller sîner tugende solt
alsô gar und gar verlôr,

---

494 mite] bei *K*   si] sie auch *K*   erzaigte *V*,
erzôget *L*, er zaüget *K*

495 Jrem *V*, irm *L*, Jren *K*   die *fehlt K*
grôzen] grôß *K*, *fehlt VL; für P vgl. Var.* 369c

496 des] Da vŏ *V*   ungemüete] Ÿmut *V*,
vnglück *K; für P vgl. Var.* 369 b

497 iemer mê] auch ẏmm' *V*, ein teil *K*

498 sælic] yglich *L*, ẏegleich *V*   der *fehlt L V*
merckte *L*

499 Arnolt] arnot *L*

501 gar und gar] garwe gar *S* — Dy er důrch
vnzůcht vlôr *K*, Von ir vn mimikleich *(so l,* vn-
minicklich *L)* verloz (ẏloz *V) VL* < (a) Ain (ein *L)*
spehn̄ (spǎchen *L)* list er im erkoz (erkoæz *L)*
(b) Wie er ir mocht vergeltn̄ (w. e. daz vergülte *L)*
(c) Jr gespott vn̄ ir scheltn̄ (als si an jm ver-
schulte *L)* (d) Dez waz (was *L)* si (sü *L)* im niht
(nit *L)* lang vor *VL*

ob er niht worden wære ein tôr,

daz er geschendet wære.

ein hübescher minnære

505 der flîze sich der dinge,

daz im niht misselinge:

daz ist mîn bete und ouch mîn rât.

von einer cleinen missetât

wirt ein man geschendet

510 und ein wîp erwendet

guotes willen, den si hât.

---

502 ob er niht worden wære] Daz e. n. w. w. *S*, Ob e. n. w' wŏrdē·*K*, Wer er nicht wordū *V*, wer er nit worden *L*

503 daz] Wye sere *K*   geschant *V*

504 ein] Sin *S*   hübescher] yglich *L*

505 der *fehlt LV*

506 niht] icht *KP*

507 bete] ler *L*   ouch *fehlt VK* — Daz ist mein gût rât *K*

508 von] Wan von *S* — vmb ain clain mistat *L*

509 wirt] Wurt *S*, Wirt dick *K*

510 wîp] frow *L* — Vnd daz jn ein weib pfrenget *K*

511 guotes] dez güten *L*, Mit gutē *K* < (a) zewcht zů ym schach vnd măt (b) Alz ich die warheit sprechen sol (c) Doch gelange dem rîtter

von Wirzeburc ich Kuonrât
kan iu anders niht verjehen.
got lâze uns allen wol beschehen!

---

wol (d) Daz er wart zů eynē kᷓnig reich (e) Hẙlff
vns hie zů hiemelrich (f) Nach dieses leibes leben
(g) Daz werde vns allen gegeben *(damit schliesst
das Gedicht) K*

512 wurzeburg *S^m*, Würzeburg *S^o*, Wurze-
burg *S^h*, wirczpurg *V*, wirtzburg *L*   ich] ich
maist' *V*, maister *L*   conrat *L*, chunrat *V*

513 — hat vns das vericchen *L*

514 allen *fehlt L*   beschehen] veriechen *L*
< (a) An all missewende (b) Ditz gut mer hat ein
ende (c) Alle schand und allen spot (d) Wend uns
lieber herr got *V*

ANMERKUNGEN

1. 3 Hie vor ein künic was genant Clogiers,
der hete *Parton.* 233.

1 Ze Rôme ein edel herre was *Alex.* 57. Ein
künic was in Engellant *Turn.* 1. Ein künic was
ze Troie *Troj.* 325. Ze Rôme ein witewe saz hie
vor *Silv.* 101.

hie vor *Engelh.* 2991. *G. Schm.* 1785. *Lieder*
2, 19.

2 als ich dâ von geschriben las *Troj.* 13097.
sît ich für wâr geschriben las *Schwanr.* 1332. als
ich geschriben las *Silv.* 2768. 3885. 4390. *Parton.*
15781. 19047. *Troj.* 23967. 24171. 29802. 32185.
39027. als uns diu buoch bewîsten und ich von
im geschriben vant *Welt L.* 44. als ich von in
geschriben vant *Troj.* 6275. 30660. nû daz ich
allez daz gelas, daz ich vor *(BA = Bartsch in
den Anmerkungen zum Troj.* von) mir geschriben
vant *Troj.* 18930. sô vinden wir geschriben
dran *G. Schm.* 404. als ich an der histôrje las
Troj. 13081. 13261. alse (als) ich von im gelesen
habe (hân) *Silv.* 109. 397. *Troj.* 5921. 6872. von
dem ich noch gelesen habe *Parton.* 290. als ich
gelesen hân (habe) *Silv.* 1041. 1941. 3125. *Troj.*
28665. swaz ich . . . ie gelas *Parton.* 17450. *Troj.*
13914. als ich dâ vorne las *Parton.* 16368. als
ich ez las *Otte* 97. 531. *Turn.* 404. *Alex.* 162.
274. 532. 884. *Schwanr.* 912. *Silv.* 3188 *(vgl. zu
Engelh.* 444). 3214. 3714. *Parton.* 4519. 5566.

10230. 11998. 16327. 20385. 21373. *Troj.* 913.
1398. 4049. 7202. 10627. 15301. 15340. 18007.
20797. 23954. 24634. 37123. 37206. 37862. als
ich las *Otte* 385. *Silv.* 4213. *Parton.* 2673. 5143.
7047. 9405. 13102. 15259. 16231. 19419. 21005.
21373. *Troj.* 9578. 10759. 11885. 13279. 13500.
13771. 17620. 19119. 23868. 24810. 29863. 30379.

3 und het ein wunneclichez wîp *Troj.* 337.
ein schœnez wîp er hæte *Engelh.* 226. wunnec-
lîchiu wîp *Troj.* 14766. wunneclich *sehr häufig.*

4. 5 daz zepter und diu krône stuonden im
ze wunsche gar *Parton.* 248. ein wîp . . . ze
wunsche wol gebrüefet *Welt L.* 64. ze wunsche
Parton. 17163. *Turn.* 205. *Troj.* 14634.

5. 6 varwe : garwe *Welt L.* 77. *Alex.* 201.
Engelh. 9. 2177. *Silv.* 4227. *Parton.* 2639. 5219.
7879. 8043. 13047. 13471. 16417. 17277. *Turn.*
445. 1033. *Troj.* 2933. 5935. 7533. 9557. 9999.
14839. 19717. 20073. 28593. 30799. 31783. *G.
Schm.* 585; *vgl.* geverwet : gegerwet (engerwet)
Engelh. 4861. *Troj.* 1131. 3715. 9813. 12317.
14001. 22899. 31627. 33945. 39301. *G. Schm.* 923.
verwen : gerwen *Troj.* 15537.

6. 7 ir *(der Meliur)* forme und ir figûre het
er *(Gott)* mit sîner hende vor aller missewende
gereinet alsô garwe, daz man sich in ir varwe
und in ir bilde wol ersach *Parton.* 7876. und
schein sô lieht dar under der ougen spiegel *(der
Helena)*, hœre ich jehen, daz man sich drinne
mohte ersehen alsam in einem clâren *(BA)* glase
Troj. 19932. swenn er sich in ir bilde und in ir

ougen mohte ersehen, sô muoste er denken unde jehen, daz im geschæhe nie sô wol *Troj.* 20702. sô lûterbære und alsô glat was ir *(Trojas)* gazzen esterich, daz man ersach dar inne sich reht als in eime spiegel *Troj.* 17408; *vgl.* ir minneclîchiu varwe gap durchliuhteclichen schin *Alex.* 202.

7 volleclîche *als Adj.:* G. *Schm.* 117. 1349. *Troj.* 75. 581. 2153. 3856. 5657. 7372. 7425. 8430. 9237. 14614. 19951. 22713. 23191; *als Adv.: Alex.* 431. *Silv.* 573. 1031. 3781. 4487. *Parton.* 8541. 9775. 11338; — volleclichen *Adv.:* G. *Schm.* 1062. *Welt L.* 68. *Engelh.* 1389. *Silv.* 2477. 3702. 4121. 4127. 4789. *Parton.* 1735. 1737. 1949. 2776. 7729. 11009. *Troj.* 22077. 35223. 35627.

8 die schônheit gerne wellent spehen *Parton.* 2313. der wârheit künne wol gespehen *Silv.* 2100. ahî, wie rehte ich kunde *(BA)* spehen *Troj.* 21666. daz ich tugent an dir spehe *Parton.* 2963.

schœne *Subst.: Welt L.* 68. *Engelh.* 16. 667. 821. 863. 1156. *Parton.* 1520. 7911. 17259. 17281. 17286.

9 hey, waz im lobes wart verjehen *Troj.* 40242. daz man im lobes (wirde) muoste jehen *Troj.* 1709. *Turn.* 19. swem si des lobes jæhen *Parton.* 13496. ich hân dir lobes vil gejehen *Parton.* 8238.

daz sîn zem besten wart gedâht *Welt L.* 14.

10 *Beispiele für* gesten *bei Konrad sammelten W. Grimm zu G. Schm.* 248 *und Haupt zu Engelh.* 5236. *Es seien noch angeführt:* 1) *in der Bedeutung* schmücken *daz wâren alliu sîniu kleit, dâ mit er was gegestet Parton.* 17204. *mit*

glanzen stahelringen stuont er dâ wol gegestet
Troj. 28590. und mit gezierde michel baz gegestet
und bereitet *Troj.* 30354. si viere wâren sêre ge-
gestet und gezieret *Troj.* 35260; 2) *in der Be-
deutung* *preisen* den schilt den wil ich *(Kon-
rad)* gesten, den Aggalôn ouch *(BA)* fuorte dâ
Troj. 25520. ich muoz in *(den Sehild)* hôhe
gesten, sît daz er was sô tiure *Troj.* 25958.

11 minneclîche *als Beiwort der Frauen sehr
häufig*, *z. B.* sprach diu minneclîche maget
Engelh. 2295.

12 swaz wîsen liuten wol behaget *Troj.* 15042.
swaz iu ze dienste wol behage *Parton.* 9959. swaz
mir danne wol behaget *Parton.* 18870. daz dû
den wîben wol behagest *Troj.* 14275. wol be-
haget, -en *u. s. w. im Reime: Silv.* 3334. *Parton.*
6927. 11693. 16828. 18887. *Troj.* 18462. 26519.
28319. 39107. *Lieder* 25, 118; behaget *u. s. w.
im Reime: Pantal.* 262. *Herzm.* 443. *Parton.* 1891.
Troj. 12709. 26273. 38135. *G. Schm.* 1687.

13 dar umbe daz si vollekomen an rîcheit
und an horde was *Troj.* 1546. er ist an êren
vollekomen *Parton.* 16650. von Persîâ der sol-
dân ist ouch an êren vollekomen *Parton.* 16914.
und was ein herre vollekomen an lîbe und an
geslehte *Troj.* 17972. nâch wunsche vollekomen
Silv. 605. *Parton.* 3345. 17875. *Troj.* 4992. volle-
komen *Silv.* 2525. 3435. 3721. 3832. *Parton.* 4874.
15091. 17797. 18816. 19187. *Troj.* 1237. 5146.
6663. 7615. 14610. 15108. 16010. 23416. 24889.
25055 *(rgl. BA).* 27517. 29803. 29874. 30228.

14 swaz ic wandels iht gewan *Parton.* 17244. vil sælic herre, trûter man, daz wîp sô liebes nie gewan *Parton.* 1743. sô guoten ritter nie gewan *Parton.* 17001. ein ander ammen si gewan *Troj.* 570. ahtzehen ros er dô gewan *Turn.* 1018.

15 verzîhen *mit Dat. der Pers. absolut:* wan im von rehte wirt verzigen, swer ze hôhe minnen wil *Engelh.* 2064. des vrides von dem gaste flîzcclichen wart gegert, daz im Hector der künic wert verzîhen niht enmohte *Troj.* 37560. ez wart an ir der site schîn, den manic frouwe trîben kan, diu noch verzîhet eime man, den si von herzcn meinct doch *Engelh.* 2162.

si *ist gegen die Hss. fortgelassen, obschon Konrad* verzîhen *mit Dat. der Pers. u. Acc. der Sache, wenn auch nur zweimal, und einmal mit Acc. des Pronomens, construiert:* daz im diu schœne wart verzigen, daz müete in alsô sêre *Parton.* 17356. daz sol den edelen süezen mit gotes helfe sîn verzigen *Engelh.* 1130, *und obgleich der Dichter auf der Hebung Silben verschleift:* ich gibe dir unde biute *Troj.* 2642. lobes und êren vil gewan *Troj.* 10097. dâ von sô mülgen wir âne fluht *Troj.* 18424. *Aber si vor allen bildet eine Härte, und gewöhnlich verbindet Konrad das Verbum mit Dat. der Person und Gen. der Sache: activisch* got müeze mir verzîhen aller hôhen sælekeit *Engelh.* 5736, *ferner ebenda* 5950. 5965. *Parton.* 2892. 5372. 7253. *Troj.* 37579; *passivisch:* der bete wart ich, swester mîn, von dir verzigen alsô gar *Parton.* 11349. daz im aldâ ze lande der keiserinne was verzigen *Parton.* 18756, *ferner ebenda* 16849. *Troj.* 2536. 3903. 6088. *Lieder* 2, 52. verzihen *mit Objectsatz begegnet:* vil sælic wîp, durch waz verzige dann iuwer güete mir (mir *fehlt in der Hs. Bartsch ergänzte den seltenen [zu Biterolf* 13255, *Lexer s. v.] Acc.* mich), daz ich an disem bette wünniclich biz an den morgen niht belibe *Parton.* 1488.

16 dâ von ez was gevallen bî der selben zît alsô *Silv.* 154. ez ist alsô gevallen, swie dû niht dîne tugent begâst, und disen ôhsen leben lâst, daz man versmâhet dînen prîs *Silv.* 5080. sît daz bî disen zîten diu sache alsô gevalle, daz *Parton.* 4828.

17 dâ von der künic dô mit bete *Troj.* 3264. durch ... bete *Schwanr.* 497. *Parton.* 8799. *Troj.* 27039. 30900.

18 man seite ir unde tet ir kunt *Troj.* 19644. den gôten kunt dis êre tuo *Pantal.* 1036. uns allen kunt mit rede tuo *Silv.* 4670.

getuon *als letztes Wort im Verse: Otte* 12. *Parton.* 6203. 7427. 10461. 12559. *Pantal.* 341. 1325. 2041.

künt téte, *wie die Hss. überliefern, wäre keineswegs falsch, s. Haupt zu Engelh.*[1] *S.* 229. *Aber ich habe doch in den Fällen, wo sich glatte Verse leicht herstellen liessen (s. Haupt a. a. O. zu* 288 *und S.* 220 *Z.* 3 *ff. v. u.) nach dem Vorgange früherer Konradeditoren die fehlende Senkung meist ergänzt. Schon Sinn und Grammatik schienen die Vorsilbe* ge- *zu fordern* 252 *zwei* fröuwelîn hinwec geschriten. 203 doch muosten siz vür guot gehaben. 362 daz muoz dir iemer guot gesîn. 353 daz der tumbe gouch gelac. *Durch Umstellung von* ie *wird gebessert* 79 zwein unde zwein ie eine; *für* niht *ist* enwiht *gesctzt* 172 des verswîgent mir enwiht. *Alle übrigen Fälle, in welchen am Wortschlusse eine Senkung fehlt, widersprechen nicht den von Haupt a. a. O. aufgestellten Regeln; mit S.* 229 *Z.* 24 *f. v. o. vgl.* 33 dâ' bî'. 67 tîsch lûot. 132 vü'r sich; *mit Z.* 20 *v. o.* 111 diu wolgetâ'ne âber; *mit S.* 230 *Z.* 11 *ff. v. u.* 184 wî'p ünde man. 375 stîch û'ber stich. 392 stâch ünde stipfete. 469 lî'p ünde guot. 478 lîut ünde lant; *mit Z.* 3 *v. u.* 26 für die bürc û'f den plân *(im gleichen Falle ist von den Herausgebern gegen die Hs. hin ergänzt worden Turn.* 96. 982. *Parton.* 1252. 3157. 7132. 9231) *und* 62 von dem ôrse û'f den sant.

19. 20 swer im durch dekeinen zorn iht übels sprechen wolte, daz er dar umbe solte mit kestegunge werden gepînet *Silv.* 1885. swer dâ wider setzen sich frevellichen wolte, daz man den twingen solte *Silv.* 1930. ob ieman in der hoveschar unfuoge reizen wolte, daz er daz weren solte mit kraft und mit gesmîde *Troj.* 961.

19 ich muoz iuch hie gewinnen ze frouwen und ze wîbe *Troj.* 21364. und ir *(Puris)* mich *(Helena)* sult gewinnen *Troj.* 21536.

20 ich *(Deidamia)* hân dich *(Achill)* hie mit manger nôt erarnet wol in mîner jugent *Troj.*

29162. si wil, daz ich mit senftekeit ir minne
erarnen müeze *Parton.* 19936. — daz hât ir schône
erarnet und wol verschuldet wider mich *Engelh.*
3514. swie vil man im dô zühte bôt, daz hete
er wol erarnet *Troj.* 37688. *Ausserdem hat Kon-
rad nur* garnen = *büssen:* wir müesten ez hie
garnen, bestüenden wir mit kleiner wer der heiden
ungefüegez her *Parton.* 18934, *ferner ebenda* 19252.
Troj. 12726. 19076. 31090. 32218. 33992. 37496.
38560. 38853. 39018. 39895. 40018. *Nach dieser
Analogie lies auch Otte* 240 *für* Ir arnet ez, sam
mir mîn bart *besser mit* V Ir garnet ez.

21 hin zuo dem turneie (: maneger leie) *Par-
ton.* 13329.

22. 23 der lichte süeze meie was komen dô
mit sîner maht *Engelh.* 5326. dô man des lichten
meigen spil mit sîner blüete komen sach *Troj.*
6896. wan des liehten meigen schîn gap in dô
mit der künfte sîn schœn unde guot geverte *Troj.*
11575. der meie hete dô gefröut mit der lichten
künfte sîn *Parton.* 13284. rôsen in den ouwen,
die der liehte meie lât wunneclîche dâ betouwen
Lieder 6, 12. der liehte meie *Lieder* 12, 24. 22, 23.
Troj. 15696. 36884. mîn lichter meie wünneclich
(= *Partonopier) Parton.* 8240. ein lichter meientac
Parton. 7868. ob des meien êren, der uns lichte
bluomen gît *Lieder* 10, 21. Meie wunneclîche zît
ûf dem liehten velde wît mit den bluomen teilen
aber schône wil *Lieder* 11, 20. den wunneclichen
meien *Lieder* 29, 10. 20. 30.

24 sî daz ich dâ den prîs geneme *Parton.*

4744. swer under uns den sic gcneme *Troj.* 3654. wem daz heil geschehe, daz er gewünne gar den pris *Parton.* 13465.

25 der si ze wîbe hete dô *Troj.* 19756. ist, daz im wirt ze wîbe Helêne *Troj.* 19012. Helêne diu wirt dir gegeben ze wîbe und zeiner frouwen *Troj.* 18912.

26. 27 nû kam ez zeinen zîten, daz ein turnei hin (hin *fehlt Hs.)* geloit durch schœne frouwen vil gemeit wart ûf den plân ze Nantheiz *Turn.* 96. dâ wart ein turnei hin (hin *fehlt Hs.*) genomen *Turn.* 982. dâ was ein turnei hin genomen *Engelh.* 2465. *Vgl. zu* 18.

27 ritterschaft *und* turnei *braucht Konrad synonym:* der turnei und diu ritterschaft *Parton.* 12943. 12961. turnei unde ritterschaft *Parton.* 12776. ûf turnei und ûf ritterschaft *Parton.* 18738. daz ûf in zwein aleine diu ritterschaft gemeine lac und al der turnei *Parton.* 14407. turnieren unde ritterschaft *Parton.* 13213. daz stechen und die ritterschaft *Parton.* 13935. sîn muot ûf strîten was verdâht und ûf starke ritterschaft *Parton.* 3358. nû was ouch dô vil schiere diu stunde komen und der tac, dar an diu ritterschaft gelac und des küneges hôchgezît *Engelh.* 2418. wære über hundert mîle gezeiget im ein ritterschaft, dâ wær der herre tugenthaft mit guoten willen hin geriten *Welt L.* 30. wan ob ich, liebiu frouwe mîn, niht suoche dise ritterschaft *Parton.* 12854.

28 sô man seit *Otte* 430. *Engelh.* 5708. *Silv.* 3312. *Parton.* 376. 2337. 5082. 5137. 5222. 5473.

7807. 15337. 21329. *Troj.* 24164. 29860. 30047. 30238. 31641. sô man saget *Engelh.* 1969. 4733. *Parton.* 8735. sô man giht *Engelh.* 2149. 2832. 5002. 5899. *Silv.* 624. 1803. 2127. 2771. 3757. 4154. 4502. *Parton.* 488. 7541. 15775. *Troj.* 7323. *G. Schm.* 749. sô daz mære giht *Parton.* 13055. sô daz mære jach *Engelh.* 2514. *Mit* als *ist das Flicksätzchen nur eingeleitet Engelh.* 2424 als man seit; *Parton.* 439 *hat die Hs.* Clogiers der küene als man seit, *Bartsch setzt also, zu Konrads Sprachgebrauch würde sô stimmen; Parton.* 9716 als man giht; *Silv.* 1350 des man giht. — *Nicht nur mit Rücksicht auf den seltenen Gebrauch von* als *ist im Text sô gesetzt, sondern auch im Hinblick auf* al *des folgenden Verses.*

20 der vil schœnen sumerzît *Lieder* 10, 14. 'ach' sprach er, 'schœniu sumerzît *Engelh.* 5360. heiz unde schœne was diu zît von der sumerlichen kraft *Parton.* 12710. diu liehte schœne zît *Parton.* 5605. biz gein der schœnen tagezît *Turn.* 246. sumerzît *Troj.* 17595. von der sumerlichen zît *Troj.* 11579. der liehte sumer *Lieder* 23, 9.

30 diu mære wîte erschollen sint *Engelh.* 2352. Jâsônes nam erschollen was in dem künicriche *Troj.* 7364. wan si gedâhte sâ zehant, erschülle in al der *(BA)* Kriechen lant, daz *Troj.* 13699.

31. 32 dô wâren vierzic tûsent komen ritter unde knehte dar, die der tugende nâmen war *Parton.* 3964. ouch hete sîn der helt von Bleis genomen harte schiere war. des kam er im en-

gegen dar *Parton.* 21625. daz er mit êren kæme dar. manc schœne vrouwe nam des war *Turn.* 101. — swaz von der werlde landen was guoter ritterschefte iesâ, die kâmen zuo einander dâ *Turn.* 1010.

31 vor den liuten allen *Alex.* 1082.

kâmen (kam *u. s. w.*) . . . dar *z. B. Parton.* 618. 1019. 5070. 7440. 13381. 13442. 18055. *Silv.* 140. 1190. 1197. 1300. *Pantal.* 1252. *Engelh.* 1355. 2774. *Troj.* 1242. 1292. 1722. *Turn.* 501. 691.

32 ich selbe mit den ougen muoz des turneies nemen war *Parton.* 11630. kürlicher ritterschefte ir beider vrîez herze wielt *Troj.* 39714.

und (si) nâmen ir (sîn) mit vlîze war *Troj.* 30682. *Parton.* 11164. si nâmen sîner mœre war *Parton.* 17813. die Kärlingære nâmen war *Parton.* 6180. nâmen, nam *u. s. w.* . . . war *ferner z. B. Parton.* 767. 3853. 5750. 8014. 12586. 12902. 13916. 14188. 14238. 14406. 14539. 15099. 15638. 21000. *Silv.* 1395. 3873. *Alex.* 543. *Pantal.* 1700.

33 ein vrowe hiez Thêône, und was gesezzen in der stat *Silv.* 254. nû was ein priester in der stift gesezzen bî der jâre tagen *Pantal.* 146. vrech unde starke liute sint uns gesezzen nâhe bî *Troj.* 13556. diu was der vrouwen tugentrîch vil nâhe bî gesezzen *Troj.* 39252. dar inne was mit hûse gesezzen ein götinne *Troj.* 706. ir burger, die ze Troie sît, mit hûse nû gesezzen *Troj.* 30426. — *Vgl. zu* 18.

34 ein herre von gebürte frî *Engelh.* 223. juncfrouwen von gebürte vrî *Troj.* 14863. ahý,

getriuwen ritter, vrech unde von gebürte vrî *Troj.*
18446. doch ist er von gebürte frî *Parton.* 16676.
swie gar ez *(das Geschlecht)* nû von adel frî und
von gebürte schîne *Troj.* 21602. sô ist er doch
von adele vrî *Troj.* 3136. von gebürte hôch *Alex.*
1036. *Parton.* 12805. *Troj.* 15520. 27532. 29533.
30694. 35611. von geslehte hôch *Parton.* 19102.
ein herzoge edel unde wîs sîn vater von gebürte
was *Parton.* 20702. edel von geburt *Engelh.* 412.
715. 2446. *Parton.* 20519. 21201. *Troj.* 8841. der
edele von geburt *Parton.* 20961. Mareis der selbe
grâve hiez und was von gebürte swach *Parton.*
4406. — wan daz an der gebürte frî mîn vater
endelichen ist *Parton.* 19976. swer an gebürte ge-
frîet ist *Parton.* 19992. vil reine an der gebürte
Parton. 631. der was an der gebürte swach *Par-
ton.* 17700. ein grâve der gebürte swach *Parton.*
5625.

35 der was geheizen … *(folgt der Name)*
Silv. 3563. 3989. 4223. *Parton.* 3624. 3812. 10617.
19588. 21179. 21615. 21754. *Troj.* 851. 11485.
24015. 24209. 31290. 31306. 31816. 33367.
33671. 33794. diu was geheizen … *Alex.* 523.
Troj. 38189 *(BA).* daz was (ist) geheizen …
Troj. 11495. *Parton.* 10212. er was geheizen …
Pantal. 138. *Engelh.* 260. *Parton.* 3332. 9916.
13532. *Troj.* 336. 23852 *(BA).* 23938. 30004. 30588.
er ist geheizen … *Parton.* 16774. *Troj.* 4852. si
was geheizen … *Silv.* 106. *Parton.* 11144. *Troj.*
838. ich bin geheizen … *Troj.* 35446. geheizen
was er … *Troj.* 4548. 32436. 32520. und was

geheizen ... *Silv.* 2752. *Parton.* 4253. *Troj.* 30127. 33397. 33737.

36 durch der minne solt *Parton.* 18127. der süezen minne solt *Troj.* 9165. 17038. hôher minne solt *Parton.* 14536. ir tiuren minne solt *Parton.* 18446. der süezen wîbe solt *Lieder* 12, 32. ûf der (sîner, hôher, der gelîchen) minne solt *Parton.* 13566. 11204. 11623. *Troj.* 723. hete gerne dâ gestriten nâch lobe ûf hôher minne solt *Welt L.* 34. ûf minneclicher wîbe solt *Parton.* 16680. minneclichen solt *Parton.* 14061. *Troj.* 2428. ûf ir *(der Minne)* solt *Troj.* 2845. ich gibe dir unde biute die minne z'einem solde *Troj.* 2642. — *Vgl.* durch der minne lôn *Troj.* 2783. man sach dâ mangen strîten dur süezer minne tiuren lôn *Troj.* 31214. der vaht nâch êren alle wege dur minneclicher wîbe lôn *Troj.* 30606. dur stolzer wîbe lôn *Troj.* 36594. durch wîbes lôn *Parton.* 15719. nâch der minne lône *Parton.* 15080. nâch hôher minne lône *Parton.* 13311. solt *als umschreibender Begriff:* *Engelh.* 2505. *Turn.* 458. 685. *Parton.* 8483. 13834. 15138. 15491. 18084. 18858. 19207. 20602. 20667. 21176. *Troj.* 252. 1434. 6602. 9019. 17468. 19532. 31703. 31790. 33090. 33557. 36119. 36651. 38467.

37. 38 der vehten solte disen wîc *Parton.* 4913. od aber hie geligen tôt an dem vil herten wîge. sîn êre alsam ein vîge blüet *Engelh.* 4642.

38. 39 *Einige Beispiele führt E. Joseph, Konrads von Würzburg Klage der Kunst. QF.* 54 (1885) *S.* 42 *f. an, die ich hier mit den übrigen*

einschlägigen widerhole: slt daz in êren blüeje dln herze sam ein rôsenzwîc (: geswîc) *Parton.* 4860. sin edel herze bluote schôn ûf der tugende zwîe *Troj.* 30558. si *(die Tugenden)* bluoten als ein rôsenzwî *Klage der Kunst* 10, 7. er bluote sam ein rôsenrîs *Turn.* 16. er bluote sam ein rôsenrîs in êren und in reiner tugent (: jugent) *Parton.* 6314. dû blüejest als ein meien rîs in manicvalter tugende; dû hâst von kindes jugende getragen ie der êren kranz *Welt L.* 134. und sam ein rôsenstengel an herzen unde an muote in frischer tugende bluote *Troj.* 19658. er blüeget als ein rôsenrîs an lobe in hôher wünne *Parton.* 20318. er bluote sam ein rôsenrîs in manicvalter güete *Troj.* 584. ir herze in êren bluote als ein gezieret meien rîs *Engelh.* 878. und bluote in êren als ein rebe, die man siht bringen edel fruht *Troj.* 35582. sin jugent als ein mandel-boum in êren bluote *Parton.* 3350. in êren als ein vîge blüejet sin vil süeziu jugent *Engelh.* 4644. *Anm.* wan der frôuden anger und der wunne paradîs bluoten als ein meien rîs beid under sînen ougen *Parton.* 8514. sit er bî sus getâner nôt lît blüegende als ein rôse rôt *Parton.* 8549. sin edel herze bluote gar in keiserlicher tugent *Parton.* 13528. daz iuwer lop hie bluote in ganzen êren werdeclich *Parton.* 15276. sin küneclichez herze, daz in den êren bluote *Troj.* 26034. der ie mit ritters muote schôn in den êren bluote *Troj.* 33195. und kunde in êren blüejen *Troj.* 37139. Pantalêôn dô blüejen begunde in hôher werdekeit *Pan-*

tal. 1482. rîchez lop . . . dar inne ir jugent blüejet *Engelh.* 3784. ir lîp nâch edeles herzen gir in hôher wunne bluote *Engelh.* 2998. wie danne ir jugent blüeje in hôhen sælden ûzerwelt *Troj.* 28068. in dînem muote, der alsô schône bluote mit volleclicher wunne *G. Schm.* 1347. sîn frîgez hôchgemüete, daz in der jugende blüete mit fröuden stuont geloubet *Troj.* 14655. swie gar dîn herze wandelblôz in vrischer jugende gruonte *G. Schm.* 1858. — mit êren und mit reiner zuht geblüemet was ir werdiu jugent *Troj.* 7422. sîne clâre jugent, diu geblüemet was mit tugent *Troj.* 31621. der helt geblüemet wol mit zuht *Troj.* 37978. — vil manicvalter wunne bluot wuohs ûf ir jugende zwîe *Troj.* 28098. vrow, in der êren vorste ze sælden uns gezwîet *G. Schm.* 1874. wan daz ûf in gezwîet was aller manheit übercraft *Troj.* 35684.

38 ir *(der Minne)* berndez minnezwî *Lieder* 11, 47. der berende ölboum *Engelh.* 5240. die bernden este *G. Schm.* 639. wîp sint âne lougen bernder wunde ein meien rîs *Lieder* 3, 27. der bernden boume zwî *Lieder* 7, 41. bernder miltekeite blüete *Lieder* 32, 249.

Ausser in den oben unter 38. 39 und 38 aufgeführten Versen findet sich zwîc *noch Parton.* 2325 zwîc: Punîc *und Troj.* 16532 zwîc: stîc, *sowie* zwî *Alex.* 381 (: bî). *Herzm.* 251 (: bî) *und* lôrzwîen *Troj.* 26381 (: vrîen).

39 êren unde tugende (: jugende) *Turn.* 1133. von êren und von reiner tugent *Troj.* 21001.

40. 41 diz ist Jâson von Kriechenlant, der

lobes vil mit sîner hant ervohten und erstriten
hât *Troj.* 7611. und er ze himele werden ûzer-
welten lop bejaget *Engelh.* 6488.

Dem Dichter ist geläufig prîs bejagen: *Welt
L.* 21. *Parton.* 3625. 6313. 11507. 15065. 20666.
Troj. 3687. 4574. 6681. 8207. 11843. 12692. 25785.
30090. 30169. 30383. 31291. 31810. 33051. 33795.
36031. 36131. 37001.

42. 43 sô müeste er unde solte dar komen
ûf den turnei *Parton.* 11784.

42 wan er kam dâ hin dur bîl *Troj.* 967.
Engelhart, sît daz dû dich durch mîne tohter
minneclich hâst geboten in den tôt *Engelh.* 4977.

43 *Vgl. zu* 21.

44 leie *hat Konrad sonst nur im ausge-
sprochenen Gegensatze zu* pfaffe: leigen unde
pfaffen *Silv.* 576. die leien und die pfaffen *Par-
ton.* 7611. die pfaffen und die leien *Parton.* 10610.
ze schuole was er ê gewesen nâch eines pfaffen
orden, und was doch leie worden unde ritter, hœre
ich sagen *Parton.* 19624.

ûzerwelt: 1. *adjectivisch,* a) *flectiert vor dem
zugehörigen Substantiv,* α) *von Personen Otte* 260.
572. 714. *Silv.* 34. 316. 370. 567. 1345. 1414.
2200. 3245. 3523. 3842. 4410. *Kl. d. K.* 15, 1.
Herzm. 203. *Engelh.* 499. 828. 893. 2427. 5436.
6165. *Alex.* 460. 583. *G. Schm.* 1905. *Parton.*
1044. 2831. 3022. 3066. 3640. 5577. 5935. 7055.
7223. 8445. 8867. 9416. 11538. 11748. 12714. 13051.
14270. 14727. 14927. 15324. 15402. 16103. 17307.
Troj. 1236. 3062. 4709. 6091. 6555. 10060. 10947.

11452. 13190. 13936. 16155. 17797. 17851. 20375. 20760. 22891. 23787. 25604. 26975. 27941. 29032. 29499. 29705. 29967. 30181. 30655. 32339. 32989. 37144. 37241. 37455. 38963. 39835, *β) von Sachen* Welt L. 25. *Silv.* 204. 4491. *Engelh.* 3059. *Alex.* 143. 408. *Parton.* 990. 3120. 16640. *G. Schm.* 1255. *Turn.* 660. *Troj.* 1018. 1442. 3974. 9609. 9866. 10652. 13671. 15034. 15428. 17465. 18652. 18711. 20173. 21134. 27371. 27504. 28293. 32829, *γ) von Abstracten Engelh.* 6489. *Alex.* 199. *Parton.* 63. 1246. 4043. 5349. 7682. 11143. 11213. 14563. 20291. *G. Schm.* 119. *Troj.* 16465. 19523. 19737. 26241, — b) *flectiert nach dem Substantiv: Silv.* 3459, — c) *unflectiert, dem Substantiv nachgestellt, α) von Personen Otte* 92. *Silv.* 1699. 3199. 4059. *Schwanr.* 231. *Engelh.* 2752. *Parton.* 4076. 4482. 5051. 6264. 13773. 14320. 14339. 14428. 14520. 14907. 15199. 15415. 15995. 16044. 17627. 17737. 18881. 19895. 19959. 20000. 20221. 20525. *Turn.* 421. 521. *Troj.* 91. 296. 1338. 4271. 5629. 6535. 6667. 6881. 7088. 9852. 10170. 11532. 11967. 14755. 15587. 19122. 19223. 24801. 24856. 25223. 26134. 27038. 27224. 29799. 29869. 29938. 30377. 30394. 31277. 32510. 32972. 33111. 35295. 36649. 36779. 37532. 38079. 38125. 38341. 38746. 39106. 39929, *β) von Sachen Otte* 577. *Parton.* 11809. 16747. 19901. *G. Schm.* 449. 1419. *Troj.* 1517. 2219. 9353. 9989. 12065. 19981. 23817. 23840. 25967. 33370. 34297. 36724. 36761. 39767, *γ) von Abstracten Otte* 638. *Schwanr.* 1116. *Parton.* 4938. 7628. *Troj.* 1684. 6710. 28069. 31009.

36564. 39466: *mit Ausnahme von Parton*. 19895 *stets
im Reim, und zwar* 83 *mal* : helt, 14 *mal* : gezelt
G. Schm. 1419. *Silv.* 3199. 4059. *Parton.* 6264.
16747. *Troj.* 91. 1338. 1517. 1684. 2219. 24801.
27224. 29869. 33370, : beschelt (geschelt) *Troj.*
5629. 19981, : quelt *Parton.* 20221, : verquelt *Troj.*
15587;

    2. *substantivisch: Welt L.* 262. *Silv.* 1288
(: quelte). *Engelh.* 556 (geschelte). *Alex.* 339. 1205.
Parton. 749 (: quelte). 1587. 11183. *Pantal.* 1433
(: quelten). *Troj.* 22416. 27640. 32951 (: quelte);

    3. *prädicativ: Lieder* 18, 16. *Parton.* 1619.
13534 (: helt). 15068 (: helt). 15520 (: helt). 16689
(: helt). *Troj.* 1461 (: gezelt). 4581 (: helt). 24490
(: helt). 25585. 35380 (: helt).

    45 nû was der künic Misereiz mit Trôilô ze
velde komen *Troj.* 31470. reht als der man ze
velde kam *Engelh.* 2671. Alsus kam er ze velde
Turn. 187. wan er ze velde schône kam mit
wâpenkleiden sîdîn *Turn.* 574. dô si ze velde
kâmen *Turn.* 715. ze velde komen *ferner Turn.*
470. 668. *Troj.* 31611. 31644. 32594. 32606.
32668. 40407 *u. ö. Variationen des Ausdrucks
sind* durch daz si kâmen ûf daz velt *Troj.* 37263,
ze velde riten *Turn.* 678, ze velde varn *Turn.* 771,
ze velde zogen *Turn.* 542.

    46 ein samît grüene alsam ein gras *Kl. d. K.*
13, 3 *(allerdings in einer von E. Joseph a. a. O.
S.* 25 *ff. für unecht erklärten Strophe, doch vgl.
Seemüller, Zeitschrift für die österreichischen
Gymnasien Bd.* 37 *S.* 856). mit sîden grüene alsam

ein gras *Parton.* 13872. ein ort *(des Waffen-*
rockes) schein grücne alsam cin gras *Parton.* 11834.
daz kleit was grüene alsam ein klê, daz Hector
fuorte bî der zît. ez was der beste samît *Troj.*
39304. si zierte ein grüener samît *Schwanr.* 284. —
Vgl. auch zu 452.

48—51 er fuorte, sô daz mære jach, schœne
und ritterlich gezoc. von sîden was sîn wâpenroc
Engelh. 2514. die mæren helde küene fuorten
ritterlich gezoc. dâ schein vil manic wâpenroc
Engelh. 2656.

48.49 Gotfrit der fuorte ein wâpenkleit *Turn.*
172; *ähnlich: Turn.* 194. 530. *Parton.* 6111. 13624.
Troj. 3812. 24884. 32518; — füeren: liehten cyklât
Turn. 302, ûz sîden ein gewant *Parton.* 21252,
ein stehelîn gewant *Turn.* 426, einen schilt *Turn.*
306. *Troj.* 30917, ein horn und einen jagespiez
Parton. 350, den schaft *Troj.* 34537, swert *Engelh.*
4708, *ein Wappen Turn.* 142. 534, allez daz er
fuorte *Parton.* 15131. — *Vgl.* er fuorte wâpencleider
an *Schwanr.* 900. 934; *ähnlich: Turn.* 360. *Engelh.*
2693. *Parton.* 19788. 20570, liehten purper *Turn.*
471.

48 der (vil) gehiure *Silv.* 62. *Parton.* 1097.
6980. 20931. *Turn.* 34. 514. *Troj.* 9986. 11522.
den gehiuren *Parton.* 16934. diu gehiure *Schwanr,*
654. *Alex.* 1086. *Parton.* 8627. 10662. 10694.
12840. *Troj.* 3432. 8806. 9030. 10830. 18170. der
gehiuren *Parton.* 9288. — den gehiuren künic
Sornagiuren *Parton.* 6597. gehiure *als unflectier-*
tes Adj. dem Subst. nachgestellt: Lieder 8, 10.

16, 22. *Parton.* 11918. *Pantal.* 558. *Troj.* 106
3566. 9266. 20964. 23653. 35858; *prädicativ:*
Silv. 2589. *Engelh.* 818. *Troj.* 1934. 2210.
2666. 13912. 16018. 23064. *In allen angeführten*
Fällen steht gehiure *als „schmückendes Beiwort"*
und im Reim; s. Steinmeyer, Über einige Epi-
theta der mhd. Poesie. Erlanger Prorectoratsrede
1889. *S.* 12. gehiure = *geheuer findet sich Par-*
ton. 1354. 2107. 7412 (: crêâtiure). 7739. 9506.
Troj. 10506; ungehiure *begegnet: Silv.* 698. *Par-*
ton. 895. 2033. 2095 (: crêâtiure). 6835. 7522 (: tiure).
7699, 7739. 7785. 18221. 18262. *Troj.* 9764. 9804.
9879. 10506 (: crêâtiure). 14085. 24103 (: stiure).

49 *Der Dichter braucht* wâpen *und* wâfen; wâpen
: tâpen *Engelh.* 2755. *Turn.* 561. *Troj.* 33099; wâfen
: entslâfen *Lieder* 2, 3. *Schwanr.* 182. *Troj.* 13763,
: slâfen *Parton.* 2162. 14038. *Troj.* 8968. 16560,
: strâfen *Parton.* 17545, : trâfen *Engelh.* 4895.
Parton. 5989. 6118. *Troj.* 3929.

50 gezoc *auch Troj.* 1111.

52 ouch wizzent, daz der schaft zerkloup, den
Menelaus dâ fuorte. Pârisen er beruorte, dâ man
den helm dâ stricket, daz er vil nâch genicket
was ûz dem satele hinder sich *Troj.* 34536; *vgl.*
ist ieman der nû rüere mich *Otte* 308. Nû dar!
swer welle sterben der... rüere mich *Otte* 320. be-
rüeren *hat Konrad noch:* sîn lip von hôher art
geborn beruorte nie durch minne die werden her-
zoginne *Engelh.* 4577. er nam iuch (in? *BA*) und
beruorte doch iuwer reine kiusche nie *Troj.* 21116.
daz nimmer iuch berüeren mîn ouge mac die wîle

ich lebe *Schwanr.* 1248. der kūnic . . . den laster
nie beruorte *Turn.* 321. *Häufig reimt der Dich-
ter* vuorte : ruorte, *wobei* ors *zu ergänzen ist:
feindlich auf ein Ziel losreiten, z. B.* geswinde
er ūf in ruorte (: vuorte) und mit sô hūrteclicher
kraft *Troj.* 32422; *ferner Parton.* 352. 6112. 15132.
Troj. 3811. 30918. 32884. 33067. 34958. 35576.

53 der eine hie, der ander dort begonde im
sicherheite jehen *Turn.* 1050. ob mir dis êre hie
geschiht, daz er mir sicherheite giht *Troj.* 4287.

54 Daz kunde er wol betrahten *Engelh.*
1691. ouch kunde si beluogen ir zweier sælde
tougen *Engelh.* 932. — daz kunde er tiefe mūren
Engelh. 2142. Si kunden wol ir frôude heln
Troj. 735. — *Vgl. zu 8.*

55 diu junge sūeze kūnigīn *Troj.* 38160. daz
junge minneclīche wīp *Troj.* 38004 *u. ô.*

56 er dâhte in sīnem sinne *Parton.* 644. Sus
(und) dâhte in sīme (sīnem) muote *Parton.* 12661.
Troj. 16284. Er (si) dâhte dicke wider sich *Engelh.*
565. *Parton.* 7462. er dâhte (gedacht *HL*) wider
sich alsô *Herzm.* 90. si (er) dâhte (gedacht *a*)
wider sich alsô *Troj.* 13416. 19807. dô dâhte er
wider sich zehant *Alex.* 545. *Parton.* 888. Si
dâhte alsô stille *(S.* 246 *in* Si gedâhte stille *von
Haupt geändert; Bartsch, Beitr. z. Quellenk. d.
altd. Litt. Strassburg* 1886 *S.* 159 *und Josephs Text*
Si dâhte ir alsô stille) *Engelh.* 1771. er dâhte ouch
harte stille *Engelh.* 587. Partonopier dô wider
sich gedâhte in sînem muote *Parton.* 786. der
juncherre . . . gedâhte in sînem muote des *Troj.*

28374. wan er gedenket wider sich *Herzm.* 158.
wider sich gedenken *ferner Parton.* 770. 1057.
Engelh. 287. 5622. *Troj.* 13872. 14844. 38064. — dô
gedâhte er alzehant *Herzm.* 359, *vgl. Troj.* 10415.
14154. 19865.

Gegen Haupts Bemerkung zu Engelh. S. 242,
*dass Konrad das unorganische Possessivum nicht
gebrauche, wendete sich F. Roth zu Schwanr.*
234: „*das Possessiv* iren *statt des organischen
Gen.* ir *dürfe Konrad vereinzelt nicht abge-
sprochen werden*", *und schrieb den Vers* die liute
machten iren grûs. *F. Roth unterliess es seine
Behauptung durch Beispiele zu stützen. In dem
aus seiner Redaction hervorgegangenen Trojaner-
krieg ist* iren *beibehalten* 1382 gie si dort hin, dâ
Jûnô mit iren zwein gespilen saz. 1762 swenne er
mit den ôren sîn verneme ir aller drîer wort und
iren kriec biz ûf ein ort gehœre und an ein ende.
15608 sol ich ir lange wesen vrî und iren trôst
vermîden. 16745 dâ bî diu reine guote wol mohte
in irem muote gemerket hân die trûtschaft. 13928
dâ von diu frouwe Thêtis kêrte dar ûf iren sin:
*stringent freilich nur an der zuletzt aufgeführten
Stelle. Im Parton. setzte Bartsch* iren 8745 dar
ûf sô kêrtes iren flîz. 16055 und die werden des
betwanc, daz si dâ sunder iren *(Hs.* ir, *Pfeiffer*
al ir: *vgl. z. B. Parton.* 16276 sunder sînen
danc) danc; *hinzuzufügen ist* 7081 dâ von diu
schœne durch gelimph wolte mit im iren schimph
trîben aller gernest: *Pfeiffer schrieb gegen die
Hs.* wolte dâ mit im ir schimph. *Kl. d. K.* 1, 1 *ist*

überliefert Frou Wildekeit für einen walt mich
fuorte an irme zoume: *die Änderung Haupts su
Engelh.* S. 242 an eime zoume *widerlegte E. Jo-
seph su Kl. d. K. 1, 2 und beseitigte* irme *seiner-
seits durch Einschaltung von* eins: mich fuorte
eins an ir zoume. *In dem vorliegenden Falle
liesse sich* ir *durch Einfügung von* ouch *gewin-
nen:* si dâhte ouch in ir sinne *nach Analogie der
Verse Parton.* 1546 si weste ouch in ir muote *und
Engelh.* 587 er dâhte ouch harte stille, *oder wie
in den Text gesetzt ist, durch die Betonung* si
dâhte in ir sinne.

58 ez wart an mir vil harte schîn *Engelh.*
1466. er tet an im vil harte schîn *Silv.* 891. —
Archilogus von Grossiâ liez ouch sin ellen werden
schîn *Troj.* 36692. er lie sin ellen werden schîn
Troj. 40006. sin ellen lie dâ schînen von Mabriûl
her Arnolt *Parton.* 20638. — des wart im gotes
helfe schîn *Silv.* 1759. dô wart im starkiu helfe
schîn *Troj.* 35056. daz im sin helfe würde schîn
Troj. 27271. schîn werden *häufig: Silv.* 577.
Hersm. 511. *Engelh.* 2162. 4460. 4526. 5704.
Parton. 14730. 15257. 15615. 15681. 20288. 20770.
G. Schm. 739. *Troj.* 2059. 3104. 3152. 7106. 7326.
10924. 15161. 18019. 27666. 30631. 35444. 36172.
36588. 36740. 39053; schîn tuon: *Troj.* 2651.
5231. 6836. 8370. 8698. 9184. 11553. 12395.
12684. 16371. 23092. 24837. 25734. 34296. 36675.
36961. 37372. 37956; schîn geben: *G. Schm.* 928;
schîn bieten *Troj.* 39371. — ellen *Engelh.* 4746.
Troj. 13179. 27005. 29589. 29602. 30146. 30373.

31105. 32366. 33278. 33418. 34191. 34221. 36635. 38017.

59—61 benamen ir gelîchet wol eim ellenthaften ritter, der ûf die vînde bitter vermezzenlichen gâhet *Parton.* 13226.

59. 60 ritter : bitter *Lieder* 15, 17. *Schwanr.* 687. 1237. *Engelh.* 2859. 3895. *Herzm.* 35. 241. *Alex.* 713. *Parton.* 3287. 3563. 4769. 4839. 5099. 5923. 8251. 8357. 9139. 9415. 9569. 12831. 13227. 13659. 14685. 15481. 15859. 17825. 17941. 19055. 19483. 20061. 20825. 21059. 21431. 21779. *Turn.* 165. 809. 897. *Troj.* 3553. 6737. 6795. 7861. 9455. 12840. 13237. 13252. 17797. 18445. 20329. 22675. 23375. 24850. 26017. 27865. 30955. 31825. 32086. 32339. 32780. 33455. 33759. 33949. 34309. 34799. 35251. 36069. 37241. 38525. 38589. 40083. 40291.

59 stolz: 1. *adjectivisch* a) *flectiert vor dem Substantiv* α) *von Personen* daz dirre stolze jungelinc *Troj.* 3358, *ferner Troj.* 7356. 10921. 11652. 13202. 14281. 15376. 18757. 18877. 21431. 22049. 28278. 29099. 29132. 30230. 33285. 36221. 36594. 37918. 37963, β) *von Abstracten* aller stolzen hübescheit *Troj.* 935, *ferner Troj.* 13926; b) *unflectiert dem Substantiv nachgestellt* α) *von Personen* diu vrouwe stolz (: holz) *Parton.* 10689, *ferner Parton.* 13145 (: holz). 16578 (: bolz). 20901 (: holz). *Troj.* 603 (: holz). 1251 (: holz). 5914 (: holz). 10518 (: holz). 10623. 16498 (: holz). 19758. 32767 (: bolz). 35887 (: bolz), β) *von Sachen* ein blankiu hinde stolz (: holz) *Troj.* 24648, γ) *von Abstracten* sîn leben hövesch unde stolz (: holz) *Parton.* 586;

2. *prädicativ* an antlitz und an hâre was er (*Paris*) liutsælic unde stolz (: holz). *Troj.* 692.

stolz *begegnet nur im Parton.* (5 *mal* $= 0{,}04°/_{\circ}$) *und im Troj.* (33 *mal* $= 0{,}08°/_{\circ}$).

60 er dûhte sich gar bitter (: ritter) und wart iedoch bestanden *Turn.* 166. sêre sluoc ez *(Engelhards Streitross)* unde beiz und was ir gnuogen bitter (: ritter) *Engelh.* 2858.

61 mit ellenthafter hant *Parton.* 15176. mit ellenthafter hende *Otte* 587. *Troj.* 17049. 29779. mit ellenthaften henden *Parton.* 13615. mit ellenthaften handen *Turn.* 139. 189. 1009.

ellenthaft *findet sich sonst:* 1. *adjectivisch* a) *flectiert vor dem Substantiv* a) *von Personen* dem ellenthaften heiden *Parton.* 5306, *ferner Parton.* 5978. 13227. 15932. *Troj.* 27213. 27927. 29606. 30328. 30399. 31549. 32980. 35058. 35405, *β) von Abstracten* ir ellenthafter sin *Schwanr.* 973, *ferner Engelh.* 4127. 4717. 4785. *Parton.* 5046. 5845. 5939. 16681. *Troj.* 26271. 35149; b) *unflectiert dem Substantiv nachgestellt von Personen* der ritter ellenthaft *Schwanr.* 625, *ferner Schwanr.* 1080. *Parton.* 5766. 13122. 13404. 14101. 14246. 15398. 16288. 21142. 21334. *Troj.* 20872. 28584. 29723. 29871. 29950. 30545. 32862: *immer im Reim :* kraft, magenkraft, -schaft;

2. *substantivisch* der ellenthafte *Parton.* 5727, *ferner Parton.* 21546;

3. *prädicativ von Personen* und daz man keinen ritter vant als ellenthaft ze Sahsen *Schwanr.* 594, *ferner Parton.* 2895. 3333. 12775. 16903. *Turn.* 156.

Troj. 331. 4583. 6363. 25537. 27120. 29316. 31143. 33020.

62 ab dem ors er nider warf manegen ûf den grüenen plân *Parton.* 15302. ab den orsen ûf den plân wâren si dô bêde komen *Parton.* 20040. und ab dem orse kam geflogen ûf den geblüemten anger *Troj.* 39496; *vgl.* er hab iuch geleit ûz dem satel ûf daz lant *Parton.* 15772.

er stach in nider ûf den sant *Parton.* 20542. begunde er strîten alzehant und leite mangen ûf den sant *Troj.* 32973. daz er dô nider ûf den sant ors *(BA)* unde man ze hûfen stiez *Troj.* 39332. ouch hete dâ gesetzet der herzog Estreus zehant der Kriechen einen ûf den sant *Troj.* 32432; *vgl. ferner Parton.* 9240. 20610. *Troj.* 31603. 32850. 33378; ûf den sant *Troj.* 7044. 32728. 33258. 35542. 37217. 39154. — *Vgl. zu* 18.

63 hurten *Engelh.* 2797. *Parton.* 14441. 15851. 21332. 21482. *Troj.* 32831. 34883. 35109. 39659.

64. 65 daz Menelaus Pârisen dô begunde merken unde spehen *Troj.* 34312.

64 Partonopier begunde *Parton.* 8595. Irekel dô begunde *Parton.* 10965. der jüngelinc begunde (: kunde) *Pantal.* 142. Medêâ sus begunde (: kunde) *Troj.* 10729. ein künic dâ begunde (: kunde) *Troj.* 30585; *in den angeführten Versen dient begunde mit nachfolgendem Infinitiv zur Umschreibung des einfachen Präteritums. Konrad wendet diese Periphrase zur Füllung seiner Verse ausserordentlich häufig an:* Otte 350. 650. *Silv.* 136. 610. *Engelh.* 1883. 5606. *Alex.* 351. 415. 1083. *Parton.*

2388. 2432. 2835. 3276. 3553. 3832. 3850. 6020. 7957.
8595. 10966. 12728. 12812. 14251. 14257. 14507.
14763. 16111. 16509. 17346. 17359. 17527. 17621.
17745. 17750. 18469. 19825. 21017. *G. Schm.* 1187.
1733. *Pantal.* 142. 389. 622. 660. 696. 789. 1297.
1483. 1809. 1922. *Troj.* 483. 726. 743. 2711. 3241.
4046. 4117. 4158. 5813. 6835. 7371. 7559. 7674.
7709. 7893. 7908. 8175. 8901. 10729. 11050. 12113.
13487. 13879. 14981. 15291. 15439. 17720. 19444.
21485. 22271. 23089. 23407. 23431. 24263. 24612.
24666. 25099. 25297. 26066 26095. 26261. 28545.
29458. 30585. 31397. 31503. 31719. 31967. 32109.
32135. 32356. 32469. 32885. 32899. 32973. 33054.
33133. 33751. 34136. 34185. 34237. 34313. 34331.
34497. 34507. 34528. 34579. 34730. 34744. 35195.
35213. 35246. 35278. 35301. 35387. 35406. 35511.
35566. 35615. 35629. 35766. 36372. 36375. 36951.
37044. 37105. 37150. 37293. 37464. 37473. 37533.
37763. 37975. 37991. 38061. 38078. 38155. 38186.
39005. 39179. 39266. 39384. 39399. 39453. 39506.
39563. 39585. 39937. 39982. 40013. 40101. 40137.
40159 *u. ö.*

65. 66 alsô vaste : gaste *Troj.* 8849. 9909.
alsô rehte vaste : gaste *Parton.* 7831. sô vaste :
gaste *Parton.* 2163. vaste : gaste *Parton.* 12713.
Troj. 7961. 8059. 8743. 10155.

67 eins tages *Engelh.* 2277.

und was gesezzen über tisch *Otte* 159; über
tisch *ferner Herzm.* 423. *Engelh.* 1969. *Silv.* 393.
Parton. 983. 1399. 2603. 6613. *Troj.* 16315. den
tisch er wol gerihtet vant, ob dem er des nahtes

az, dar über gieng er unde saz *Parton.* 2232; ob tische *Turn.* 37. *Troj.* 20732. 21278. 21658; ze tische *Parton.* 909. 2402. *Troj.* 37730.

laden *(einladen) construiert Konrad im Präteritum stark:* *Troj.* 818. 854. 1290. 1355 (: muot). 20412. 27690 (: muot), *im Particip stark und schwach:* daz ich dâ her niht wart geladen (: schaden) *Troj.* 1380. Sus wart der ritter geladet (: geschadet) *Otte* 182. — *Vgl. zu* 18.

68 manlich muot *Lieder* 32, 205. manlichen unde vesten muot *Engelh.* 3683. manlich *ferner Otte* 600. *Troj.* 16153. 19191.

69 des wart der jungelinc gemeit *Parton.* 19434. *Troj.* 14904. diu keiserîn des wart gemeit *Parton.* 15732. dâ von sô wâren si gemeit *Troj.* 14585 *(BA).* Clogiers sîn œheim wart gemeit *Parton.* 388. si wart der worte vil gemeit *Troj.* 20410. Pârîs der rede wart gemeit *Troj.* 20971. Pârîs wart sîner kunft gemeit *Troj.* 5418; *ferner prädicativ: Lieder* 7,44. 9,22. 11,8. 22,17. 25,18. *Engelh.* 6433. *Parton.* 2696. 6616. 12764. *Troj.* 4407. 4683. 5327. 10286. 10333. 10460. 11067. 13309. 13358. 16400. 17606. 22866. 23033. 23479. 28072. 34122. 35353; *adjectivisch, unflectiert dem Substantiv nachgestellt:* dem werden ritter vil gemeit *Herzm.* 112, *ferner Engelh.* 584. *Parton.* 6954. 17328. 17376. 19890. *Turn.* 98. *Troj.* 1046. 15059. 15330. 19758. 39249;

vgl. Jânô diu wart des ungemeit *Troj.* 1975, *ferner prädicativ: Lieder* 8,2. *Engelh.* 5749. *Parton.* 674. 9274. *Troj.* 7159. 9493. 14370. 15641. 15705. 19113; *adjectivisch, unflectiert dem Sub-*

stantiv nachgestellt: die guoten vrouwen ungemeit *Silv.* 1005. *Parton.* 19411. *Troj.* 8058 *(vgl. BA)*;

gemeit und ungemeit *stehen mit Ausnahme von Troj.* 4683 *und* 28072 *immer im Reim.*

70 ff. Perioden nach Art der obigen bildet Konrad zahlreich; zumeist richtet sich das Demonstrativ nach dem Geschlechte des Genitivus partitivus, z. B. swaz dörfer lige bî der stat und in der lantrifiere, die werden von im schiere enzündet und gestôzen an *Troj.* 11756, *ferner Welt L.* 88. *Silv.* 1187. 1735. 2231. 2612. *Parton.* 5122. 6090. 18954. 19582. *Pantal.* 238. 1496. *Turn.* 272. *Troj.* 13670. 15506. 36842. 37812; *seltener steht es im Neutrum, z. B., dem Satze des Textes sehr ähnlich,* swaz ie von künsten wart gelesen, die nütze sint ze dirre suht, des ist ein wunder mit genuht an mich geleit *Engelh.* 5878. swaz ich ze herzen hân gelesen witz unde guoter künste, daz ist von sîner günste mir widervaren *Pantal.* 1662.

70. 71 swaz man eht haben solte von ûzerwelter spîse, daz hiez der meister wîse dâ sieden unde brâten *Troj.* 13670. swaz man von schœnen wîben seit, der übergulde was ir lîp *Welt L.* 88.

70 man vleiz sich guoter spîse *Troj.* 16190. daz nâch sô werder spîse guot in mich kein swachiu trahte gê *Herzm.* 496.

72 wunder, ein wunder *mit abhängigem Gen. sehr häufig;* wunder *ausser in den bei Haupt zu Engelh.* 444 *angeführten Fällen, auch ohne Gen.:* *Parton.* 310. 1787. 1833. 3111. 3243. 3282. 5592. 6119. 6236. 7453. 7532. 9006. 9105. 10703. 12442. 14279.

16725. *Turn.* 123. *Troj.* 911. 2624. 3123. 4419.
8083. 10385. 10968. 11910. 12402. 12586. 12920.
13685. 14041. 14199. 14648. 16215. 16422. 17207.
17701. 18010. 18662. 19748. 20054. 21000. 22598.
27966. 28493. 28963. 29456. 29542. 30460. 31757.
33327. 33473. 38580. 39404. 39913. 39950. 40245; —
ein wunder *Lieder* 4, 8. 32, 317. *Welt L.* 221.
Silv. 373. 565. 886. 2064. *Engelh.* 235. 711.
2537. 2905. 2997. 5880. *Parton.* 1873. 2289. 2373.
2610. 5542. 6304. 8523. 8726. 11278. 12931.
13262. 13325. 15677. 16599. 17286. 17309. 17816.
18763. 18775. 19608. 20673. 20732. 21393. 21746.
Pantal. 536. 1677. *Turn.* 701. *Troj.* 282. 1435.
1683. 1813. 2979. 2997. 3421. 3574. 3825. 5757.
6175. 8308. 10057. 11616. 11995. 12557. 13574.
14281. 14637. 15378. 15422. 16165. 16464. 16502.
20003. 20099. 21744. 23821. 23958. 24021. 24847.
24950. 24986. 25425. 25804. 26250. 26762. 28196.
28232. 29361. 29991. 30336. 30941. 30987. 31513.
31650. 31903. 32261. 32698. 33379. 36076. 36266.
36493. 36667. 36841. 37896. 38150. 38824. 38945.
39772. 39783.

dar tuon *hat der Dichter vom Auftragen der
Speisen nach der Hs. Parton.* 901 *ff.* und dar ûfe
spîse guot *(Bartsch - Pfeiffer* gnuoc), daz man als
edel nie getuot *(Bartsch-Pfeiffer* getruoc) für keiser
und für künegîn; *gewöhnlich findet sich* dar tragen:
und hiez tragen alsô frisch die trahte sînem wîbe
dar *Herzm.* 424. wer si *(die Speise)* getragen
hæte dar *Parton.* 1008, *und* für tragen: swie vil
man im dâ für getruoc *Parton.* 14009. rîltchîa

spîse und edel tranc wart den gesten vür getragen
Troj. 7378, *ähnlich Troj.* 13725; *doch auch noch
andere Worte begegnen, z. B.* in wart dâ manic
trahte vür gesetzet und geleit *Troj.* 16312.

74 mazgenôze *kennt Konrad sonst nicht, doch
maz Lieder* 32, 346 Mich wundert daz ich mazzes
iemer willeclîche erbîze, *und Zusammensetzungen
mit* genôz : kampfgenôz *Schwanr.* 931. *Troj.* 12803.
37455, lantgenôz *Troj.* 28333.

75 ze jungest kam *Parton.* 20616. ze jungest
Lieder 1, 23. 32, 135. 162. 349. *Schwanr.* 40. 856.
Silv. 4515. *Herzm.* 36. 78. 277. *Alex.* 229. *Parton.*
582. 618. 1390. 1829. 2750. 3107. 5831. 5909. 7823.
8320. 8856. 8923. 9836. 10150. 13969. 13977. 16203.
16277. 16431. 17526. 17851. 18092. 18856. 20441.
Troj. 1332. 1543. 2325. 4591. 5032. 6650. 11260.
12292. 12794. 13793. 14920. 15362. 16170. 17781.
18594. 24539. 30828. *G. Schm.* 1553.

trahte *Herzm.* 411. 425. 443. *Parton.* 2604.
Troj. 16312. 28115.

76. 77 dô was er ein gebûre gar, der bœste,
den ie wîp gebar hie ûf ertrîche *(so Bartsch, die
Hs. bietet* hie auf al'm ertr., *Pfeiffer schlug des-
halb vor zu lesen* ûf allem ertrîche) *Parton.* 17925.
ez würde ûf ertrîche alhie sô keiserlîchiu veste nie
Parton. 11111. ez wart ûf al der erde sô kürlich
rîche nie gesehen *Troj.* 8738. sô kürlich werc en-
würde nie geworht ûf al der erden hie *Troj.* 17623.
kein ritter würde nie gesehen sô schœne ûf aller
erden *Parton.* 17168. daz niender ûf der erden
geschouwet möhte werden ein ginge rîcher jüngelinc

Engelh. 245. daz ir sit der schœnste knabe, den iemen ûf der erde habe in siner zît beschouwet *Parton.* 7559. ouch wart bî keiner zîte, sît daz diu welt gestiftet wart, kein stat von alsô rîcher art gebiuwen ûf der erden *Troj.* 17682. sît iu nie keiser wart gelîch ûf erden an gerehtekeit *Schwanr.* 304. ez wart in keime rîche sô vrischiu tohter nie gesehen *Troj.* 16374. wan der Sahsen fürste hôch schein alsô krefte rîche, daz niender sin gelîche lebt über allez Niderlant *Schwanr.* 590. die wâren alsô rîche, die wîle und disiu werlt gestât, in allem künicrîche daz nieman alsô guotez hât daz disen zwein gelîche *Kl. d. K.* 7, 4 *(s. Joseph zu der Stelle S.* 72).

76 und wuohs dar inne grôz genuht von korne, ouch obez unde fruht *(Joseph a. a. O. S.* 66), diu beste, der ie mensche enbeiz *Parton.* 11085.

durch daz er schouwet unde kür die vînde und ir gelegenheit *Parton.* 20898.

77 ertrîche *Silv.* 3121. 3450. 3746. 4010. 4101. *Engelh.* 6078. *Alex.* 796. *Parton.* 8336. 9753.

79 *Vgl. zu* 18.

80 Swer zucker dicke mizzet, vil lihte der sin izzet eteswenne ein kleine *Engelh.* 907, *ferner* ein cleine *mit Genitiv eines Substantivs: Lieder* 18, 23. *Troj.* 10401. 29576. 35413, — *adverbial* und *âzen* ouch ein cleine *Turn.* 288, *ferner Engelh.* 3804. *Parton.* 659. 1039. 1449. 3424. 4411. *Troj.* 6658. 20015. 21349. 21551. 39280; — cleine *adverbial daz* half in aber kleine *Engelh.* 329, *ferner Lieder* 25, 34. *Troj.* 10378. 14529.

84 nû hœrent wie *Kl. d. K.* 4, 1. *Troj.* 16172. 17338. *Formen der Apostrophe des Dichters sind weiterhin:* nû (hie) merkent *Engelh.* 5135. *Parton.* 49. *Troj.* 1297. 12387. 20308. 26102. 30570. 32934. 37116. 39224, hie sult ir aber merken *Troj.* 35476, daz merket, welt ir sîn gelosen *Parton.* 5139; — geloubent *Parton.* 2344. 13820. 16028. 16874. 19392. *Troj.* 22858. 29244. 32140. 32498. 35666. 37250. 37680. 37702. 39914. 40012. 40120. 40266, geloubent des (daz) *Parton.* 484. 8766. 10211. 12532. *Troj.* 28233. 32659. 32819. 33599. 35151. 39695, nû geloubent des *Troj.* 23883, geloubet mir (mirs,-z) *Parton.* 8500. 10698. *Troj.* 15987. 25743, des geloubent mir *Parton.* 12542. *Troj.* 357. 10239. 24049, geloubent endelîche daz (des) *Troj.* 7362. 11178. 13678. *vgl.* 38910, ob ir geloubent des *Troj.* 26469, ist, daz ir hie geloubent mirs *Troj.* 13068, geloubet mir waz ich iu sage *Parton.* 5486. 17508. 21516, glouben ir daz gerne sult *Engelh.* 5434, gelouben ir der mære sult *Troj.* 10978, iedoch sult ir gelouben mir ‘Troj.* 20978, für wâr sult ir gelouben des *Troj.* 24991. 25768; — seht *siehe F. Roth zu Schwanr.* 2; — wizzent daz *Alex.* 949. *Parton.* 3055. 3176. 8554. 10868. 16007. *Pantal.* 1246. *Troj.* 4398, doch wizzent *Parton.* 1536. 3802. 4536. 11960. 15210. 17464. *Turn.* 928. *Troj.* 16448. 17012. 17702. 28233. 36252, ouch wizzent *Parton.* 10936. 12808. 16030. *Troj.* 3762. 20334. 25320. 26978. 27502. 31268. 31588. 31822. 33444. 33808. 34536. 35174. 35358. 35516. 35568. 35646, sô wizzent *Parton.* 8754. *Troj.* 10087. 15922. 16588.

18206. 18412. 26706. 33628, ir wizzent wol *Troj.*
37130, daz wizzet algemeine *Engelh.* 2151, daz
wizzet sicherlîche *Kl. d. K.* 7, 2, daz ir si wizzent
deste baz *Parton.* 18813, daz müget ir selbe wiz-
zen *Turn.* 195, daz sunt *(BA)* ir wizzen *Troj.*
17449, ir sult daz rehte wizzen *Parton.* 8722.
21158, vür wâr sult ir daz wizzen *Troj.* 15338;
— des sît gewis *Troj.* 837. 28525. des sult *(BA)*
ir sîn gewis *Troj.* 10917; — des sît sicher *Troj.*
32841; — des mügent ir ouch gerne losen *Troj.*
3799, welt ir sîn gelosen *Troj.* 30941; — daz
mugt ir alle hân vernomen *Welt L.* 257; — nû
sprechent *Engelh.* 2960; — des wil ich baz be-
scheiden dich *Engelh.* 1770; — ich iu sage *Parton.*
2293, für wâr ich iu daz sagen sol (wil) *Parton.*
4554. 11078. 18472. 21585, für wâr ich iu daz sagen
muoz *Parton.* 20832, ich wil iu nemelichen sagen
Silv. 630, daz lânt iu künden unde sagen *Troj.*
13096, daz wirt iu durch mînen munt reht unde
wol her nâch geseit *Turn.* 192; *siehe zu* 346.

Zur Bildung der 2. Pers. Plur. auf -nt *vgl.
Reime, wie* lêrent *(Imperat.)* : êrent (laude afficiunt)
Pantal. 1770, ir tuont: stuont *Engelh.* 2105, ir
mugent: tugent *Troj.* 24484, sprechent *(Imperativ)* :
ungerechent *Troj.* 36855.

*Es gehört wesentlich zu Konrads Manier,
dass er bestrebt ist, mit zusammengehörigen Satz-
gliedern oder auch einem einzelnen Satzgliede
möglichst einen vollen Vers zu bilden: man
lese nur etwa den Anfang des Troj. von V. 325
an. Der Gefahr eintönig zu werden, sucht der*

*Dichter auf verschiedenen Wegen zu entgehen:
ein nicht seltenes Mittel ist ihm Enjambement
zwischen Adjectiv und Substantiv nach obigem
Beispiele* diu vrische | bire; *vgl. ferner Alex.* 352.
Otte 680. *Schwanr.* 212. 1096. *Engelh.* 4448. 6012.
6464. *Silv.* 737. 1951. 2514. 2598. 4209. 5066.
5176. *Parton.* 566. 812. 1274. 2594. 5410. 5864.
6240. 6298. 6597. 6650. 7958. 8457. 9224. 9482.
10072. 10566. 12804. 13390. 13676. 14618. 15456.
15800. 17614. 17752. 18227. 18949. 21116. 21620.
Troj. 3122. 4980. 7416. 9250. 9278. 11294. 11934.
15206. 15374. 17686. 20190. 21644. 23350. 26806.
28308. 39730 *u. ö.*

der wirt gienc ezzen über tisch und hiez tra-
gen alsô frisch die trahte sinen wîbe dar *Herzm.*
423. wîn unde reine trahte frisch *Parton.* 1400.
edele trahte vrisch *Parton.* 2604. mit wîne lûter
unde frisch *Troj.* 20771. frisch *kommt sonst vor
von Personen Engelh.* 2408. 2796. 2952. *Parton.*
995. *Troj.* 3744. 16375. 27383, *von Sachen Otte* 160.
668. *Alex.* 385. 953. *Engelh.* 6345. *Turn.* 545.
Troj. 10807. 20103. 20241. 25355. 32739. 40138.
G. Schm. 549. erfrischen *Lieder* 32, 27; *mit Aus-
nahme von Alex.* 385 die frische wunne *und
Troj.* 16375 sô vrischiu tohter *steht es immer im
Reim.*

86 zuo den saz si dô nider sâ nâch vil ge-
zogenlicher art *Parton.* 15056. nâch getriuwer
art *Troj.* 24193. nâch vil gotelicher art *Parton.*
14053. nâch heileclicher art *Pantal.* 2098. nâch
sîner hôhen art *Troj.* 38960. nâch hôher und

nâch rîcher art *Troj.* 14971. nâch keiserlicher art
Parton. 17372. nâch lebelicher art *Silv.* 3255.
nâch lobelicher art *Alex.* 781. nâch ritterlicher
art *Troj.* 28346. nâch sæleclicher art *Silv.* 476.
1689. nâch sîner väterlichen art *Engelh.* 259. nâch
vil werdeclicher art *Parton.* 13435. nâch wildec-
licher art *Troj.* 27287. nâch wünneclicher art *Par-
ton.* 17324. *Turn.* 113. *Troj.* 20353. nâch dîner
art *Parton.* 19644. nâch ir art *Troj.* 17039. nâch
einer frouwen art *Troj.* 7490;

art *dient häufig als „umschreibender Begriff"*
(*s. Joseph a. a. O. S.* 33): *Herzm.* 560. *Engelh.*
163. 534. *Silv.* 542. *Parton.* 7420. 12930. 19589.
Troj. 14605. 14757. 20145. 20905. 24479. 24583.
26500. 28775. 33115. *G. Schm.* 1009. 1712. 1801.
1924; *meist mit Präpositionen verbunden: ausser*
mit nâch, *mit* durch: dur sîne bitterlichen art
Silv. 896, *ferner Silv.* 3761. *Schwanr.* 256. *Herzm.*
147. *Engelh.* 5947. 6204. *Parton.* 3902. 6088.
6218. 6428. 12540. 18080. *Pantal.* 1296. *Troj.* 11348.
16881. 23172. 28904. 38647, *mit* von: der bâbest
guot von kiuscher art *Silv.* 3472, *ferner Silv.* 3710.
3737. *Schwanr.* 865. *Parton.* 793. 7446. 8880.
8991. 9505. 10567. 17151. 17222. 17533. 17659.
Turn. 430. *Pantal.* 376. *Troj.* 2630. 2985. 3851.
6824. 7450. 8063. 8264. 10623. 10772. 14030. 17571.
18571. 21618. 23074. 28023. 33415. 33563. 35744.
37923. 39062. *G. Schm.* 851. 1748 — *oft* von hôher
art: daz werde wîp von hôher art *Schwanr.* 603,
ferner Schwanr. 88. *Engelh.* 663. 4157. 4253.
4295. 4424. 4576. 5005. *Alex.* 160. 298. 572.

Parton. 1804. 5840. 8422. 11192. 13697. 15749. 16297. 16540. 16712. 19970. 20306. 21782. *Troj.* 658. 2171. 4002. 4788. 5303. 5777. 5812. 6474. 7383. 9536. 9718. 10106. 12018. 12481. 15406. 18506. 20420. 21548. 22517. 22864. 23911. 26641. 28482. 29796; 30286. 30348. 31172. 32942. 33939. 33967. 33998. 35031. 36940. 38266. 38922 — von rîcher art *Otte* 349. *Turn.* 888. *Troj.* 910. 17684. 17986. 21560, *mit anderen Präpositionen:* mit vil tugentlicher art *Engelh.* 497, *ferner Engelh.* 1166. 6465. *Parton.* 18581. *Pantal.* 689. *Troj.* 10620. 15085. *G. Schm.* 915. 1025. 1935.

88 gemeit *von Frauen:* durch schœne frouwen vil gemeit *Turn.* 98. diu juncfrouwe vil gemeit *Troj.* 15330. diu maget vil gemeit *Parton.* 6954. sîne tohter vil gemeit *Troj.* 15059. Prîandes tohter vil gemeit *Troj.* 39249. diu künigîn stolz und gemeit *Troj.* 19758. *Vgl. zu* 69.

89 *ff. Wie sich der Ritter nach guter Sitte hätte betragen sollen, zeigen die Verse* 552 *ff des Engelh.:* den *(Apfel)* nam der knabe *(Dietrich)* stæte mit blanken henden snêwîz und tete dar zuo sînen flîz daz er in gar geschelte. dâ nâch der ûz erwelte spielt in ebene als ein ei mit sînem mezzerlîne enzwei und bôt daz eine stücke dar mit hovelicher zühte gar Engelharte bî der stunt.

89 *In Konrads Werken begegnet sonst nur der positive Begriff* wol bedâht: der wol bedâhte *Troj.* 32879. 38184. die … wol bedâhten *Troj.* 39328. diu wol bedâhte *Parton.* 1742. den werden künic wol bedâht *Parton.* 21497, *ähnlich Troj.* 35464.

der ritter wol bedâht *Otte* 536. Irekel was sô wol bedâht *Parton.* 11066; *vgl.* er hete sich des vor (wol) bedâht *Schwanr.* 742. *Herzm.* 232.

helt *zählte ich in des Dichters Werken* 306 *mal.*

90. 91 *siehe* 89 *ff.* enzwei *ausserdem Otte* 146. *Silv.* 4837. *Engelh.* 3459. *Parton.* 5346. 11746. *Turn.* 258. 1142 *u. ö.*

91. 92 *Zum Reim vgl.* lazzer : wazzer *Parton.* 10223, nazzer : wazzer *Parton.* 18266.

92 wan si ... wart in beiden vil gehaz *Troj.* 5760. dar umbe wart er im gehaz *Troj.* 6515. den widersachen allen wart er gehaz von der geschiht *Troj.* 39380. sîn edel herze wart gehaz *Troj.* 40010; gehaz sîn *Engelh.* 1671. *Parton.* 3653. 14131. 17022. 17033. 17641. 18155. 18541. *Pantal.* 410. *Troj.* 2245. 2865. 3323. 3345. 5235. 5275. 6591. 7030. 10269. 10976. 14939. 21369. 32099; *mit Ausnahme von Parton.* 17033 *steht gehaz im Reim.*

93 des küniges tohter *Troj.* 14976, *vgl. Troj.* 13200.

tohter : mohter *Troj.* 1599. 15483, *vgl. Haupt zu Engelh. S.* 242.

94 daz er niht mohte erbeiten dô daz ... *Engelh.* 4278; beiten *findet sich in schwacher Flexion:* beiten : bereiten *Troj.* 6833. beitet : bereitet *Engelh.* 4660. *Pantal.* 2053, : zerspreitet *Silv.* 2339. gebeitet : bereitet *Herzm.* 422, : geleitet *Troj.* 8592; *in starker, wie der Reim bestätigt: Engelh.* 3989. 4827. *Parton.* 2270. 5031. 5474. 6481. 7808. 13314. 14043. 17495. 20802.

21244. *Troj.* 3306. 15126. 16578. 16658. 17787. 26165.

96 dô tet er ûf wît unde warf beid ougen unde mundes giel *Troj.* 27316.

er gint als ein mortgîtic vrâz *Troj.* 8188; vrâzheit *Silv.* 3879. 3897.

nâch (an, mit, von) ... site (siten): 1. *mit abhängigem Gen. einer Person z. B.* nâch eines fürsten site *Turn.* 464, *ferner Silv.* 3253. 3313. 4009. *Parton.* 17438. *Troj.* 4524. 5781. 14934. 15732. 15890. 28121, *dazu* nâch ir site *Troj.* 16431. nâch den siten sîn *Troj.* 24169, — *eines Abstractum z. B.* nâch sîner tugende siten *Turn.* 26, *ferner Engelh.* 359, — *einer Sache* dur tugende rîches herzen site *Parton.* 141;

2. *mit attributivem Adjectiv z. B.* an vröudenrîchen siten *Silv.* 1693, *ferner Silv.* 1115. 1150. 2350. 4514. *Alex.* 821. *Parton.* 812. 5503. 7218. 12788. 13039. *Troj.* 11366. 15297. 18022. 25157. 26779. 28757. 38515. 38732; *vgl. Steinmeyer, GGA.* 1887 *S.* 807 *f.*

97 *f.* und az in bî der selben stunt gar unde ganz in sînen munt *Engelh.* 427. und az vil gar in sînen munt dis ahte vogele bî der stunt *Troj.* 24187. und bôt daz eine stücke dar mit hovelicher zühte gar Engelharte bî der stunt *Engelh.* 558; — sâ ze stunt *z. B. Silv.* 3447. 3663. *Pantal.* 906. *Parton.* 5427. 18104. 18290. 20628.

100 er lie die werden künigîn und ir kamervrouwen dô wunders vil beschouwen *Troj.* 13744. — des mügent ir ouch gerne losen *Troj.* 3799. daz

mugt ir alle hân vernomen *Welt L.* 257. daz
mûget ir selbe wizzen *Turn.* 195. *Vgl. zu* 84.

101 der was komen schiere zorse wider ûf den
plân *Parton.* 15752; *vgl. Parton.* 3588. 5821. 13757.
14591. 15753 *u. ö.*

102 diu maget wolgetân *Parton.* 1312. *Troj.*
8894. diu selbe maget wolgetân *Parton.* 10604.
zuo der meide wolgetân *Alex.* 188. erweltiu maget
wolgetân *Troj.* 16825. ein maget wolgetân *Troj.*
15062. die megde wolgetân *Troj.* 12953. die stolzen
megede wolgetân *Troj.* 28278;

wolgetân: 1. *adjectivisch,* a) *flectiert vor
dem Substantiv* daz wolgetâne wîp *Troj.* 1255.
wolgetâniu phert *Parton.* 13081, b) *unflectiert,
dem Substantiv nachgestellt z. B.* den ritter wol-
getân *Schwanr.* 890, *ferner Herzm.* 60. *Engelh.*
2494. 3857. 4864. *Alex.* 188. 1125. *Parton.* 1114.
1312. 4716. 10604. 13900. 16183. 16867. 19966.
Pantal. 279. 964. 1839. *Troj.* 364. 442. 1557.
1917. 2147. 3413. 5280. 7418. 8894. 11059. 12457.
12953. 13825. 13951. 14984. 15062. 15677. 15687.
16825. 20418. 21754. 24059. 24383. 27631. 28278.
28718. 28770. 29566. 30626. 30688. 31134. 31681.
33740. 39162;

2. *substantivisch z. B.* diu vil wolgetâne *Engelh.*
1810, *ferner Parton.* 3152. 8689. 8783. 11373.
11930. 14560. *Pantal.* 824. *Troj.* 8904. 19887.
24630. 28839;

3. *prädikativ z. B.* si was nâch wunsche wol-
getân *Alex.* 166, *ferner Parton.* 11200. 17143.
17192. 17236. *Troj.* 1952. 22071;

ausgenommen Parton. 8783. 11373. 13081. *Troj.* 1255. 28839 *stets im Reime.*

103 = 439 *Vgl. Engelh.* 2860 'schevaliers, frouwen ritter!' *und Josephs Anm.*

ei *in lebhafter Anrede an eine Person z. B. Parton.* 526 ei waz tuon ich Partonopier, daz ich gewan mîn leben ie, *ferner Parton.* 1321. 6318. 11498; *ebenso* hei, hey *Parton.* 3740. *Troj.* 12122. 13157. 13196. 13208. 19130. 21220. 37660. *Lieder* 1, 5. 77; ei *begegnet sonst Parton.* 14934. 14972. 19300. *G. Schm.* 1. 1068, hei, hey *Lieder* 3, 14. 4, 15. 31. 11, 25. 17, 17. 32, 37. 228. *Silv.* 1677. *Engelh.* 2862. 4886. *Turn.* 1026. *Troj.* 12256. 16118. 18860. 22602. 23296. 29000. 33850. 35366. 36433. 40144; — *eine häufige Interjection ist auch* ahî *z. B.* ahî, wie kan er ringen nâch êren manicvaltec *Turn.* 1118, *ferner Parton.* 1256. 16714. 16942. 20290. *Troj.* 18446. 21250. 23072. 25820. 26216. 26980. 27854. 28994. 29496. 30774. 33416. 33864. 36886. 37438. 38844. 39167. *Lieder* 32, 110; *einmal auch* zahî *Turn.* 736 zahî waz von zimieren dâ lûhte spæher dinge.

wert *fande ich in Konrads Werken* 885 *mal.* 104—106 = 440—442.

107 den *(einen Ritter, der falsche Milde übt)* lât mit ungewinne hie leben durch den ungefuoc, den er hât an dem sinne *Kl. d. K.* 30, 6; ungefuoc *sonst Parton.* 1794. 6242. 20344. *Troj.* 13036. 12956. 21884. 34271; unfuogen *Otte* 363.

109. 110 dô sich ûf wirdeclichen prîs der blanke ritter hiute fleiz und sô manegen puneiz vor mînen

klâren ougen teto *Parton.* 14038. dô wart... von im
genomen ... ein ... puneiz. der vînde schaden er
sich fleiz *Troj.* 30872. er hete sich geflizzen ûf eine
ritterliche tjost *Turn.* 304; fleiz *im Reim z. B.*
Engelhart sich vaste fleiz *Engelh.* 4562, *ferner
Schwanr.* 112. *Engelh.* 614. 3820. *Parton.* 6210.
7872. *Troj.* 4765. 25784. 31609. 33363; sich flîzen
sonst Otte 309. *Schwanr.* 986. *Silv.* 2353. *Engelh.*
3771. *Pantal.* 838. 1780. *Turn.* 196. *Troj.* 4857.
13108. 14578. 30672. 37999. 40070. 40159. — puneiz
Parton. 5265. 14940. 21467. *Troj.* 3874. 35894.
39470. 39679.

Hartmanns Gregor 1441 *f.* und sô ich mich
mit sporen vleiz ûf einen langen puneiz; *ebenda*
1945 *f.* Ir ietwederre sich dâ vleiz ûf einen langen
puneiz (*s. auch Paul zu Gregor* 1403). *Konrad
entlehnt Hartmann auch sonst einzelnes, s. Haupt,
der allerdings nur Kenntniss des armen Hein-
rich nachwies, zu Engelh.* 5300 *ff. und Zs.* 15 (1872)
S. 253, *sowie Wackernagel in seiner Ausg. d.
A. Heinrich, hg. v. W. Toischer (Basel* 1885), *S.* 28;
vgl. auch Engelh. 3171 *ff.:* Frou Minne des niht
wolte enbern, diu lange nimmer lât gewern freude
sunder arebeit. ir alten gewonheit *(Bartsch,
Beitr S.* 162 ir site und ir gewonheit, *Sprenger
Litteraturbl. f. germ. u. rom. Philol.* 1887, *Nr.* 1
und Josephs Text ir art und ir gewonheit) begunde si
bewæren mit herzeclichen swæren an den gelieben
alze fruo. in beiden gienc ze balde zuo nâch ir
fröuden ungewin ... dô liez diu Minne ir trüeben
sorge drunder vallen und machte zeiner gallen daz

vil honicsüeze spil *mit Gregor* 281 *ff.* An disem ungewinne erzeigte ouch vrou minne ir swære (alde *E*) gewonheit: sî machet ie nâch liebe leit. alsam ist in erwallen daz honec mit der gallen.

111 'jâ' sprach diu wolgetâne *Parton.* 14560. diu (vil) wolgetâne *Engelh.* 1810. *Parton.* 8689. 8783. 11373. *Troj.* 19887. 28839. die wolgetânen *Troj.* 24630. diu reine wolgetâne *Parton.* 11930. die süezen wolgetânen *Troj.* 8904. — *Vgl. zu* 18 *und* 102.

112 hiute und iemer *Silv.* 2018. 5061. *Alex.* 1042. *Engelh.* 4310. *Parton.* 9256. 20219. *Troj.* 4919. 12114. 22586. 23248. 26059. 27343. 38802.

114 nu was der soldân alsô laz an witzen unde an sinne *Parton.* 19338. laz an: *Troj.* 17264. 19181. 30388; laz ûf: *Troj.* 4191. 7029; laz ze: *Parton.* 20455. *Troj.* 11648; laz *mit abh. Genitiv: Parton.* 15876; *abs.* niht ze laz: *Parton.* 18191; — hovezuht *Parton.* 12.

115 vil schiere *Otte* 281. *Schwanr.* 211. *Pantal.* 507. 1602 *u. ö.*;

K. hat erkennen *und* bekennen, *doch häufiger überliefern wenigstens die Hss. das erstere. Im Alex., Silv., Pantal., G. Schm., Parton. findet sich* erkande *im Reim Alex.* 715. 1258 [n] *(s. Germ.* 12, 47). *Parton.* 6570. 7486. 8047. 9908. 10202. 12794. 15229. 19347; erkenne *Parton.* 19664; erkennende *Parton.* 10873; erkennen *Silv.* 3402; erkennet *Alex.* 527. 906. *Pantal.* 457. *G. Schm.* 1826. *Parton.* 2499. 4329. 12753. 15627. 16677; erkant, *mit Ausnahme der Stellen, an welchen zu* erkant *ein Adverb wie*

wîte u. *dgl. tritt: Pantal.* 367. 1682. 1716. *Parton.*
4787. 5481. 6309. 6881. 8114. 9194. 9903. 10169.
10536. 10749 (daz wirt uns schiere wol erkant).
10870. 11503. 11864. 13004. 13168. 14877. 17237.
17389. 18179. 18370. 20339. 21621. *Silv.* 3402.
Pantal. 367. 1682; — *von* bekennen *finden sich
an gleicher Stelle in denselben Gedichten:* bekennet
Pantal. 1216. *Parton.* 10227; bekande *Parton.*
8088. 9217; bekant 1734. 1946. 2383. 2484. 3160.
3711. 5652. 12867. 13142. 13415. 14565. 14737. 15160.
15175. 19868. *Alex.* 533. 1003. *Silv.* 1508. 3110.
Pantal. 990. 1716. *G. Schm.* 373.

116 ir laster und ir schande *Troj.* 20633. in
schanden und in laster *Parton.* 18990.

118 des wart diu liebe schamerôt *Troj.* 16130.
ê daz ich werde schamerôt *Engelh.* 4010. ich wirde
lieber schamerôt *Engelh.* 3389. dur daz er si niht
schamerôt des mâles werden lieze *Troj.* 2686. ich
müeste drumbe schamerôt vor mînem meister wer-
den *Troj.* 14340. si muosten werden schamerôt
Parton. 8396. beswæret unde schamerôt *Troj.* 2816.

119. 120 urloup von im wart genomen von allen
die dâ wâren. die sach man dô gebâren *Engelh.*
1600. alle, die dâ wâren *Troj.* 16369.

120 daz si niht kunde wizzen dô, wie si ge-
bârte wider in *Troj.* 10118; gebâren *ferner Lieder*
32, 125. *Schwanr.* 1296. *Engelh.* 1602. 4522.
Parton. 271. 4497. 4552. 5576. 11437. 17650.
Troj. 10922. 12841. 14322. 15573. 27369.

*Zur Inclination von en an consonantisch aus-
lautende Worte im Auftakt vgl.* in weiz waz ich

dir künde mê *Silv.* 2690. ichn mac ez halbez niht gesagen *Troj.* 7380 ezn müeste von ir angesiht *Troj.* 7590. er enist niht komen umb den wint *Troj.* 7616. ine wolte niht, sin *(BA)* wæren hie *Troj.* 37483; *Anlehnung an vocalischen Auslaut findet sich Otte* 225 da enhœre zuo genâden teil und *Engelh.* 836. 2154. 5638. *Parton.* 8856. *Pantal.* 1521. *Troj.* 1432. 1807. 3391. 9154. 14277. 26502. 28725. *Über Inclination bei Konrad im Allgemeinen vgl. Haupt zu Engelh.* 430 *u. S.* 210 *ff.*

121—123 dar umbe er dô mit sîner schar wider heim ze lande vuor. bî sînen goten er dô swuor manegen angestlichen eit *Parton.* 17348.

121 Sornagiur fuor wider heim *Parton.* 6506. die fürsten algelîche fuoren hein ze lande sâ *Parton.* 17442. Si fuoren heim versêret *Parton.* 6183.

122 tobelîche *Silv.* 4913. *Parton.* 5859. 21507. *Pantal.* 1205. 1337. *Turn.* 773. *Troj.* 8575. 9688. 38025. 38044; gar tobelichen *Troj.* 39452; tobic *Parton.* 11360.

124. 125 nâch senelicher arebeit sîn herze was gebildet und gnuoge gar verwildet in der Sorgen forste *Engelh.* 1938. Hector, dem unverwildet êr unde ganziu wirde schein *Troj.* 30156; entwilden *hat Konrad absolut:* enpfremden und entwilden muoz in alle sælicheit *Silv.* 2900; *passivisch:* in was diu schande sêre entfremdet und entwildet *Engelh.* 468, *ferner Silv.* 2111. *Parton.* 7572. 9808. *Troj.* 16152. 38048.

125 an êren und an guote *Troj.* 11403. 12433. 18769. 19307. 34157 *u. ô.;* ir êren und ir guotes *Troj.* 22965.

126 gemüejen *z. B.* ich hân mîn swert gerœtet in maniges heldes bluote, der mich sô vil gemuote mit kampfe nie sô dirre man *Troj.* 37346. daz eine muote in starke *Parton.* 3027.

126. 127 hæte : stæte *begegnet bei Konrad* 120 *mal, im besonderen:* der (diu) stæte (vil stæte, unstæte) 33 *mal, z. B.* wie der stæte den tac vertriben hæte *Parton.* 2433, *ferner Parton.* 5931. 6469. 6533 (daz edel und daz rîche lant daz Sornagiur der stæte sô gar vertriben hæte; *Bartsch glaubte das überlieferte* vertriben *durch* verderben *ersetzen zu müssen: doch hat Konrad* ein lant vertriben *d. h. „ein Land verwüsten" mehrfach, z. Bech zu Hartmanns Gregor* 743). 10207. 15193. 15233. 15405. 17721. 19079. 19389. *Silv.* 309. 1460. *Schwanr.* 841. *Engelh.* 5031. 5097. *Pantal.* 373. *Troj.* 1285. 3197. 4159. 5113. 5529. 9761. 20815. 22529. 22563. 27951. 29653. 30359. 31043. 32353. 37229. 39893.

127 daz du mich hâst geschendet *Parton.* 8009. des muoz ich sin geschendet *Parton.* 9270. geschenden und gehœnen *Parton.* 4625.

129 *Nach Haupt zu Engelh.* 784 *und* 1469, *vgl.* 444, *braucht Konrad nie* ein *oder* einn *für* einen; *ferner leugnet Haupt zu Engelh.* 155 *und* 163 *zweisilbigen Auftakt. Wenigstens die letztere Aufstellung bedarf, insbesondere für die älteren Gedichte, erneuter Untersuchung. So bietet im Silv. die recht gute Handschrift* 32 *mal doppelten Auftakt. Derselbe ist mit Grund von W. Grimm und Haupt beseitigt worden in V.* 804. 4324. 927.

1209 *(zu Engelh. 444).* 1621. 1353. 716 *(zu Engelh.* 209). 3086. 4720. 2297. 1779. 1538 *(zu Engelh.* 441 *f.).* 4232. 2542 *(zu Engelh. 4257).* 572. 1127 *(Haupt in Zs.* 2, 1842, *S.* 371). 3125 *(zu Engelh.* 444). 3332 *(zu Engelh.* 275). *Desgleichen ist leicht geändert* 4346 der darf *(Hs.* bedarf) der liute harte wol; *auch sind durch Inclination unanstössig (s. zu Halbe Birne* 120) 3454. 4804. 5022, *ferner* 1111 wære dicke worden sigehaft *ist durch Apokope in* wære — *die freilich Haupt zu Engelh.* 441 *f. bestreitet, doch vgl. Bartsch zu Parton.* 514 — *oder durch Einsetzung von* ofte, *nach Haupt a. a. O., zu bessern; ferner mag man schreiben* 3754 die burt *(Hs.* geburt) entslôz uns Jêsus Crist, *und* 4843 und huoben *(Hs.* erhuoben) grôz gebrehte: *so bleiben doch bestehen* 937 man bevalh diu reinen kindelîn, 4736 von der prime unz an die vesperzît, 4323 daz entsliezest dû uns hiute. *Bei* 749 iuwer ungeloube vindet ein ander widerwertichcit *versteht sich Haupt zu Engelh.* 382 *zur Schreibung von* iur; *aber von den angeführten Fällen der einsilbigen Form* iur *bleibt nach der kritischen Ausgabe des Troj. nur Troj.* 3139 *aufrecht; — die für obigen Vers der Halben Birne in Betracht kommenden beiden Zeilen des Silv.* 2948 einen menschen suln wir machen *und* 2959 einen menschen sul wir bilden *glättet Haupt zu Engelh.* 784 *durch Auslassung von* suln, *resp.* sul, wir: *dazu bemerkt W. Grimm in seinem Handexemplar des Engelh., welches sich gegenwärtig in meinem Besitze befindet:* „aber bei Konrad sonst kein beispiel, auch fehlt nû, wol ûf gr. 4,207", *und hat meines Erachtens wenigstens im zweiten Teile seiner Bemerkung Recht (Adhortativ kommt zwar selten vor, doch s. Parton. 11294. 15018 ?). Auch 154 u. 182 der Halben Birne liess ich* einen *im Auftakt stehen, obwohl sich hier unschwer Änderungen bieten.*

129 si hât sô reine sinne und alsô ganze triuwe *Herzm.* 318; ganziu triuwe *ferner Engelh.* 788. *Troj.* 273. 5697. *Parton.* 14003; *vgl.* triuwe unde ganze stæte *Troj.* 28747. der sich ûf tugende wæge und ganzer wâre pflæge *Troj.* 1637.

daz selbe hübesche magedîn hielt *(so Hs., Bartsch ändert unnütz in* wielt) vil hôher triuwen kraft *Parton.* 11148.

130 walten *mit abhängigem Genitiv* und alsô maniger tugende wielt (: hielt) *Silv.* 529, *ferner Silv.* 2744. 4838. *Schwanr.* 333. 860. *Engelh.* 789. 1467. 6457. *Alex.* 69. 81. 209. 886. *Parton.* 3490. 3506. 5127. 5348. 5866. 6075. 6513. 6796. 7911. 8782. 11081. 11434. 11965. 13581. 16121. 16346. 17426. 17467. 17685. 21361. *G. Schm.* 1027. 1981. *Turn.* 591. *Troj.* 995. 1023. 1066. 1559. 3601. 5136. 6320. 11891. 13887. 15984. 16255. 19637. 23917. 23969. 24045. 24933. 25712. 27741. 29858. 30524. 30580. 30705. 32579. 32600. 32617. 32725. 32816. 33062. 33232. 34160. 36003. 36125. 36377. 36665. 36719. 37845. 38223. 39440. 39715. 39739. 39859. *Lieder* 2, 2; *unter den aufgeführten 78 Fällen 66 mal* wielt, *resp.* wielten *im Reim.*

131 *siehe zu* 35.

Heinrich: sich *Otte* 93. 243, : ich *Otte* 451,

: mich *Otte* 171. 201. 307. 329, : edellich 130.
: keiserlich 655; *ebenso* Dieterich *Engelh.* 4467.
4485. 4589. 4657. 4729 *u. ö., Troj.* 246; — *doch
Dat. Sing.* Dieterīche: inn_eclīche *Engelh.* 6421.

132*ff.* daz wunneclīche sūeze wīp hiez einen
kneht dō vūr sich komen, der von ir tougen wart
genomen und z' einer verte dō gemant *Troj.* 38282.
er fuorte dā Pollidamam an eine tougenlīche stat
und hiez in heimlich unde bat *Troj.* 22422. —
Vgl. zu 18.

134 seht, alsō bat der heiden dō rātes sīne
hovediet *Pantal.* 1360.

135 sus wart vergolten im der mein *Troj.*
38096.

137 ich möhte an im wol übersehen hān vil
kleine missetāt *Parton.* 12074. und an ein criuce
wart geslagen umbe unser aller missetāt *Silv.* 4032;
missetāt *ferner Silv.* 3964. *Lieder* 1, 160. *Parton.*
17310. Troj. 14323 *u. ö.*

138 trūt herre, sō vernement mich *Troj.* 5132.
vernement, sprach si, frouwe mīn *Troj.* 20822.
vernement rehte, waz ich sage *Troj.* 4598. vernement
rehte mīniu wort *Troj.* 22490.

139 sprach von Kempten Heinrich *Otte* 129.
451. sprach dō Dieterich *Engelh.* 1539. 4389.
4467. 4513. 5868.

140 ez wirt dir guot, sam mir got *Engelh.*[1] 366;
— ēst iu *mit SP zu schreiben, scheint dem Sinne
nach weniger gut; sprachlich gienge es an: s. zu
Engelh.* 3786, *vgl. ferner* wache, ein frouwe, ēst
an der zīt *Lieder* 2, 100. der sehste brūn. ēst niht

ein spel *Parton.* 840. kumt her, dêst âne lougen
Parton. 11629; *vgl. ferner zu* 362.

des ich mich versihe *Engelh.* 2750. *Silv.* 4582.
4648. *Troj.* 548.

141 ob iuwer jungez herze treit keinen muot
im nähen bî, der gote widerzeme sî, den werfent
von iu, süezer helt *Parton.* 7624.

143 verandern *begegnet sonst nicht,* verkêren
hat der Dichter s. Mhd. Wb. u. Lexer, verirren
*(nach P) kommt auch vor, aber · in anderer Con-
struction; von den drei Verben, welche in ab-
gekürzter Schrift einander sehr ähnlich sehen,
habe ich das in der besten Hs. überlieferte gewählt.*

daz ist mîn rât *Troj.* 11743. 26833.

146 daz sol uns allen wol gezemen *Parton.*
19320, *ähnlich* gezemen *stets im Reime Silv.* 2663.
G. Schm. 879. *Pantal.* 556. 1798. *Parton.* 4271.
Troj. 210. 2768. 9724; swaz einem herren (helde)
sol gezemen *Parton.* 282. *Troj.* 14782.

147 *lies* heizent. — die manicvalten sache, die
man z'eim ungemache Troiæren hiez gewinnen *Troj.*
23627. und einer glanzer hiute cleit, daz hilfe ich
iu gewinnen *Troj.* 8374. lâzent in gewinnen iuwer
stæte hulde gar *Parton.* 9072.

148 nâch tobelichen sinnen *Parton.* 21507.
nâch spæhen sinnen *Troj.* 17503 ; *vgl. zu* 122.

149. 150 vermüseln *und* üseln *begegnen in
Konrads Werken nicht.*

150 die wîzen flecken über al (am *Körper*
Partonopiers), die dâ glizzen durch den râm *Parton.*
17218. keiner missewende râm *Turn.* 323.

151. 152 varwe: garwe *s. zu* 9.

ir antlitze und ir varwe diu wâren beidiu garwe *Welt L.* 77; *vgl.* ir antlitz unde ir angesiht *Parton.* 6726. an antlitze unde an kleide *Pantal.* 1383; antlitze (: hitze *Troj.* 20020, *s. Haupt zu Engelh.* 244) *begegnet sonst Engelh.* 244. 1805. 3560. *Silv.* 1469. *Parton.* 2025. 6723. 6797. 7183. 16859. 17228. 17697. *G. Schm.* 589. 725. 734.

153 *Vgl.* von sîden swarz alsam ein kol *Schwanr.* 875. von zobele swarz reht als ein bech *Troj.* 11992. von zobele swerzer denne ein brant *Troj.* 31525. noch swerzer denn ein brûner zobel; erde *freilich bildet sonst nicht das Vergleichungs-object.*

154 kolbe: ouch truoc er bî den stunden einen kolben in der hant *Troj.* 1660, *ferner Troj.* 38702. 38716.

swære alsam ein blî *Kl. d K.* 19, 3. 31, 3.

Der doppelte Auftakt liesse sich entfernen, wenn man schriebe ein kolbe, *vgl. zu* 208 *ff.*

155 leitestap *sonst nur in übertragenem Sinne:* daz er der êren leitestap und der wirde banier treit *Parton.* 20348. dû bist mîn leitestap gewesen ie von kindes jugent *Troj.* 6672. er wart ân allen itewîz der vierden rotte leitestap *Troj.* 29922; *vgl. die Zusammensetzungen* leitesterne *Silv.* 42. *Parton.* 172. *Troj.* 4714. 20422. 29810. 31845. 39074. 40386. *G. Schm.* 828, *und* leitvan *G. Schm.* 975.

156 knabe *mit einem Epitheton sehr häufig im Reim z. B. Engelh.* 350. *Pantal.* 123. 724. *Parton.* 289. 444. 597. 1425. 2200. 2420. 7559. 9057. *Troj.* 539. 1778. 3660.

158 ez wære vleisch oder visch *Otte* 264; reiger *als Jagdwild Parton.* 2581.

159. 160 *Von dreisilbigen klingenden Reimworten mit kurzer Stammsilbe (vgl. Lachmann zu Iwein* 617) *hat Konrad u. a. die folgenden:*

gademe : vademe *G. Schm.* 1255; — tragende : bejagende *Troj.* 4573; klagende : sagende *Engelh.* 5417, : tragende *Troj.* 5309, : zagende *Engelh.* 3451; sagende : tragende *Parton.* 13261; — clagene : sagene *Troj.* 11359; — jagete : geclagete *Troj.* 11415, : sagete *Troj.* 10231; bejagete : sagete *Parton.* 16965, : unverzagete *Engelh.* 2753; behagete : erwagete *Pantal.* 1805; klagete : sagete *Parton.* 17779; geklagete : wagete *Troj.* 20695; — jageten : erwageten *Troj.* 39195; klageten : unverzageten *Parton.* 6225; gemahele : stahele *Engelh.* 3591. *G. Schm.* 439;

nebele : gebele *Parton.* 17573; — gebende : lebende *Engelh.* 6379. *Pantal.* 1167, : swebende *Parton.* 6475; lebende : swebende *G. Schm.* 725; swebende : ? *Parton.* 8005. 10307; — ebene : lebene *Silv.* 17. 517. *Engelh.* 1553. 2975. *Parton.* 4941, : gebene *Parton.* 7041, : vergebene *Parton.* 15579. *Troj.* 8251. 9503. 38981; lebene : vergebene *Schwanr.* 1263. *Parton.* 14887. *Troj.* 12159; — lebete : swebete *Engelh.* 5299. *Parton.* 20725. *Troj.* 9571. 32505; — lebeten : swebeten *Troj.* 5751; — begedemet : gevedemet *G. Schm.* 427; — erlediget : geprediget *G. Schm.* 153; — megede : gejegede *G. Schm.* 255; — gesegenet : beregenet *G. Schm.* 179; — gestehelet : gemehelet *G. Schm.*

1903; — jehende : gesehende *Pantal.* 669, : zehende *Silv.* 2763; verjehende : gesehende *Pantal.* 547. 781; geschehende : zehende *Troj.* 24241; — senete : wenete *Troj.* 20915; — besetelet : erbetelet *Troj.* 32649;

gewidemet : bidemet *G. Schm.* 1243; — genideret : gevideret *Troj.* 24697, : gewideret *Engelh.* 3541; — verrigelet : versigelet *Silv.* 846!; — erwiteren *(BA)*: erziteren *(BA) Troj.* 34091;

lobene : obene *Parton.* 2339. 8645. 12445. 13553. 18291. *Troj.* 10025. 24165; — hôchgelobete : tobete *Troj.* 31153; — brogeten : nôtzogeten *Troj.* 12951; — verholene : verstolene *Troj.* 29073.

nidere : widere *kann ich nicht nachweisen, wenn nicht Engelh.* 1954 *ff.* : er diuhte si iht sin ze swach unde lihte gar ze nider. sô gedâhte si her wider *zu lesen ist:* e. d. s. s. z. s. und lihte gar ze nidere. sô dâhte si her widere.

Wer ändern wollte, könnte schreiben: daz werfent allez gar dar nider. sprichet (spreche) ieman iht dâ wider (enwider).

160 gesprechen ihtes iht hie wider *Silv.* 3421. daz ir keines munt dâ wider sprach ein kleinez wörtelin *Parton.* 16860; wan er enwolte niht dâ wider reden *Parton.* 4538.

161. 162 Rîchart von Engellanden sluoc im dâ starke biusche. vil kumberlich geriusche begonde eht aber wahsen *Turn.* 902. nû daz die künge beide sus phlâgen starker biusche, dô kam ein grôz geriusche *Troj.* 34606. daz ir dem kinde hât gegeben als ungevüege biusche *Otte* 136; biusche

ferner Schwanr. 1054. *Parton.* 14377. 16015. 21417.

162 geriusche: aus huop sich unde machte von vanen ein geriusche grôz *Troj.* 25184.

163 zuo der küniginne *Engelh.* 3946.

164 man sach in stechen unde slahen, als ob er tobic wære *Troj.* 25582.

165. 166 *Vgl.* gerihtes: nihtes *Schwanr.* 429.

166 *z. B.* des ich iu wol her nâch vergihe *Troj.* 13387; *vgl. zu* 331.

167 reht *setzt der Dichter häufig vor vergleichendes als,* z. B. reht als si wæren flücke *Engelh.* 944, *ferner Engelh.* 802. 2671. 3000. 6262. *Silv.* 1499. 3498. 3704. 3730. *Parton.* 1822. 2117. 6008. 7100. 10477. 10854. 11710. 14486. 18650. 20676. 21004. *G. Schm.* 27. *Pantal.* 256. 1454. *Turn.* 557 (*von Roth eingesetzt, vgl. zu Engelh. S.* 227). *Troj.* 3057. 4526. 11090. 12804. 15116. 15572. 16749. 17411. 19926. 20075. 20299. 23076. 24756. 25780. 25997. 26240. 27251. 29508. 33384. 33390. 33500. 33506. 35759. 36362. 36480. 36878. 39757. 40240. *Lieder* 6, 17.

168 ich bin geloufen als ein mol umbe und umbe ein halbez jâr *Engelh.* 1338. alumbe und umbe zweimen *Engelh.* 697. al umbe und umbe zwirben *Parton.* 10545. *Otte* 148; umbe und umbe *ferner Engelh.* 3224. *Schwanr.* 1013. *Parton.* 2473. 21490. *Troj.* 4215. 32680.

170 und wonte stæteclichen bî *Herzm.* 252. und wonte im stæteclichen mite *Silv.* 191. wonte im alle stunde bî *Troj.* 15521. er wonte z'aller

stunde... bî *Troj.* 15448. si wonte bî Jâsône mit ganzer stæte ân underbint *Troj.* 10880. diu lange mînem herzen bî gewont mit ganzer stæte hât *Troj.* 19816. und won im zallen zîten vil geselleclichen bî *Engelh.* 356. dir wonten unde wæren bî *Troj.* 14864; *häufig sind Verse, in welchen* bî *wonen das Prädicat bildet, so gebaut, dass* bî *in den Reim fällt, z. B.* sô wont dir manic tugent bî *Silv.* 2547, *ferner Schwanr.* 1126. *Kl. d. K.* 19, 5. *Alex.* 238. *Parton.* 219. 1434. 2909. 11516. *Troj.* 1938. 2046. 8128. 13528. 13542. 14099. 15174. 15485. 15590. 15997. 16461. 20491. 21241. 22033. 27177. 27795; — mite wonen *Troj.* 4523. 5782. 14990. 15048. 15973; — sô wontens an den sîten ein ander zallen zîten *Engelh.* 795.

stæteclîche, stæteclichen *adverbial Engelh.* 219. 789. *Parton.* 2811 (stæticlichen iemer). 18501. 21330. *Troj.* 2531.

171 *Zur Verschleifung in der Senkung vgl. z. B.* Nû was durch âventiur gesant *Otte* 50. er sprach zuo sîne gesinde *Turn.* 46.

swaz dar umbe mir geschiht *Parton.* 4712. swaz mir ze lîdenne geschiht *Parton.* 10074.

172 verswîget mir niht langer mê *Parton.* 13174; — dar umbe dûhte er in enwiht *Engelh.* 430. des witze sint vil gar enwiht *Parton.* 19679. — *Vgl. zu* 18.

174 der helfe mohte im niht gefromen *Troj.* 34634. mit helfe möhte iu niht gefromen der tiufel noch der gōte craft *Troj.* 34692. kan unser dienest iu iht fromen *Engelh.* 687.

175. 176 von Mabriûl her Arnolt begunde
sinen wîsen rât dô sêre prîsen, des er dâ volgen
wolte *Parton.* 18948. jâ wil ich unde sol hie
volgen dîme râte. sus hiez er für in drâte *Pantal.*
1028. dâ von kam er gegangen ze sîme hûse
drâte. nâch wîser liute râte *Pantal.* 502. und wil
ouch ich vil drâte nâch ir beider râte *Silv.* 1622.
vil drâte. Doch volget er dem râte *Troj.* 12491;
— doch (und) volgent (volgen) mînem râte (: drâte)
Troj. 8984. 13625. sô volgent mîmem râte (: spâte)
Troj. 11725; — drâte : râte *Herzm.* 126. *Pantal.*
461. 657. *Engelh.* 1043. *Silv.* 1139. 3443. *Parton.*
1882. 4509. 8897. 9890. 14758. 18923. *Troj.* 2231.
6395. 6669. 6774. 7071. 8656. 8818. 8983. 9338.
10442. 11443. 12491. 13478. 13626. 18113. 19195.
22418. 24530. 25191. 27099. 31741. 34823. 35593, :
brâte *Parton.* 10533, : kemenâte *Parton.* 2187, :
sâte *Troj.* 9961, : spâte *Troj.* 5245. 33371, :
wâte *Troj.* 24081. 24755; drâte *im Verse: Otte* 596.
Silv. 1339. 1556. *Engelh.* 2836. *Alex.* 899.
Parton. 1332. 5271. 5473. 5552. 5643. 6807. 7304.
8574. 10575. 16165. 16284. 17130. 19760. 20115.
Troj. 3926. 6839. 7053. 9351. 12342. 12835.
14706. 25279. 25978. 26615. 26654. 32472. 33243.
34497. 35063. 35081. 35473. 35524. 37240 *u. ö.*

177 *Zur Betonung vgl. z. B.* dî'n bluot, âls ein
rô'se rô't *Lieder* 1, 207.

178 *S. zu* 96.

179. 180 *Konrad flectiert* môre *wie* tôre *stark
und schwach;* môre *zumeist stark:* dîn âten ver-
lüste gnuoc schuof dem hellemôre (: trôre) *Lieder*

1, 83. einen swarzen môr (: rôr) *Troj.* 32709. der hete in einer rotte dâ wol zehen tûsent môre (: Pôre) *Troj.* 24930, *nur einmal schwach:* er koufte liehter wirde glanz und was iedoch ein môre (: Pôre) *Troj.* 36716; — tôre *nur einmal stark:* wan ich tôr dich loben muoz mit den wîsen als der gouch *(Haupts Umstellung zu Engelh.* 441 *f.* wan ich tôre loben muoz dich mit *u. s. w. widerspricht allen Hss.) G. Schm.* 130 — *wenn nicht auch Parton.* 20206 *zu lesen ist* den hân *(Hs.* hab) ich tôr *(Hs.* töte) vil tumber : *Pfeiffer liest* gouch vil tumber, *Bartsch* tôre tumber —, *sonst schwach:* der ist ein tôre (: kôre) *Troj.* 19145, *ferner Parton.* 18616. *Troj.* 3148. 17368. 21118. 26566. 33018. *Lieder* 32, 189, *zweifelhaft Lieder* 32, 181.

180 sîn wâpenroc reht als ein bech schein geswerzet, als ich las *Parton.* 21004. wil er der minne liehten schîn mit valschem *(BA)* muote swerzen (: kerzen) *Troj.* 2484; — *vgl.* swarzen: man sach sîn rœselehtez vel dâ bleichen unde swarzen (: warzen) *Troj.* 32310. diu *(Arzneikunst)* manegem hilfet für den tôt der in vil herzeclicher nôt gedorret und geswarzet (: arzet) *Pantal.* 219.

182 ouch truoc er bî den stunden einen kolben in (an *bcd)* der hant *Troj.* 1660; *s. zu* 154.

183 mit disen worten huop er sich ûf den palas dâ zehant *Alex.* 194. daz er sich hæte enwec gehaben *Alex.* 293. zuo wilden œden welden sich diu küniginne huop *Troj.* 10588. er huop engegen Troye sich *Troj.* 12498. und huop sich aber an den helt *Troj.* 39465, *ähnlich Troj.* 39526 *u. ö.*

184 daz beide man dô (dô *fehlt im alten Druck*) unde wîp *Engelh.* 764. man unde wîp *Pantal.* 1436. *Troj.* 23233 *u. ö.; ein ähnlich gebauter binomischer Vers findet sich z. B.* beide leben unde lîp *Herem.* 505 *u. ö.* — *Vgl. zu* 18.

185 daz man für eine maget sach den jungelinc vrech unde fruot *Troj.* 17240. daz man dich sæhe für ein wîp *Troj.* 14379. 14411 (*s. BA*). daz ich sô lange in disen tagen bin gesehen für ein wîp *Troj.* 16820. sach man für wîp die zwêne dô *Troj.* 14514.

188 *Vgl. zu Engelh.* 2647.

189. 190 hiute : liute *z. B. Otte* 221.

189 *Vgl.* Herre, nû beschirme uns got *Engelh.* 3443.

190 die liute machten iren grûs von disem wunder wilde *Schwanr.* 234 (*s. F. Roth zu der Stelle*); grûs *hat Konrad ferner, stets im Reim auf* hûs: *Silv.* 1969. *Alex.* 858. 1212. *Parton.* 897. 3311. 13034. 19499. *Pantal.* 165. *Troj.* 11328. 24631; *das Zeitwort* grûsen *Troj.* 16133 (: gehûset), 25187 (: sûsen).

193. 194 si was mit rede ein wênic balt, dâ von diu schœne durch gelimph wolte mit (*Pfeiffer gegen die Hs.* dâ mit) im iren (*Pfeiffer nach der Hs.* ir) schimph trîben aller gernest *Parton.* 7080. ûz dem gotes knehte machten si vil starken schimph: sô michel was sîn ungelimph *Silv.* 4844. si dunket iuwer rede ein spot und machent alle drûz ir schimpf. daz wirt iu denne ein guot gelimpf *Troj.* 17944. und daz diu hovediet getriben mit im hæte ir un-

gelimpf. der spot, diu smâcheit und der schimpf
Alex. 768. diu kint begiengen wider strît an im
dô grôzen ungelimpf. er was ir gamel und ir
schimpf *Alex.* 692. durch *(BA)* mangen schimpf,
den er dâ treip *Troj.* 16054. hât er geliten smæhen
schimpf, wan si begiengen ungelimpf an im *Alex.*
1201.

schœn unde guot was sin gelimpf und alliu
diu gebærde sîn *Troj.* 610. diu rede was ir aller
schimpf. durch gämelîche und durch gelimpf *(Hs.*
vnd schimpf, *von Pfeiffer ergänzt)* geschach si von
Alîse dô *Parton.* 20357. wan ez gelimpfes niht
enhete und âne fuoge wære *Schwanr.* 498; gelimph
(: schimph) *ferner Silv.* 4451. *Parton.* 12863; un-
gelimph (: schimph) *Engelh.* 417. *Troj.* 1785.
8928.

S. auch zu 56.

194.195 wan er kunde wol den list, der schützen
ist gemæze (: ræze) *Troj.* 38086.

195 als in (im) dô *(BA)* was gemæze (: sæze, :
entsæze) *Troj.* 19543. 33015. daz was im wol ge-
mæze *Troj.* 25971. ez wær im sô gemæze (: sæze)
G. Schm. 1765; gemæze *ferner im Reime Schwanr.*
795. *Parton.* 8072. *Troj.* 19161. 19286, *im Verse
Engelh.* 2079. *Parton.* 406. 11593. 17250. 19975.
Troj. 1878. 3129. 3143. 10346. 15476. 16740.
23079. 28385. 28763. 29981. 30113. 33037. 33049.
34559.

196 gelæze *kennt Konrad nicht, doch vgl.* an
gelâze (: strâze) *Troj.* 23142. an lîbe und an ge-
lâze *Troj.* 20011.

199 mit swerten und mit kiulen (: iulen) kam geriuschet manic helt *Parton.* 14318.

200 iedoch tet im Prîandes trût mit starken biulen alsô wê *Troj.* 36422. sîn fleisch von tugentrîcher art emphienc da manige *(BA)* biulen (: marmelsiulen) *Troj.* 35744.

203. 204 *Der Reim* haben : knaben *z. B. Engelh.* 327. *Troj.* 573, waz rede ab ich vil tumber knabe (: habe) *Troj.* 14116; — gehaben *z. B.* zwâre ich mac niht hine für mit iu gespræches mê gehaben *Parton.* 9464. — *Vgl. zu* 18.

204 *Vgl.* er hôrte wol, daz man vür guot dâ sîner worte niht enphienc *Troj.* 18236; *andere Constructionen mit* guot *sind:* wan ez der ellentrîche mit kraft und mit getæte sô guot gewonnen hæte *Troj.* 37096. Diu lêre Achillen dûhte guot *Troj.* 15069, guot dunken *ferner Troj.* 14356. dô liez er sich ir rede guot bedunken und ir willen *Troj.* 37794.

205. 206 *Dass Konrad gerne Sprichwörter anführe, bemerkte Haupt zu Engelh.* 907. 3434. 3535; *zu weiterer Erhärtung setze ich aus einer vollständigen Sammlung einige besonders bezeichnende Fälle hierher:* swâ noch der apfel walzet hin, er dræhet nâch dem stamme sîn *Troj.* 632. swaz z'eime hagge werden sol, daz krümbet sich vil vrüeje *Troj.* 6400. ûz einer gneisten wird ein rôst, der niht ir zünden understât *Troj.* 410. swem nie von minne wê geschach, dem wart nie von ir rehte wol *Troj.* 2392. ez ist wâr, daz man noch seit, daz ein arbeitsælic man nâch einem schaden ie ge-

wan zwivalten kumber gerne *Parton.* 738. wan
swaz dem herzen nâhe lît, daz sol daz ouge dicke
sehen *Parton.* 11334.

206 verdulden *z. B. Troj.* 656 daz herze sîn
verdulden wolt in dem walde keinen zorn.

207 Nû hœrent, *vgl. zu* 84.

flîzec sîn *Silv.* 2634. *Engelh.* 143. 785. 6149.
Herzm. 22. *Alex.* 1370. *Troj.* 15028. 17750. 20969.
23907. 30522. 31874. 35055. 37933. *Mit Ausnahme
von Troj.* 30522 *bilden das prädicative Adjectiv
und die Copula stets den Schluss des Verses.*

208 *ff. Dass ein Satzteil an die Spitze der
Periode tritt und an der Stelle, an welche er
eigentlich gehört, durch ein Pronomen oder Ad-
verbium wieder aufgenommen wird (Paul, Mhd.
Gramm.*[2] § 355), *begegnet z. B. Troj.* 37978 der
helt geblüemet wol mit zuht, der allen wandel ie
verswuor, nû daz er ûf der strâze fuor. *Schwanr.* 64
diu herzogîn ze Brâbant als si vernam diu mære.
Beispiele sammelte F. Roth zu Schwanr. 65; *vgl.
auch Joseph a. a. O. S.* 85 *zu* 7, 6.

208. 209 und îlten für den palas, dâ Lyco-
mêdes inne was *Troj.* 27571.

208 *Konrad braucht* palas *und* palast; palas :
genas *Engelh.* 6361, : glas *Parton.* 867, : gras
(*von Joseph gebessert* : glas) *Engelh.* 2937, : las
Parton. 2673, : was *Otte* 273. *Schwanr.* 79. *Silv.*
950. 1186. 1748. 4601. *Engelh.* 639. 5679. 5699.
6245. 6389. *Alex.* 79. 179. 867. *Parton.* 853. 971.
1049. 1109. 1151. 1397. 2245. 2615. 6267. 6933.
8557. 8611. 9110. 12379. 12391. 12417. 12627. 12835.

13447. 17183. 17289. 17683. *Pantal.* 135. 941.
Troj. 3251. 7331. 7999. 8865. 13939. 15321. 17433.
17497. 17657. 23691. 26415. 26437. 26645. 27571.
27697, : Ypocras *Pantal.* 1061; — palast : gast
Parton. 2601. 8575. *Troj.* 8505, : glast *Welt L.* 81.
Silv. 1834.

211 swenn ez begunde (beginne) spâten *Troj.*
10135. 8472. swenn ez beginnet morgen tagen
Parton. 12334. morne, swenne *(BA)* ez tagt *Troj.*
26274.

212 Daz kunde er wol betrahten, und wolte
dar ûf ahten *Engelh.* 1691; ahten *im Reime ferner
Engelh.* 924. *Troj.* 2710. 7710. 12440. 21372. 24204,
im Verse Silv. 2611. *Engelh.* 1191. 4755. 6030.
Parton. 77. 8213. 11745. *G. Schm.* 1828. *Pantal.*
942. *Troj.* 2323. 2722. 2867. 3236. 7721. 12678.
12706. 15461. 18150. 18223. 18315. 21130. 21152.
21372. 21627. 24791. 26749. 27205. 28405. 28519.
29271. 32243. 34716.

215 daz si daz dinc begiengen *Parton.* 8921.
wâ mite er daz begienge *Welt L.* 7. und vil an
im begiengen sünden unde meines dô *Silv.* 222.
ez ... die tugend sîn begienc *Parton.* 17898. Pâris
sô grôzen ungelimpf unwizzenlîche dâ begienc *Troj.*
5034; *s. zu* 285.

Vgl. in keiner slahte wîse *Herzm.* 492. durch
deheiner slahte dinc *Parton.* 3985. 6189. von keiner
slahte dingen *Parton.* 5747. vor aller slahte dingen
Parton. 2883.

217 bringen zuo *z. B. Parton.* 2920. 7391.
16633.

218 dû möhtest harte wol enborn sus getâner dinge *Engelh.* 2082. sus getâniu dinc *Parton.* 8873; sô (alsô, sus, alsus) getân *als Attribut, flectiert vor dem Subst.*, *z. B.* ze sô getâner ungeschiht *Engelh.* 5865, *ferner Engelh.* 140. 3393. *Silv.* 1629. *Parton.* 2135. 4856. 8549. 9686. 18521. 21259. 21308. *Troj.* 1278. 2270. 12040. 15893. 16127. 16751. 26919; — *prädicativ:* sô (alsô, sus) getân *Engelh.* 3065. *Parton.* 10886. *Troj.* 2430. 8314. 8360. 9244. 21246. 30062, — getân alsam (sam) *z. B.* dô was der wille sîn getân alsam ein slange bitter *Parton.* 17940, *ferner Troj.* 32563, — ich sage dir wie mîn wille getân ist *Engelh.* 4534, — getân *durch ein Adv. näher bestimmt z. B.* wand iuwer lîp ... sô keiserlichen ist getân *Parton.* 12904, *ferner Troj.* 3801. 18346.

Über Umschreibung einfacher Worte durch dinc *oder* sache *mit attributivem Genitiv s. Haupt zu Engelh.* 35.

219 zallen zîten *z B. Engelh.* 356. 797.

220 swie vil man ez (daz vogellîn) gemaches wenet bî den liuten anderswâ, sô wære ez doch vil gerner dâ *Parton.* 2744. dar umbe ich hie verdirbe alsô gerne als anderswâ *Engelh.* 3418. den *(Tod)* lîde ich unde kiuse dâ vil lieber doch denn anderswâ *Parton.* 923. si möhten lieber anderswâ an der stunde sîn gelegen *Engelh.* 3286.

vil gerner *auch Schwanr.* 201. *Lieder* 2, 23.

anderswâ *mit Ausnahme von Parton.* 16940 *und Troj.* 7582. 10260. 31212 *stets im Reim: Otte* 631. *Silv.* 628. 1790. 2913. 3014. 3163. *Engelh.* 867.

1005. 4490. 4788. 5242. *Parton.* 1736. 2331. 2438.
5881. 8660. 10004. 11819. 12494. *Troj.* 139. 1501.
2994. 6339. 6351. 7420. 13869. 14827. 19683. 24016.
24346. 27856. 31961. 34087. 35323.

221 diz treib der süeze gotes bote drî ganze
mânôt und ein jâr *Silv.* 216. diz treip der kiusche
jungelinc *Silv.* 514. Diz treip er dicke tougen *Troj.*
20801. Nû si des alles vil getreip *Troj.* 10557. —
*Besonders beliebt sind folgende Redensarten, mit
welchen Konrad den Übergang von directer Rede
zur Erzählung gewinnt:* Die rede treip *mit
folgendem Namen z. B.* Alexîus *Alex.* 335, *ferner*
Schwanr. 729. *Engelh.* 2239. 4624. *Parton.* 551.
8293. 11417. 12091. 17342. 19654. 19938. 21068.
Pantal. 1675. *Troj.* 2863. 3099. 3574. 7593. 8793.
9529. 13475. 14149. 15637. 27395. 27779. 28841.
37531; *Variationen sind* Diu herzogîn die rede
treip *Schwanr.* 1235, *desgl. Pantal.* 1523. *Troj.*
23371, diu griuwelichen scheltwort treip der klage-
bære *Parton.* 17604; — Die klage treip *es folgt
der Name z. B.* Eufêmîân *Alex.* 1069, *ferner Par-*
ton. 6351. 7135. 14729. 15675. 20269. *Troj.* 13247.
29329. 33095. 38909; *Variationen sind:* Helêne
dise clage treip *Troj.* 22645. 35047. und treip sô
lange dise clage *Herzm.* 276. Die clagebæren tege-
dinc treip Hercules der jungelinc *Troj.* 38487.

222 *ff.* nû kam ez eines mâles sô, daz die
Kriechen sâzen und leides gar vergâzen von hove-
lichen mæren. si wurden ûz ir swæren mit worten
und mit rede brâht *Troj.* 37866.

sus nam diu frouwe vil geslaht *Herzm.* 430.

geslaht: 1) *adjectivisch,* a) *flectiert vor dem Subst.*
daz truogen die geslahten juncfrouwen al besunder
Troj. 28230; — b) *unflectiert hinter dem Subst.*
diu frouwe vil geslaht *Herzm.* 430. den grâven
wol geslaht *Parton.* 11120. ritter wol (vil) geslaht
Engelh. 2584. *Troj.* 32208. ein kint gar edel und
geslaht *Troj.* 17046. von der hende sîn *(Gottes)*
geslaht *Silv.* 2931. daz herze *(des treuen Ritters)*
vil geslaht *Herzm.* 420. umb dînen *(Wirnts)* dienest
(gegen Frau Welt) vil geslaht *Welt L.* 148. decke
vil geslaht *Engelh.* 2560. des rîchen *(BA)* mantels vil
geslaht *Troj.* 20198. ein wâpenkleit geslaht *Turn.*
478. manigen vaden vil geslaht *Troj.* 15871. zuo
ir bürge vil geslaht *Engelh.* 4227. ein münster
wol geslaht *Alex.* 270. ûz marmelsteine vil geslaht
Troj. 17454; — *substantivisch:* den vil geslahten
(Wirnt) Welt L. 24. den wol geslahten *(Achill)*
Troj. 13880; — *prädicativ:* sîn werder lîp der was
geslaht *Troj.* 6379. nie pfeller wart alsô geslaht
Troj. 3760. als in was geslaht *Troj.* 28128. diz
cleit enwær im niht geslaht *Troj.* 3124; — un-
geslaht *Silv.* 414. 3504. 3869. — geslaht *und* un-
geslaht *stehen stets im Reim.*

223 und kam *(Thetis)* mit ir juncfrouwen ge-
strichen für Schŷrônes hol *Troj.* 13488.

224 wan si des leides gar vergaz *Troj.* 22873.
sîn herze leides niht vergaz *Troj.* 370. und er des
leides niht vergaz *Troj.* 32100. herzeleides er ver-
gaz *Silv.* 1998. daz er des zornes sîn vergaz *Troj.*
5649. sîn herze vröuden gar vergaz und aller wunne
bî der zît *Troj.* 5574. daz er sîn selbes dô vergaz
Engelh. 1975.   9

227 *ff*. Mêdêâ diu vil clâre lancseime kam ge-
slichen in, gestreichet als ein velkelin *Troj.* 7536.
Si kam dort her geslichen ... reht als ein wilder siti-
cus *Troj.* 20297. nû kam dô dar gegangen ein frouwe
schœne und ûz erkorn *Parton.* 8606. — kam gegangen
oft, z. B. Parton. 12532. *Troj.* 1668. 5622. 7685. 9632.
9762. 14666. 20338. 37707; *von Frauen gern das
elegante* kam geslichen, *z. B.* mit einem lîsen engen
schrite kam si dort her geslichen *Troj.* 7518, *ferner
Welt L.* 103. *Engelh.* 3103. *Parton.* 8625. 8686.
12359. *Troj.* 7537. *u. ö.*

227 *Über vîn vgl. Steinmeyer Zs.* 34 (1890)
S. 282 *f.*

228 *Wörter auf -lîn hat der Dichter häufig,
z. B.* bechelîn *G. Schm.* 91. brievelîn *Alex.* 996.
brüstelîn *Alex.* 1111. 1169.. güetelîn *Pantal.* 553,
hüenlîn *Silv.* 1363. hüetelîn *G. Schm.* 1418. kin-
delîn *Alex.* 111. *Silv.* 929. 937. 1097. löchelîn
G. Schm. 1482. velkelîn *Schwanr.* 655. welfelîn
G. Schm. 503.

229. 230. mit den sô kêrte er für daz tor und
wolte gerne sich dâ vor genioten strites ûf den
plan *Parton.* 3565.

230. 231 *S. Einleitung S.* XXVI *ff.*

232 *f.* dâ man die ritter alle vant, die dâ ze
rehte solten sîn *Parton.* 16462; daz si der tiuvel
solte sîn *Parton.* 7883. 9503. daz noch ein erbe
solte sîn *Alex.* 112. der alle stunt ze rehte solde
dâ sîn pfleger sîn *Alex.* 740.

234 balde *temporal z. B.* wil er niht hinnen
balde kêren *Lieder* 14, 12. alsô balde trüebet unde

selwet sich diu liebe frouwe mîn *Lieder* 6, 19. daz (fröudelîn vil kleine) was sô balde dan geflogen *Engelh.* 1800.

235 *f.* betiuten und ze rehte sagen begunde er im diu mære, daz Helenâ dô wære *Troj.* 23088. und seite disiu mære *Troj.* 24675. von himele kan er mære sagen *Troj.* 24684. der uns dâ seite mære, daz ein knabe wære *Parton.* 4455. von der man seite mære, daz drinne wonhaft wære *Parton.* 18219. und im dâ seite mære, daz ein insel wære *Parton.* 18165; *vgl. Parton.* 445. 645. 677. 3169. 3523. 6463. 15059. 17725. 18627. 19119. 20761. *Alex.* 1073. *Silv.* 2383. 3953 *u. ö.*

237 *ff.* sus saz der hôchgelobte in einer kemenâten mit vreuden wol berâten *Welt L.* 52. si wolte in nâch ir girde mit fröuden wol berâten. in eine kemenâten brâhte si den hêren *Parton.* 12372. mit jâmer und mit ungehabe lie si den sun berâten ein in ir kemenâten *Parton.* 7162. si gie zer kemenâten, dâ disiu zwei berâten mit sorgen inne wâren *Parton.* 8769. ûz der kemenâten und liezen in berâten mit sorgen und mit leide *Parton.* 1187. gienc in ir kemenâten. er wart von ir berâten mit rîcher (? rîlîcher *BA*) handelunge dô *Troj.* 20909. Partonopier der tugende barn mit wunsche was berâten in einer kemenâten *Parton.* 11124. — in sîne kemenâten (: berâten) *Parton.* 4573. vor der kemenâten (: verrâten) *Parton.* 9441. ûz einer kemenâten (: berâten) *Troj.* 27705. in dirre kemenâten (: verrâten) *Parton.* 9594. · und in ir kemenâten (: getâten) *Troj.* 28146. zuo mîner kemenâten (: spâten) *Troj.* 8471. stæl in ir kemenâten (: spâten) *Troj.* 10136.

9 *

239 diu rede was ir aller schimpf. durch gämelîche und durch gelimpf geschach si von Alîse dô *Parton*. 20357; *daneben éinmal gamel Alex*. 694; *öfter das Adjectiv* gemellîche: gemelîcher schimpf *Troj*. 5033. 8927. 28253; *vgl. ferner* 15803. 16005. 16432. 22018.

242 ir sult mich alle tâlanc hie lâzen ruowen, dêst mîn ger *Parton*. 12620. daz ich sîn tâlanc bîto *(s. BA)* alhie *Troj*. 8885; tâlanc *ferner Troj*. 8921. 11726. 27685.

243. 244 erweschen : eschen *Lieder* 32, 226; esche *(im Verse) Lieder* 32, 264. *Troj*. 27243; weschet *(im Verse) Silv*. 1708.

248 *Vgl. z. B.* diu mir von dir ist geseit *Parton*. 6785. dâ von ist ... lützel hie gesaget *Silv*. 3610. waz hât man dir von mir gesaget? *Pantal*. 965. hie mite wart dâ vil geseit *Silv*. 1391.

249 *f.* ir vremede vrâge spæhe. er tet, als er dâ sæhe *Troj*. 27405. daz in bedûhte, er sæhe vil manic wunder spæhe *Parton*. 8107. dâ man mit ougen sæhe vil manic wunder spæhe *Troj*. 27997. daz er diz wunder spæhe in einem troume sæhe *Troj*. 14157. vernim ein wunder spæhe. daz wazzer, daz du sæhe *Parton*. 2457. die küniginne spæhe, sô si den segel sæhe *Troj*. 22461. dar inne, den er sæhe, dâ von der knappe spæhe *Parton*. 827; — spæhe: 1) *adjectivisch*, a) *unflectiert dem Subst. nachgestellt a) von Personen Parton*. 828. *Troj*. 15775. 22461, *β) von Sachen Parton*. 2457. 8108. *Troj*. 14157. 27405. 27998, — b) *flectiert von Sachen: Parton*. 1641. 5152. 12440. *Turn*. 737.

Troj. 46. 4542. 17503. 27490; — 2) *prädicativ von Sachen: Parton.* 1149. *Troj.* 32550; — *un-spæhe adj. unflectiert Troj.* 14421; — *mit Aus-nahme der unter* 1 b *angeführten Fälle steht* spæhe *stets im Reim.*

251 (dô wart langer niht gebiten *Parton.* 7141 *ist ein von Pfeiffer ergänzter Vers).* sus wart dâ langer niht gebiten *Parton.* 2270. ouch wart niht langer bî der zît von beiden teilen dâ gebiten *Par-ton.* 6480. dô wart niht mê gebeitet *Herzm.* 422. daz si (dâ) langer niht enbiten *Parton.* 5031. 14043. die ritter dâ niht langer biten *Parton.* 13314. dâ von enbeit er langer niht *Parton.* 5302. dâ von enbeit niht langer *Engelh.* 4948.

252 *Konrad sagt sonst nur* enwec: enwec ge-schriten *Troj.* 26434, *ferner Otte* 513. 740. *Alex.* 284. 293. *Engelh.* 4049. 4621. *Parton.* 724. 1221. 2197. 2205. 5957. 6129. 7159. 7925. 10237. 10349. 12736. 12981. 13053. 14499. 15354. 15728. 16262. 19113. 19561. 19903. 21608. *Pantal.* 561. *Turn.* 965. *Troj.* 4027. 7215. 15252. 16303. 19192. 21804. 22188. 23197. 24627. 30507. 31479. 35481. 35613. 37757. 39461. — *Vgl. zu* 18.

253 als in diu minneclîche hiez *Troj.* 9373.

254. 255 in eine kemenâten brâhte si den hêren *Parton.* 12374. — *Vgl. zu* 237. 330.

255. 256 daz si den werden bâten, daz er die kemenâten *Parton.* 9265.

256 er hiez in nider sitzen *Pantal.* 180.

257 gienc dô zeinem fiure *Parton.* 1098.

258 *Ironisches* tiure *bei Konrad:* swaz man

uns anders tages bôt prîsandes unde goldes rôt,
daz würde uns nu vil tiure *Parton.* 4349. Si
funden manegen Sarrazîn, den ie vil tiure was
gesîn der touf und ouch daz firmen *Parton.* 19043.
phankuochen unde smelzen wart dem junkherren
tiure *Troj.* 6080, *ferner Troj.* 2329. 3985. 7933;
vil tiure *s. B. auch Parton.* 5105. 5243. 12839.

259 lînwât *(abwechselnd mit* hemede) *Troj.*
38294, *vgl.* 38311. 38318.

261 irre eines dinges *s. Haupt zu Engelh.*
4900; *vgl. insbesondere* daz er eins herren irre
füere zuo den zîten *Engelh.* 510.

264 *Ein gutes Beispiel, wie Konrad stummes
e nach Liquida bald beibehält, bald unterdrückt,
bilden die Verse Engelh.* 1192 *ff.* dâ von diu
tugenthêre über ein vil balde k a m daz Engelhart
ein süezer n a m wære danne Dieterich. 'wê' sprach
si tougen wider sich, 'Engelhart der n a m e guot
vil sanfter in den ôren tuot danne Dieterich für wâr.

266 *S. zu* 148.

267 seht, dô begunder sîniu dinc dar ûf vil
harte kêren *Silv.* 132. man sach den gotes werden
ze sælden kêren sîniu dinc *Silv.* 512; — wol ûf!
geschicke dîniu dinc *Parton.* 1460. sô wir bereiten
uns ze wer unde ergrîfen unser dinc *Parton.* 18992.
daz ir kiesent eteswen ... der künne schicken iuwer
dinc *Parton.* 9017. dekeiniu dinc *Parton.* 7264,
alliu sîniu dinc *Silv.* 190. *Alex.* 753, al sîn dinc
Parton. 4291, sîniu dinc *Parton.* 13133, alliu mîniu
dinc *Parton.* 1940. 10010 *u. ö.*

269 dô tet er *(Kalchas in der Verzückung)*

ûf wît unde warf beid ougen unde mundes giel
Troj. 27316. in den sal er nider viel: er tet ûf
sînen wîten giel *Silv.* 4833. dar umbe er sînen
wîten giel entslôz vil schiere ân underbint *Parton.*
18364; giel *ferner Troj.* 9850. 9914. 22591. *Lieder*
1, 150.

270 swaz wîbes ougen wol geviel *Troj.* 27482.
zehant ich in sô wol geviel *Parton.* 17888. Diu
rede (der rât) in allen wol geviel *Parton.* 6447.
Troj. 3669. 18475. 20639. Diz mære in allen drîn
geviel *Troj.* 1639. swaz ir herzen wol geviel *Troj.*
14015. daz ez der minne wol geviel *Troj.* 15781.
ir eteslichen under in des küniges tegedinc *(BA)*
wol geviel *Troj.* 39124; — *vgl.* Diu guote rede in
allen begunde alsô gevallen *Silv.* 4289. Helêne
muoste in allen von schulden wol gevallen *Troj.*
23143. Der rât begunde in allen von herzen wol
gevallen *Troj.* 26349. daz lâ dir wol gevallen *Troj.*
1971. swaz iu nû wol gevalle *Troj.* 18100. daz
mir daz wol gevalle *Troj.* 18471. ob ez iu wol
gevalle *Troj.* 26344. ob er den vürsten missevalle
Troj. 39098. Der rât geviel in allen wol *Troj.* 7005.
11849. 13361. 31891. als im der rât geviele wol
Parton. 4553. wan ez geviel in allen wol *Silv.*
278. dâ von gevellet ez mir wol *Parton.* 4180.

272 gemellîche *vgl. zu* 239, *insbesondere* er
wonte in gemellîche mite *Troj.* 16432. ez dûhte
mich sô gemellich *Troj.* 22018. daz er mit ir was
gemelich *Troj.* 15803.

wâ mite er daz begienge *Welt L.* 7; begân
häufig, vgl. zu 285.

273 gebûr *flectiert Konrad meist stark:* dâ von sag ich iu, herre, daz, daz die gebûre unertic iu sîn gar widerwertic und ir si hazzet iemer *Parton.* 18698. daz iuwer tôrheit hât gefrumt, ze gelte ez etewenne kumt, daz ein gebûr dem andern tuot *Troj.* 36515. der herre und der gebûr (: Blantschiflûr) *Lieder* 2, 22. nie ritter noch gebûr (: lâsûr) *Troj.* 20247. der ritter unde der gebûr (: sûr) *Silv.* 600. sît ich in von gebûre gemachet zeinem grâven habe *Parton.* 4604; — *schwache Formen finden sich:* dâ mite er in von lobe schiet unde ûz keiserlicher art, wande er ein gebûre wart von sîner valschen lêre hie *Parton.* 18580. ich wânde, er wære ein edel man: dô was er ein gebûre gar, der bœste, den ie wîp gebar *Parton.* 17924. *Die Stellen sind hier vollständig ausgehoben, um auch zu zeigen, ein wie verächtlicher Ausdruck* gebûr *dem Dichter ist; vgl.* noch ir hânt ûz einem wilden gebûre wunder hie gemaht *Troj.* 3122. nâchgebûr *begegnet nur stark: Parton.* 3205. 9076. 12011. *Troj.* 11252. 25657. 29298. 31828. 35002. *G. Schm.* 1550. *Lieder* 14, 20 (?). 20, 16.

274. 275 der Wunsch hât âne lougen erzeiget (*bcd* erzoiget) an ir sîne kraft *Troj.* 7584.

Jâson und Mêdêâ von der natûre krefte sâ begunden merken under in, daz gelîch ir beider sin an rehter liebe kunde wegen *Troj.* 7813.

Zu starc *vgl.* des twinget mich diu minne und ir gewalt hôch unde starc *Troj.* 16798. des in diu starke minne twanc *Parton.* 1693. sus wart ir nôt (von sender jâmerunge 521) sô rehte starc

Herzm. 516; *zu* kraft *vgl.* als ez der minne kraft gebôt *Troj.* 15653. 15959.

eröugen: daz got durch in besunder diu zeichenlichen wunder dem kinde eröuget hæte *Pantal.* 371. mir ist bezeichenunge vil eröuget von iu tougen *Troj.* 21698. daz laster, daz in Pârîs het eröuget und getân *Troj.* 23542; *häufig und Konrad besonders eigenthümlich ist* öugen: *im Reim* daz wunder hât kein ende, daz got uns allen ouget. ez wart von dir gesouget *G. Schm.* 1528, *vgl. ferner Alex.* 278. *Parton.* 4681. *Troj.* 128. 8078. 8447. 10419. 13641. 21017. 22767. 23501. 35115.

276 erzöugen *findet sich nirgends im Reim und lässt sich deshalb für den Dichter nicht belegen, da es innerhalb des Verses von dem gleichbedeutenden* erzeigen *nicht zu scheiden ist; so könnte Engelh.* 1728 si entorste mit ir ougen erzeigen niht den smerzen, *wohl statt* erzeigen *vielmehr* erzöugen *geschrieben werden; Troj.* 22762 ir mügent übel oder guot an uns erzeigen *und* 7584 *f.* (*s. oben zu* 274 *f.*) *schwanken die Hss. zwischen beiden Worten; vgl. auch Schwanr.* 1350 daz got müge erzeigen (*oder* erzöugen?) grôz unbilde, *ferner Pantal.* 1102 *u. ö.;* erzeigen *begegnet im Reim auf* eigen, neigen, veigen *begreiflicherweise häufig, s. Engelh.* 6403. *Otte* 210. *Pantal.* 1499. *Parton.* 2777. *Silv.* 451. 4629. *Troj.* 11263. 11673. 24300. 27005. 27471. 31055. 35950. 37033. 39908 *u. ö.*

277 ebenalte *in obiger Bedeutung ist* ân.

εἰρημ.; *Composita mit* eben *bildet Konrad
G. Schm.* 359 ebenêwicheit, *Troj.* 604 'pâr' und
'gelîch' sint ebensleht, *Engelh.* 89 die armen eben-
kristen.

278 valten *r. B.* die blanken hende linde
zein ander leite er unde vielt *Pantal.* 302; *vgl.
ferner Parton.* 16345. *G. Schm.* 1028. 1523.

279 *f.* wir müesten uns reht als ein wurm (:
sturm) vor ir gewalte rimphen und iemer hân ir
schimpfen *Parton.* 4230; *vgl.* sîn *(des Kalchas)*
bilde sich von nœten rampf reht als ein altez
lesevel *Troj.* 27250. — krimpfen *hat Konrad nur
Parton.* 6106 doch half in harte kleine daz, swie
vil er sich dar umbe kramph; rimpfen *begegnet
ausser an den angeführten Stellen Silv.* 705.
Troj. 6229. 31964. 34215. *Lieder* 1, 56. — *Vgl. auch
zu* 342.

wurm : sturm *G. Schm.* 165. *Troj.* 8217. 9797.
25349. 34127. 39322. *Lieder* 1, 95; würme : ge-
stürme *Pantal.* 1431. *Parton.* 12683. *Troj.*
5863. 16645. 34655. *Turn.* 841; würmen : stürmen
Troj. 6227. 14505.

280 ir wille stuont gelîche ûf einen vientlichen
sturm *Troj.* 39322. sîn herze was erhitzet ûf einen
bitterlichen sturm; er kam reht als ein lintwurm
Troj. 25348. die Kriechen wurden ûf den sturm
gereizet sam ein übel wurm *Troj.* 34127.

281 Prothênor wart ûf einen stich bereit mit
aller sîner ger *Troj.* 39976. dô wart er dar ûf
bereit nâch sîner ger *Parton.* 2981. er was ûf
allez dinc bereit *Troj.* 7374. er wart zehant dar

ûf bereit *Troj.* 17788. dô wart diu ritterschaft bereit dar ûf *Troj.* 22478;

alle sîne ger hât er ûf kampf gerihtet *Troj.* 13580. gegen Troie stuont sîn ger *Troj.* 28629. Ze strîte stuont ir beider ger *Troj.* 12763;

nâch dîner (sîner, ir) ger (gir) *Parton.* 4402. 17739. *Silv.* 2867. 3051. *Troj.* 5583. 8001. 10240. 13009. 13090. 15920. 16257. 17636, mit stæter (reiner, vîentlichcr, vrîer) ger *Troj.* 10223. 23212. 25974. 34525. 34677. 38014; nâch mînes (dînes, sînes) herzen ger (gir) *Parton.* 2436. 2912. *Troj.* 2161. 11504. 15555; mit willicliches herzen ger (gir) *Parton.* 218. 2450. 6382. 9906. 16695. 18038. *Troj.* 3690. 4873. 12645; mit lûterliches (reines, snellecliches, innecliches, vîentliches) herzen ger *Parton.* 6906. *Troj.* 8621. 8768. 25693. 29472.

283 Prîande wirt ze sûre, daz die Kriechen her sint komen *Troj.* 30120. der hoveschal . . . muoz mir werden hie ze sûr *Troj.* 8584. daz er si sô lange meit, daz was im âne mâze sûr *Parton.* 6562. Trôiære samenungen Helêne wart ze sûre *Troj.* 34042. diu reine minne süeze wirt nû mir leider alze sûr *Troj.* 29296; *von der Bitterniss der Liebe spricht der Dichter öfter:* ich meine, daz er niht gewert der wâren süczen minne wirt, diu vollekomene vröude birt dem herzen und der andâht. swâ niht diu liebe vollebrâht mac werden mit getæte, dâ wirt diu vröude unstæte, der man dâ mit gebærde pfligt: wan si den schimpf dâ wider wigt mit ernestlicher siure *Troj.* 16008. si jâhen, minne wære süeze und eteswenne sûr *Par-

ton. 11280. und lât *(die Minne)* in frôude sîn bereit von ir genâden stiure. daz aber âne siure diu selbe kranke vröude sî, der zuoversihte wil ich vrî ... *Troj.* 2496. Vênus, der wirde crône sol dir hie werden tiure, sît bitterlîche siure diu minne knüpfet an ir zagel *Troj.* 2328; *vgl. Troj.* 2308. 2374. 11251., *auch Lieder* 2, 18 des sint die minne worden sûr (: Blantschiflûr : A m û r : gebûr).

284 Vênus, ... dîn sun Amûr der beitet dîn *Lieder* 2, 99; *zu* frou Vênus *vgl.* daz ist diu vrouwe Vênus *Troj.* 21030. 'hey', dâhte ich, 'vrouwe Vênus *Troj.* 18860. dô sprach diu frouwe Vênus *Troj.* 2098; *die gekürzten Formen von* vrouwe *begegnen z. B.* wan in froun Minnen underbint *Herzm.* 538. frou Minne wunnebæren solt *Parton.* 19917. und frô Pallas sîn tohter *Troj.* 1599. frou Wildekeit *Kl. d. K.* 1, 1. *Andere Epitheta der Göttin sind* Vênus, diu feine *Lieder* 2, 1. Vênus, vil werdiu künigîn *Lieder* 2, 99. Vênus, der minne künigîn (meisterîn) *Troj.* 1202. 2333. diu götinne Vênus *Troj.* 1246. *Ihr Name findet sich noch Welt L.* 73 daz si noch verre schœner was dan Vênus oder Pallas, *ferner Troj.* 1558. 1598. 2146. 2151. 2230. 2306. 2328. 2552. 2575. 2740.

Amûr *begegnet noch öfter in dem Tanzleich* 2, 16 den werden got Amûr. 2, 53 den süezen got Amiuren. 2, 67 vil werder fürste Amûr, *sowie Parton.* 20724 Amûr, der süezen minne got.

285 Vênus geschuof und ir geheiz daz wunder an im tougen *Troj.* 2749. minne briuwet wunder

Troj. 7777; swaz wunders er noch ie begie *G. Schm.*
1690. begienc der helt besunder von slahte grimmez
wunder *Troj.* 36283. begienc mit strîte wunder
Troj. 31989; — die giengen dâ mit stichen und mit
slegen wunder an *Troj.* 33786. si giengen bêde
wunder an *Troj.* 35396; — daz si daz dinc begiengen
Parton. 8921; — und schuof mit strîte wunder *Troj.*
39865. mit strîte schuofen wunder (: zunder) *Troj.*
39571.

286 Iglâ diu süeze frouwe mîn, diu bran ie
rehte drunder nâch mir alsam ein zunder, daz in
dem heizen viure lît *Parton.* 18414. sîn varwe lûter
unde guot enbran alsam ein zunder *Troj.* 14430.
sîn herze ûf êre sam ein kol bran und als ein
zunder *Parton.* 18748. si wurden beide sam ein
gluot und als ein viures zander erbrennet ûf ein
ander *Parton.* 1552; — dâ möhte wol ein zunder
enbrennet *(BA)* von dem fiure sîn *Troj.* 39572.
Wirf *(Venus)* dîn fiur und ouch dîn zunder in
ir herze mit gewalt, die mit kriege stiftent wunder
Lieder 2, 103. ir *(der Minne)* heizen fiures zunder
het im alsô den sin enbrant *Troj.* 4364. und bran
iedoch dar under der heizen minne zunder in sînes
herzen sinne *Troj.* 16433. ein zunder nie sô balde
enbrant wære von fiure, noch ein strô, sô balde ir
beider herze *(BA)* dô von dem êrsten blicke enbran
Troj. 7702; — zunder *vgl. noch Troj.* 5930. 7778.
G. Schm. 1152. *Lieder* 1, 216. 32, 58.

von hitze enbran er als ein gluot *Troj.* 27916.
daz von im ir herze enbran *Troj.* 7676. ir muot
begunde erhitzen unde enbran sô schiere nâch

Partonopiere *Parton.* 15038. si wart nâch mir enbrennet, daz ir muot ûf minne wiel *Parton.* 17978. und doch ihr beider muot enbran ze grunde von der minne *Troj.* 7788. dô wart enzündet unde enbran ir herze von der minne heiz *Troj.* 20342. als ein gluot ich enbrinne zaller stunt *Lieder* 28, 3. sîn edel herze daz enbran und wart von gotes geiste reht als ein fiures gneiste entflammet unde schône enzunt *Pantal.* 254. Eustorius enbrennet was von gotes geiste dô *Pantal.* 458; — diu schœne diu bran unde wiel von minnen gar ze grunde *Troj.* 22916. sîn herze von ir minne bran *Parton.* 6610. ir herze in süezer minne bran *Troj.* 8508. sîn herze sunder lougen in heizer minne fiure bran *Troj.* 14966. sîn herze sam ein heizer kol in der gotes minne bran *Alex.* 150. sîn herze in gotes minne bran *Pantal.* 162. ze gote stuont sîn wille, wan er in sime geiste bran *Pantal.* 486. ir herze nâch in beiden bran *Engelh.* 1072. daz ez *(das Herz)* solte brinnen nâch zweier manne minnen *Engelh.* 1151. doch wizzet daz sîn herze bran nâch ir minne sam ein kol *Parton.* 1536. sîn herze nâch ir minne bran und wiel von hitze sam ein blî *Troj.* 20322; *vgl. ferner Silv.* 568. *Herzm.* 122. *Troj.* 7885. 29740. 38964.

287 vor sîner angesihte (: gerihte) *Schwanr.* 82; — ezn müeste von ir angesiht (: geschiht) vergezzen sîner ungehabe *Troj.* 7590.

288 wiht *hat Konrad:* bœse wiht *Parton.* 17557. 17714. 18111; triuwelôser wiht *Engelh.* 188. *Parton.* 17950. 18093. *Troj.* 38108; tugentlôser

wiht *Troj.* 28386: *an diesen Stellen steht das Wort immer im Reim.*

289 *f. Zum Reim vgl.* gesworn : geborn *Engelh.* 5009, dorn : erkorn *Parton.* 8245.

291 ir herze in süezer minne bran und in seneclicher nôt *Troj.* 8508. si leite dran *(ins Bett)* mit leide sich und in seneclicher nôt *Troj.* 8888. von seneclicher swære *Troj.* 15945. 16039. 21071. vûr seneclîche swære *Troj.* 16739. sîn herze enbran in seneclicher marter *Troj.* 16725. ze seneclicher arebeit *Troj.* 21895.

292 als ez Mêdêâ dô gebôt *Troj.* 11136. als ez ir vater in gebôt *Troj.* 27721. daz im sîn muoter ie gebôt *Troj.* 28543. alz ez der minne kraft gebôt *Troj.* 15653. 15059. als im diu minne dâ gebôt *Troj.* 28706.

294 *Vgl.* daz selbe tet er si dâ wider *Troj.* 7707.

295 *ff. Zum folgenden vgl. die Rolle, welche die Kammerfrau im Liebesroman Jasons und Medeas spielt, Troj.* 8945 *ff.* diu werde küniginne. si rief ir meisterinne, der al ir tougenheit was kunt ... (8950) si sprach: 'daz ich dir's lônen well iemer alle mîne tage, sô merke rehte, weich *(BA)* dir sage, unde tuo, des ich dich bite .... (8962) den gast dû bî der hende nim lîs unde füere in her zuo mir ... (8979) Der rede antwürte gap ir dô diu meisterinne *(BA)* und sprach alsô: 'vrouw, ich tuon, des ir hânt gegert. den ritter edel unde wert füer ich her în vil drâte; doch volgent mînem râte und legent nider iuch zehant

an iuwer bette . . . .' (9012) sus gienc diu meisterinne
zuo dem werden gaste sider und leite sich ir *(BA)*
vrouwe nider ûf ein spanbette reine . . . (9032)
Jâson der wart gereite von der meisterinne brâht.
als iu dâ vorne wart gedâht, sus tet daz wîse
kamerwîp. si nam des werden gastes lîp bî der
hende tougen und fuorte in sunder lougen zuo
der vrouwen bette dan . . .

297 kamerwîp: Ethrâ, mîn liebez kamerwîp
Troj. 21970. sus tet daz wîse kamerwîp *Troj.* 9035.
ir und ir kamerwîben wart dô vil gesungen *Troj.*
13736.

299 Engeltrût was si genant *Engelh.* 876.
Esŷonâ was si genant *Troj.* 12964. Partonopier
(Mercurius) was er genant *Parton.* 280. *Troj.*
18888, *s. auch Silv.* 3922 *u. ö.; vgl. die Typen* Môrel
(Nestor *etc.*) daz (der) selbe was genant *Parton.*
19892. *Troj.* 11526. 12394. 32112. 37996. 38286,
— Cholkos (Rêmus *etc.*) ein insel (künic *etc.*) ist
genant *Troj.* 6684. 13816. 13846. 24873, *vgl. Troj.*
· 18712. *Parton.* 14480. 18808. *Troj.* 13932. *Schwanr.*
56, — ein sun (rîche) was (ist) Trôilus (Trâciâ)
genant *Troj.* 13258. 13786, *vgl. Otte* 1. *Troj.* 12074.
Parton. 233. 16785, — der wart (was) Âlexîus
(Menesteus *etc.*) genant *Alex.* 122. *Troj.* 30538.
30636, — diu (der) Schiefdeire (Jocundille *etc.*) was
genant *Parton.* 13059. 13317. *Troj.* 15413. 15682.
23791. 28511. 38041. 38245, — der was genant
Benîvel (Silvester *etc.*) *Engelh.* 2496. *Silv.* 111.
4579. *Parton.* 319. 3314. 21000. *Troj.* 7419. 13558.
20139. 32180. 37383, *vgl. Troj.* 32412, —

ein ritter (götîn *etc.*), Hercules (Eckaten *etc.*) genant *Troj.* 6868. 10528. 23826. 23880. 23925. 24858. 32822. 36674. *Pantal.* 101, — ein künic (helt), genant Euripilus (Amigdalûr) *Troj.* 23870. 31827; — *zu* genennet *vgl. Parton.* 3508. 3719. 17977. *Troj.* 24887. 29801. 33364.

300 Zêlêôn sprach dô zehant *Silv.* 4314. der sprach alsus sâ zehant *Silv.* 3430. sprach der bâbest dô zehant *Silv.* 1386. mit fröuden sprach er sâ zehant *Silv.* 1491. 'nein' sprach Silvester dô zehant *Silv.* 1417. 'nein herre' sprâchen si zehant *Pantal.* 1784:

zehant *sehr häufig im Reime, vgl. nur Silv.* 426. 527. 619. 732. 797. 863. 1509. 1541. 1761. 1853. 2412. 2697. 2809. 3378. 3505. 3921. 4241. 4417. 4597. 4631. 4656. 4703. 4821. 4901. 5117. *Pantal.* 143. 333. 368. 575. 765. 940. 1075. 1083. 1129. 1206. 1350. 1379. 1625. 1681. 1692. 1715. 1750. 1935. 2085. 2125. *Alex.* 121. 195. 299. 307. 497. 522. 534. 545. 604. 844. 979. 1023. *G. Schm.* 374.

301 welt ir eht *(BA)* mînes râtes pflegen *Troj.* 9518; râtes unde lêre phlegen *Silv.* 1736.

302 geben *und* wegen *finden sich in den Hss. öfter vertauscht, vgl. für Konrad z. B. Parton.* 9024 die sich nu dâ·gelîche ûf iuwer minne haben gewegen *(Hs.* geben : degen) *und ebenda* 19916 daz dir ze lône müeze wegen *(Hs.* geben : degen) frou Minne wunnebæren solt. *Der Dichter braucht* wegen *selten transitiv, und dann entweder im konkreten Sinne des „Zuwägens",*

wie in dem letztangeführten Beispiele und Engelh.
3704 ir habet mir gegen golde kupfer unde blî
gewegen, *oder in der Bedeutung von „schätzen“,*
z. B. daz man ir stæteclichen pflac und man ir
wirde hôhe wac *Engelh.* 219. Nû wart des sites
dô gepflegen daz man vil tiure kunde wegen êre
unde ganze stæte *Engelh.* 4193. wan swâ daz wîp
beginnet wegen in ir herzen mannes tugent *Engelh.*
900. der mizzet iemer unde wiget al die werlt
nâch sîner ger *Silv.* 2584; *gewöhnlich begegnet*
wegen *intransitiv:* mît triuwen dir mîn helfe
wiget *Engelh.* 5796. ob mir dîn helfe wolte wegen
und diu vil hôhe stiure dîn *Parton.* 9950. hæt im
ir helfe niht gewegen *Parton.* 10938. sîn helfe in
dicke hât gewegen *Parton.* 16990, *vgl. Troj.* 10448.
Engelh. 3621. *Silv.* 2189. 2219. *Troj.* 31740 *(s.*
BA): es liesse sich deshalb vermuthen, dass an
unserer Stelle Konrad schrieb sît dicke mir dîn
rât gewegen hât zuo heimlicher sache.

303 *f. s. zu* 218; *vgl. besonders* er kan die liute
wîsen von kumberlichen sachen und mac die nôt
geswachen *Pantal.* 2136. gereinet unde frî vor wandel-
bæren sachen. wan si begunden swachen die valschen
gote sîn iesâ *Pantal.* 694.

304 hilf, daz der apfel werde mîn *Troj.* 2652.
die bluomen und die rôsen rôt in beiden sorge
swacheten *Engelh.* 3128. dur daz er dâ geswachete
dem künege sîne swære *Troj.* 5460. wilt du sîn
trûren swachen *Parton.* 11410. daz er im trûren
swachete *Troj.* 5668. waz ob ir wunneclicher
schal dîn ungemüete swachet! *Troj.* 15692. daz

iuwer êre krenke und mîne frőude swache *Parton.*
2536; swachen *überaus häufig, z. B. Schwanr.* 446.
Engelh. 3506. 3544. 3569. 3829. 3839. 3864. *Silv.*
2061. 3933. 4421. 4455. 4481. 4943. *Parton.* 4316.
7993. 8903. 8980. 9580. 15050. 15373. 15802.
19821. *Troj.* 1281. 1500. 2174. 2415. 2850. 3385.
4238. 7903. 10468. 12288. 12786. 13179. 15113.
15385. 16717. 16768. 17097. 17107. 18537. 21521.
22080. 22108. 22115. 23516. 25539. 26616. 27811.
27994. 28693. 30482. 34030. 34353. 34410. 35382.
37554. 39116. 40303. *G. Schm.* 1124. *Lieder* 8, 1.
9, 12. 24. 36. *Pantal.* 831 *u. ö.*

305 *f.* marterlîche dol lîden unde dulden von
Constantînes schulden *Silv.* 1373. nôt und angest
dulden. er sprach, dû muost von schulden *Silv.* 344.
durch Crist vil nœte dulde, sît daz ân alle schulde
Pantal. 1185; — diz lant ensol niht dulden fürbaz
kumber einen tac *Parton.* 3240 *u. ö.*

307 *Vgl. zu* 286, *z. B.* als ein gluot ich en-
brinne zaller stunt *Lieder* 28, 3.

308 *f.* si wolten lîp und êre gern ûf des tôdes
wâge tragen *Troj.* 11474. min leben und mîn êre
wil ich ûf eine wâge laden *Troj.* 17866. lîp unde
guot diu beide leit er ûf eine wâge *Troj.* 12072.
sô daz ich guot, êr, unde leben sol ûf die wâge für
dich geben *Engelh.* 4393. sêle, lîp, êr unde guot
diu lâgen ûf der wâge dâ *Engelh.* 4786. si leiten
in der wâge pfliht swaz si rehtes wielten *Engelh.*
4798. sît der künic hôchgeborn aldâ sîn küniclîchez
leben für sîne liute wolte geben ûf des tôdes wâge
Parton. 4808. ir beider leben was geleit ûf eine

wâge zwîvellich *Parton.* 14370. und leiten ûf die
wâge beide guot und lebetagen *Parton.* 20488. den
lîp den leit er und daz leben ûf eine wâge sunder
twâl *Parton.* 21444. ir lîp ûf eine wâge sich legen
wol getorste *Troj.* 11870. er liez ûf einer wâge
Troi unde sîne friunde sîn *Troj.* 22976. daz ich
lîp, êr unde leben durch dînen willen hân gegeben
vil dicke ûf eine wâge *Troj.* 29149. daz er guot,
êr unde leben wolt ûf die wâge dur si geben *Troj.*
30723. swer welle, daz ich iemer gebe durch in ûf
eine wâge mîn leben und mîne *(BA)* mâge *Troj.*
32060. sîn leben hôchgeprîset geleit wart ûf die
wâge *Troj.* 34630. sô wil ich mîn leben ê mit
willen ûf die wâge legen *Engelh.* 4012; — *vgl.* ich
wâge ê lîp und êre *Troj.* 16934. lîp unde guot, êr
unde leben wil ich hie bî dir wâgen *Troj.* 17176.
er muoz durch iuch lîp unde guot mit willen iemer
wâgen *Troj.* 30414. und wâgent niht den lîp alsus
Troj. 35815.

309 *Im Reime hat der Dichter* hînt *s.* geruoche phlegen mîn noch hînt daz niht der leidige
vînt *Parton.* 1169; *auch Parton.* 2264 *hat die Hs.*
der mir hînte alhie geschach; — hînaht *s. B.*
komen hînaht von geschiht *Parton.* 1883. sô wirde
ich hînaht âne wer *Parton.* 747.

310 daz in sô rehte kurzer frist an mir dîn
wille ergangen ist *Parton.* 1755. daz mîn wille
ergangen ist *Parton.* 1935. daz niht sîn wille möhte
ergân *Parton.* 5460. si dûhte, ez müeste sîn ir tôt,
ob niht ir wille ergienge *Troj.* 8510. mîn wille
muoz an im ergân *Troj.* 8707. daz an dir ist der

wille mîn ergangen ûf der erden *Troj.* 17160. ê
wære an ir sîn wille beid offen unde stille erfüllet
unde ergangen *Troj.* 38069; — ez ist wâr, daz man
dâ seit: swar ûf daz wîp enbrennet wirt, ob ir daz
grôzen schaden birt, ir wille muoz doch für sich
gân *Parton.* 8450. mîn wille gienge für sich hie
Parton. 12087; — mîn wille muoz an iu (dir) ge-
schehen *Parton.* 1683. *Troj.* 16835; — daz mîn
wille mohte niht werden ûf ein ende brâht *Par-
ton.* 1884.

311. 312 kamerbelle *und* getelle *lassen sich
bei Konrad nicht belegen.*

313 daz iu ze râte nütze sî *Parton.* 18889.
der nütze wîse rât *Parton.* 62; — der mir sô nütze
lêre gît *Parton.* 4096. vil nützer lêre *Silv.* 2089.
und ist sîn lêre uns nütze gar *Troj.* 18983; — den
nützen und den hôhen list *Silv.* 3425; — nütze
sonst Otte 471. 480. *Alex.* 39. *Pantal.* 1. 1674.
Engelh. 5879. 5914. *Silv.* 12. 19. 1514. 1723. 3145.
Parton. 1. 69. 117. 2119. 2860. 18915. *Troj.* 262.
864. 1067. 5869. 9607. 10602. 10653. 14234. 18591.
19203. 23571. 27089. 27237. 27521. 27833. 28006.
29972. 38118. 38395. *Lieder* 17, 32.

314 urdrutz (: nutz) *Silv.* 5. *Parton.* 7. *Troj.*
19335, *im Verse Silv.* 2222; — urdrützic *Troj.* 8923.

315 von süezer minne luste *Troj.* 10130.

316 mit sus *(BA)* getâner âkust ir *(der Minne)*
wille wirt vergellet *Troj.* 2270. durch wîbes âkust
Parton. 8890; — âkust *sonst Pantal.* 1675. *Silv.*
3726. *Troj.* 12338. 21950. 34404. 37999. 38448.
G. Schm. 1601. *Lieder* 32, 314.

317 daz er den künec . . . hæte errettet (: ge-
bettet) *Parton.* 15199.

319 waz ob ir wunneclicher schal dîn unge-
müete swachet *Troj.* 15692. waz ob ez gefüeget
sich, daz uns dâ beiden wol geschiht *Parton.* 13236; —
sinnelôse giegen (: erliegen : triegen) *Lieder* 32, 183.

320 der übele keiser wolte dô den jüngelinc
betriegen *Pantal.* 1914. mit listen ich in sô be-
trouc *Parton.* 8130.

321 dâ wil ich ûf dem wâge mich zuo Jâsône
smücken *Troj.* 8764. swâ sich liep gesmücket
(: tücket : gedrücket : gezücket) zuo liebe, als ez
von rehte sol *Lieder* 32, 119. ein tiufel zuo zim
drinne kam, zuo dem er sich vil nâhen smouc (: be-
trouc) *Parton.* 6828; smücken *s. noch Parton.*
10527. *Lieder* 32, 133; — *vgl.* des landes küniginne
geliten hæte wol daz er . . . gerücket næher wære
Parton. 1528.

322 ir wunne wart enzücket *Engelh.* 3197.

323 der strengen minne bant (bürde, klamere,
siechtage) *Troj.* 16608. *Herzm.* 132. *Parton.* 18515.
Engelh. 2242. des wart diu nôt *(Liebeskummer)*
von in geliten, diu strenge was und engeslich
Herzm. 68. des wart sîn *(des verliebten Ritters)*
herzeclicher pîn vil strenge und ouch vil bitter
Herzm. 240. wan in froun Minnen underbint lît
niht sô strengelichen an *Herzm. (Lambel)* 508;
strenge *recht beliebt, vgl. Alex.* 390. 713. 721.
758. 809. 1024. *Pantal.* 99. 1188. 1242. 1255.
1429. 1442. 1520. 1619. 1927. *Schwanr.* 677.
Engelh. 1757. 2063. 2320. 4049. 4866. 5191. 5835.

6139. *Silv.* 53. 305. 345. 364. 431. 968. 1149. 1330.
1684. 1691. 2782. 3606. 3641. 4027. 4070. 4074.
4496. 4556. 4634. 4799. 5097. *Parton.* 1217. 3595.
4324. 4963. 5329. 5508. 6071. 6087. 6285. 6639.
8261. 8506. 9163. 9359. 9421. 9516. 9568. 9762.
9773. 10030. 11205. 11255. 11364. 11708. 12216.
12249. 12553. 14360. 18069. 19758. 20199. 21094.
Troj. 8612. 11938. 12336. 12537. 13301. 22574.
22667. 22791. 23240. 23280. 23408. 24408. 24788.
26589. 29059. 31322. 33761. 34264. 35951. 36329.
37033. 37341. 38264. 38289. 38508. 38546. 38754.
39202. *G. Schm.* 881. 1551. 1565; — *vgl.* fröude,
diu von der süezen minne gât *Parton.* 6682.

324 *Das transitive* frumen *z. B. Otte* 691 daz
hât gefrumet iuwer hant.

325 den ellentrîchen jungelinc den liez er un-
vermeldet niht *Troj.* 27410.

326 der ist ein gouch *Lieder* 24, 4. du maht
wol sîn ein tumber gouch *Parton.* 1422. doch
möhte er worden sîn ein gouch (: ouch) *Parton.*
6996. wê dem vertânen gouche *Parton.* 7584. als
ein wilder gouch *Parton.* 14821. dû bist ein gouch
gewesen dort *Troj.* 2838. er ist noch tumber *(BA)*
denne ein gouch *Troj.* 8141. ich wære ein sinne-
lôser gouch *Troj.* 16650. wê dem verteilten gouche
G. Schm. 606. dô wart dem œden gouche *G. Schm.*
1304. dû gouch *Pantal.* 1837. swie gar ich sî
der witze ein gouch *Troj.* 28814. in gouches wîs
Parton. 19350.

mir ist daz allerbeste, daz ich nâch im kêr
unde var *Troj.* 13448.

327 nâch der vil werden minne dîn wirt maníc wíp ertœret *Troj.* 20128. die von liebe ertœret sint *Troj.* 8869. durch disen veigen zouberlist vas ertôret sîn gedanc *Parton.* 6090 *(vgl. Sprenger Zs.* 36, 1892, *S.* 158). swer sich ûf tihten pinet, der kan sich selben tœren *Troj.* 170; *vgl. ferner Troj.* 2517. 7892. 38130. *Silv.* 3690 *und* der heiden edel unde wert was ergouchet als ein kint *Parton.* 19344.

330 alsô nimt diu tumbe krumbe trüge für wâren schîn *Lieder* 25, 73. Ich armer unde ich tumber (: kumber) *Engelh.* 5623. dû vil tumber *Silv.* 361. Ir edelen tumben *Lieder* 32, 181.

331 hât iemen ihtes iu verjehen *Engelh.* 3774. nu merkent wes ich iu vergihe *Parton.* 14824. des ime der keiser dô verjach (: sprach) *Pantal.* 1943. des selben dinges mir verjach (: sprach) mîn muoter *Pantal.* 260.

332 dirne *z. B. G. Schm.* 1847.

der bâbest aber zime sprach *Silv.* 4162; sprach *sehr häufig im Reim, z. B.* : ach *Alex.* 1041, : dach *Pantal.* 2015, : jach (verjach) *Silv.* 2883. *Pantal.* 259. 1944, : gemach *Pantal.* 1170, : ungemach *Pantal.* 577. *Alex.* 700. 719. 816. *Silv.* 992. 4162. *Pantal.* 1105. 1364. 2043, : sach *Pantal.* 170. 957. *Silv.* 4730. 4872. *Alex.* 320, : geschach *Pantal.* 793. 1496. 1928. *Silv.* 3459, : swach *Pantal.* 1034 *u. ö.*

333 *Konrad hat im Reim nur* kapfen: verkapfte : stapfte *Troj.* 39271; gekaphet : gestaphet *Engelh.* 2573. *Troj.* 3788; kapfen : stapfen (fuoz-

stapfen) *Troj.* 12775. 15131. 20803. *Parton.* 16089; — kaffen *steht in W. Grimms Ausg. des Silvester* 2619 kaffet an den willen mîn *nach der Hs.; — für die Construction* kapfen an *vgl.* wan er dâ wirt gekaphet an *Troj.* 29842. des wart er vil gekapfet an *Troj.* 19614. an Meliûren kapfen *Parton.* 16090. die kapften in ze wunder an *Troj.* 3073. reht als ein wunder wilde wart ir (sîn) lîp gekapfet an *Troj.* 23076. 29508. dû wirst vor mangem manne gekapfet an *Troj.* 29126, *ferner Silv.* 2619. 2629; — kapfen ûf *begegnet Engelh.* 2573. *Troj.* 3241. 3788. 7275. 20803. 37670; — *c. gen. Troj.* 12775; — umbe kapfen *Parton.* 974. *Troj.* 15131; — verkapfen *Troj.* 39271.

334 schepfen *findet sich bei dem Dichter nur im Infinitiv und Partic. Prät., vgl. Troj.* 30332 ûz in begunde er eine schar dô schephen unde machen, *ferner* der Wunsch der hete mit gewalt geschephet die figûre sîn *Troj.* 3034. seht, alsô wart vil sêre nâch sînes meisters lêre geschepfet des juncherren muot *Troj.* 6389. und wart geschepfet (geschaffen *be)* als ein wîp *Troj.* 14922. nâch frouwelicher wîpheit geschepfet (geschaffen *b)* wart sîn bilde *Troj.* 14958. er hete sich gelenket und geschepfet nâch ir site *Troj.* 16430. sô wirt an im grôz ungenuht geschepfet und gebildet *Troj.* 18586. diu (schar) wart mit hôhem flîze gar von im geschepfet und bereit *Troj.* 30110, *ferner Troj.* 19939. 20013. 20101. 20222. 30155. 30513; — *die Formen begegnen zwar nicht im Reime, sind aber mit Ausnahme von 14922 und 14958 von sämmt-*

lichen Hss. überliefert. Sonst findet sich schaffen, schuof, geschaffen *Silv.* 575. 2688. *Parton.* 4017. 6166. *Troj.* 1358. 2740. 3287. 3346. 4518. 6484. 7445. 8845. 10620. 12334. 12708. 13252. 14823. 22395. 25007. 28112. 33218. 33281. 33788. 34555. 34602. 36784. 37040. 37110. *G. Schm.* 705. 1155. 1693. 1979 *u. ö.,* schaffen daz *Silv.* 575. *Parton.* 4017. 6166. *Troj.* 1358. 3287. 3346. 6484. 10620. 12334. 12708. 13252. 14823. 22395. 25007. 28112. 33218. 33281. 33788. 34555. 34602. 36784. 37040 *u. ö.*

335 den schîn du niht enwecke *(Hs.* enbecke, *lies besser* enblecke *vgl. Troj.* 21016), ê daz diu frouwe nider sî komen und dir nâhen bî gelige nackent unde blôz *Parton.* 7776. Er warf in ûf daz grüene gras. und als er nider komen was *Troj.* 4239. daz von des steines laste der ellentrîche nider kam *Troj.* 37220.

336 *ff.* si nam des werden gastes lîp bî der hende tougen und fuorte in sunder lougen zuo der vrouwen bette dan *Troj.* 9036. sô ganc vil tougenlîche z'im. den gast dâ bî der hende nim lîs unde füere in her zuo mir *Troj.* 8961. ze jungest nam diu clâre Dêidamîe bî der hant die stolzen maget unbekant und fuorte si besunder *Troj.* 15374; — *zur Vertauschung von* bî *der Hss. mit* an *vgl. zu Engelh.* 644.

er wart entwâpent von in zwein und an ein bette dô geleit *Troj.* 37682.

337. 338. *Der Reim* hette : wette *gab Lachmann, Auswahl aus d. Hochd. Dichtern S.* x *Anm., besonders Anlass die Halbe Birne Konrad*

*abzusprechen; der Reim begegnet allerdings bei
dem Dichter sonst nicht, aber auch* hête *findet
sich nur* éinmal *Parton.* 270 (: Lucrête), *und wohl
auch* hâte *ist einzig, wenn diese Form Parton.*
11219 *im Reim auf* drâte *einzusetzen ist; am bevorzugtesten ist in* K.s *Schriften* hæte *s. zu* 127,
ausserdem braucht er hete: *Herzm.* 340. *Pantal.*
656. 1600. *Schwanr.* 498. 660. *Silv.* 326. 1291.
1334. *Parton.* 5156. 5847. *Troj.* 3263. 3678. 5278.
11512. 15282. 16045. 16652. 23538. 30316. 37566.
Wenn hette *so selten im Reime vorkommt, so ist
auch zu berücksichtigen, wie wenig entsprechende
Reimwörter dem Dichter zur Verfügung stehen;
ich zähle* bette : gerette (rette) *Engelh.* 1947. *Troj.*
4951. 5181. 5247, : enwette *Alex.* 1117. *Parton.* 8507.
Troj. 9137. 13766. 16484. 28971, — gebettet : gewettet *Engelh.* 3113, — errettet : gebettet *Parton.* 15201.

340 als uns dis âventiure jach *Parton.* 13619.
als mir dis âventiure swuor *Parton.* 568. 2996. 5946.
uns tuot dis âventiure kunt *Engelh.* 2144. nâch
der âventiure zal *Parton.* 8613. als ich ez hân
vernomen an der âventiur *Parton.* 5158; — als
ich diu mære hie vernime *Parton.* 13105. *Engelh.*
5262. dâ von diz mære sprichet *Parton.* 864. als
diz mære swuor *Engelh.* 3009. sô diu schrift und
diz mære von ir zelt *Parton.* 874; — als mir diu
wârheit swert *Silv.* 3463. als uns diu wârheit giht
Silv. 4023. diu wârheit sprichet unde giht *Troj.*
13102. 13910; — als uns diu wære istôrje swuor
Troj. 37129. vil wunders hât ze sprechene von dir
diu wâre istôrje *G. Schm.* 834; — uns seit von ir

(im) diu wâre schrift *Troj.* 7232. 17456, *vgl. Troj.* 7652. 23772. 37858 *und Troj.* 17512. 17994; — als ich hœre sagen *Troj.* 11455, *vgl. Parton.* 448; — als ich hœre jehen *Parton.* 2333. *Troj.* 8740. des hœre ich jehen *Parton.* 10585. *Troj.* 3037. 13751 *(BA).* 24650. hôrte (hœre) ich jehen *Parton.* 4791. 12453. 16315. *Troj.* 6509. 19933. 23035. ich hœre sprechen unde jehen *Troj.* 6852; — als ich vernim *Engelh.* 2811. *Parton.* 11980. als ich hie vernime *Parton.* 3368. 10238. als ich vernomen hân *Troj.* 4821. alse ich hân vernomen *Silv.* 4516. *Parton.* 12679.

341. 342 der alte lâchenære (*Kalchas*) lac dâ stille sam ein stampf. sîn bilde sich von nœten rampf reht als ein altez lesevel *Troj.* 27248.

341 ungefüege: von ungefüegen mannen *Troj.* 15054. ungefüegen schelken *Otte* 119; *als Epitheton zu* schar: *Troj.* 11787. 30267. 32676. 33315, *zu* slange: *Welt L.* 216, *zu* warc: *Parton.* 2650, *zu* biusche: *Otte* 137. *Parton.* 14377, *zu* eize: *Welt L.* 219, *zu* loc: *Alex.* 1031, *zu* missetât: *Parton.* 8852, *zu* mort: *Troj.* 13836, *zu* schaft: *Parton.* 5291. 20557. 21014. *Troj.* 34529, *zu* schal: *Turn.* 816, *zu* schatz: *Parton.* 6694, *zu* slac: *Parton.* 5522, *zu* sper: *Engelh.* 4762. *Parton.* 16113. *Troj.* 12001. 31047. 39491, *zu* stein: *Troj.* 23600. 37203, *zu* stich: *Parton.* 13725. *Troj.* 36205. *Turn.* 218, *zu* streich: *Parton.* 14506, *zu* strît: *Engelh.* 4959, *zu* swanc: *Schwanr.* 1032, *zu* treten: *Engelh.* 4778, *zu* walt: *Parton.* 19368, *zu* wunsch: *Parton.* 1463; — *prädicativ: Parton.* 19140. *Troj.* 8907. 20122. 21591. 38009.

342. 343 vil nâhen zuo 'der mûren was er hin dan gerücket und hæte sich gesmücket zuo ein ander als ein igel *Parton.* 1304. den tiefel . . . der sich rimpfet als ein igel *Lieder* 1, 56; *s. zu* 279.

343 *zu* smücken *vgl. zu* 321, *insbesondere* und hete sam ein katze sich gestrûbet und gesmücket, diu sich zesamne drücket, sô si der miuse lâgen muoz *Parton.* 10526.

344 *Vgl. zu* 94.

345 leckerheit *findet sich sonst nicht;* lecker *Parton.* 4454 *ist Conjectur; doch vgl.* lecken *Troj.* 6066. seht, sô *(BA)* gap er *(Chiron)* im *(dem Kind Achill)* daz marc *(wilder Thiere)*, daz in dem beine steckete: daz brûchte ez unde leckete vûr alle spîse danne.

346 als ich dâ vorne hân geseit *Silv.* 832. 4755. *Parton.* 17473. (19772 *von Pfeiffer conjiciert).* 21256. *Troj.* 4091. 5961. 9965. daz ich dâ vorne hân geseit *Silv.* 4025. als ich dâ vorne sagete *Troj.* 10231. von dem ich iu gesaget hân *Parton.* 17742. als iu dâ vorne wart geseit *Parton.* 13077. 17734. als iu nû wart geseit *Troj.* 29675. von vieren hân ich ê geseit und sage ich iu nû von den zwein *Troj.* 31766. als ich nû gesaget hân *Troj.* 20649. von dem ich alrêrst hân geseit *Troj.* 3765. als ich hân geseit *Parton.* 13117. *Troj.* 14619. 22477. 33205. daz wirt iu wol her nâch geseit *Troj.* 5763, *vgl.* 10214. für wâr ich iu daz sagen wil *Parton.* 14532. 21232; — der ich dâ vorne hân gedâht *Parton.* 20641. der ich gedâht hie vorne hân *Troj.* 14567. des ich

mit worten hân gedâht *Troj.* 37135. als iu dâ
vorne wart gedâht *Troj.* 9034. 36449. der ich hân
gedâht *Troj.* 13955. 36996; — Den ich hie vor
genennet hân *Lieder* 2, 31. den ich hân dâ vor
mit worten iu genennet *Troj.* 32034. der ich ein
teil genennet habe *Troj.* 11543. daz ich hân
genant 17697; — als ich iu tet dâ vorne kunt *Troj.*
29708. 31360; — als ich iu tet dâ vorne schîn *Silv.*
2433. als iu wart hie vorne schîn *Parton.* 19893;
— als iu dâ vornen wart bekant *Engelh.* 3484; —
als ich iu noch entsliezen wil *Troj.* 13380. als iu
von mîner zungen dâ vorne wart entslozzen *Troj.*
26450; — als ich dâ vor gesprochen habe *Troj.*
5798; — als ich iu dâ vor gewuoc *Troj.* 38757.
des ich ê gewuoc *Troj.* 32848. des ich gewuoc
Parton. 19387; — als ich dâ vornen hân gezelt *Troj.*
1337. als iu dâ vorne wart gezelt *Turn.* 873; —
als ir dâ vorne hânt vernomen *Silv.* 1402. *Parton.*
14218. *Troj.* 12631. als ir hie vorne hânt vernomen
Troj. 7226. als ir vernomen hânt dâ vor *Parton.*
11044. als ir hânt vernomen ê *Parton.* 17735. als
ir ê hânt vernomen *Parton.* 20549. als ir vernâmet
ê *Parton.* 20303. als ir hânt vernomen *Troj.* 7457.
11385. 36419. *Parton.* 11775. 12387; — vorne *im
Reime*: hôchgeborne *Parton.* 4071. 5895, : zorne
Engelh. 3562. *Troj.* 11837. 12514. 25403. 31878.
34616; *auch vor, im Reim Parton.* 11044 (: spor).
Troj. 31944 (: Prothênor) *u. ö.* — *Vgl. zu* 84. 340.

347 *Vgl. zu* 127.

348 Hie mite er dô genante *Troj.* 16705.
swer ie genante, der genas *Troj.* 36542. ich wil

an si genenden und mînen muot vollenden *Troj.*
16699. der hôchgeborne junge begunde an in ge-
nenden *Troj.* 4116. daz selbe Arnolt mit vlîze
tete, der ouch die sîne mante, daz ûf den strît
genante ir herze und ir gemücte gar *Parton.* 20654.

349 dâ von diu maget wol getân ruorte mit
den füezen den klâren und den süezen, sam si
sîn niht dâ weste *Parton.* 1312. mît flîze sul wir
uns dar zuo bereiten unde stellen, sam wir vehten
wellen *Parton.* 4500.

dô was der knabe mære von ir rede alsô
verzaget, daz er die keiserlîche maget niht getorste
grîfen an *Parton.* 1532. er greif die küniginne
mit vrevelichen henden an *Troj.* 16722.

350 *Das Schwanken der Hss. deutet auf
einen ungewöhnlichen Ausdruck. Ich habe sôt
gesetzt, vgl.* sîn bluot von starker hitze sôt reht
als ein blî *Troj.* 38532. kein blî sô vaste nie
gesôt . . . sô starke mîn gemüete nâch ir siudet
Troj. 15612. daz sîn gemüete in leide sôt und in
jâmer *Troj.* 16032. wan im der muot reht als ein
blî wiel unde sôt in sender clage *Troj.* 16710.
sîn herze nâch ir minne sôt in jâmer unde in sender
clage *Troj.* 20426. daz sîn gemüete in leide süte
nâch ir . . . minne *Troj.* 15478; *vgl. Engelh.* 3676.
Parton. 4886. wiel unde sôt *Troj.* 15535. 37325.
38432. *Pantal.* 1304. *Auch* wiel von *wäre Kon-
radisch, vgl.* diu schœne diu bran unde wiel von
minnen gar ze grunde *Troj.* 22916. sîn herze nâch
ir minne bran und wiel von hitze sam ein blî
Troj. 20322. si wart nâch mir enbrennet daz ir

muot ûf minne wiel *Parton.* 17978. ir gemücte
wiel nâch dem hirten alzehant *Troj.* 1640; *s. ferner
Alex.* 529. *Engelh.* 1144. 2184. *Parton.* 264.
1210. 6448. 7650. 7824. 9743. 16182. *Troj.* 3670.
7176. 7734. 7900. 15782. 18476. 23902. 25166.
39126. *Pantal.* 1562. 1801. *In Betracht kommt
auch* gluote in, *vgl.* dazs *(BA)* in der minne
gluote als in dem fiure ein îsen *Troj.* 7754. daz
in des zornes fiure sîn herze vaste gluote *Engelh.*
3550. *Auch* loucte *wäre möglich; vgl.* man sach
ir lougen unde enbrehen die minne ûz beiden
ougen *Parton.* 12508.diu wâpenkleit ... begunden ...
dâ lougen *Parton.* 15506, *vgl. Joseph zu Engelh.*[1]
2730. — *Selbstverständlich findet sich auch* lac
bei dem Dichter, vgl. in fröuden lâgen si die
naht *Troj.* 22980. er lag in fröuden *Parton.* 2158.
Sus lac diu frouwe minneclich gedenkend allez
wider sich *Troj.* 13871. sîns wunden herzen willen
daz nâch ir lac versniten *Herzm.* 66.

Über bran *vgl. zu* 286.

351 *Vgl. zu* 11.

352 *Vgl. zu* 291; leiden pîn *Lieder* 7, 46.
und daz er lite smæhen pîn *Silv.* 3062. er leit hie
arbeit unde pîn *Silv.* 4068 *u. ö.*

353. 354. daz er anders niht enpflac wan
daz er in gemache lac *Parton.* 20841; — dâ si
des nahtes lâgen und sûezer minne phlâgen *Parton.*
2773, *vgl.* der minne wart von in gephlegen *Par-
ton.* 2138.

353 gelac: dô der guote alsô gelac *Parton.*
667. ûf dem griene er dô gelac *Parton.* 9245. daz

er tôt vor im gelac *Parton.* 18063. und daz er sigelôs geliget *Silv.* 3374. Gaudîn dô langer niht enlac *Parton.* 15694; ligen *im prägnanten Sinne ferner z. B.* wol ûf! du bist genuoc gelegen *Parton.* 8570. er was vil lange dâ gelegen *Parton.* 8304. nu daz er lange was gelegen *Parton.* 9248. vil maneger êren ist gelegen *Parton.* 3741. wie gar dîn tugent ist gelegen *Parton.* 8289. die liste wâren dô gelegen *Parton.* 17466. — *Vgl. zu* 18 *und* 326.

354 phlac *findet sich begreiflicherweise häufig im Reime, z. B. Parton.* 226. 2179. 9329. 9610. 9894. 9920. 11129. 12363. 12472. 17426. 17522. 17957. 20181.

355 Ir vil reinen guoten wîp, lânt iuch vinden alsô guot *Lieder* 5, 15. diu reinen guoten wîp *Lieder* 3, 23. ein frouwe guot *Lieder* 14, 15. guote frouwen *Lieder* 21, 30. diu guote versweic *Parton.* 15210. in der megde lîbe guot *Lieder* 1, 29. wan si *(die Frauen)* sint für trûren guot *Lieder* 3, 20. Wîp sint guot, süez unde wîs *Lieder* 11, 39. Wîp sint guot für ungemach *Lieder* 21, 23. wîp sint guotes überguot *Lieder* 21, 32.

wan swaz den ougen sanfte tuot *Engelh.* 1045. herzeclichez triuten vil sanfte tuot *Lieder* 9, 30. wîplich güete sanfte tuot *Lieder* 21, 29. sô muoz uns beiden *(von der Minne)* sanfte sîn *Engelh.* 2065. und wart in sanfte gnuoc hie mite *Engelh.* 5115. sô sanfte und sô rehte wol wart nie gelieben als in was *Parton.* 17448. wan mir ist sanfte gnuoc dâ mite *Troj.* 211. und was im sanfte gnuoc

dâ mite *Troj.* 16296. wan mir enwart sô sanfte
nie *Troj.* 37484. und daz im wart sô sanfte nie
Troj. 15923. wol im, der verschulden kan ir *(der
Frauen)* senften umbevanc *Lieder* 12, 33.

356 Diu vrouwe sich dô schiere enstuont
Schwanr. 639. der lüge begunde sich entstân
Pantalêôn der guote *Pantal.* 1922; *gewöhnlich*
verstân: hier an diu frouwe sich verstuont *Parton.*
9598. wande er sich verstuont *Parton.* 15767.
An disen worten sich verstuont *Parton.* 5467.
Ritschier von Engellanden verstuont sich wol der
wârheit *Engelh.* 4738. Der dinge wol verstuonden
sich *Engelh.* 4795. wan er verstuont sich und
versan *Parton.* 4530. ei wie rehte ich mich ver-
stuont *Parton.* 14934. wand er begunde sich ver-
stân *Parton.* 17346. Bî dem verstuont ich alzehant
Troj. 21681. Dêîdamîe sich verstuont alleine *(BA)*
sînes willen *Troj.* 28614. Der werde ritter
Heinrich verstuont bî deme eide sich *Otte* 243
(vgl. zu Engelh. 716 *S.* 241 *u. Lambel).* sô kunde
sich des wol verstân Pantalêôn der wîse
Pantal. 448.

357. 358 eins edelen küneges fruht (: zuht)
Otte 110. *Troj.* 24581. eines hôhen künges fruht
(: zuht) *Troj.* 3137. eins werden küneges fruht
(: zuht) *Parton.* 11141. des werden küneges fruht;
dâ von tuont ez durch iuwer zuht *Troj.* 5217.
des vil werden küniges fruht *(Iphigenie) Troj.*
24385; ûz erweltiu küneges fruht (: zuht) *Parton.*
7223. 8867; des küniges fruht Mêdêâ *Troj.* 7597;
diu (die, der) küniclîchiu (-en) fruht *Troj.* 457.

5789. 10219. 16715. 23239. 28669; keiserlîchiu fruht *Alex.* 197 (: zuht). *Parton.* 7003. 8361. 8785. 12572. *Troj.* 7421. 7901. 14679. 20741. 23108. 29213. 37977 (: zuht). *G. Schm.* 947. *Schwanr.* 279. 1225; die vil clâren fruht (: zuht) *Troj.* 38207; iuwer edele fruht (: zuht) *Troj.* 5099; vrouw unde herzeliebiu fruht *Troj.* 9173; herzenlîchiu fruht (: zuht) *Parton.* 2947; daz ich dir, hôchgeborniu fruht, erboten hân ze kleine zuht *Engelh.* 1487. hôchgeborniu fruht *Troj.* 9065. 16831; hôhiu fruht (: zuht) *Troj.* 14191; diu minniclîche fruht *Parton.* 1543; reiniu fruht *Kl. d K.* 11, 1. *Engelh.* 775 (: zuht). 2022. 2914. 3866 (: zuht). 4419 (: zuht). *Parton.* 3109. 6987. 7126. 7400. 9829 (: zuht). 14781. 18082. *Troj.* 5692. 8009. 16115. 22805; sælden rîchiu fruht *G. Schm.* 270; sûberlîchiu fruht *Parton.* 17976; tugentlîchiu fruht *Engelh.* 4359. *Parton.* 13035; werdiu fruht *Parton.* 11913 (: zuht). 16843 (: zuht). *Troj.* 8072 (: zuht). 10108 (: zuht). 15817 (: zuht); zuo der wunneclichen fruht. nû sol Pârîs dur sîne zuht *Troj.* 1757; — durch ir zuht *ungemein häufig, vgl. die oben citierten Stellen; auch Troj.* 566 diu frouwe leite durch ir zuht *und Engelh.* 424 und ezzet die durch iuwer zuht.

359. 360 wan dû vil swache lônen kanst. nâch liebe dû vil leides ganst *Engelh.* 5393. daz dû daz beste râtest mir, des dû dich geflîzen kanst, sît dû mir lobes und êren ganst *Troj.* 6676. ob dû dir selben heiles ganst, wan dû genesen niht enkanst *Engelh.* 5463; — waz du mir ungemüetes ganst *Parton.* 12021.

361 *Vgl. zu* 58 *und* 309.

362 tuostu wol, ez ist dir guot und wirt ouch vil nütze mir *Parton.* 2118; *vgl.* daz iu dâ schade mac gesîn *Parton.* 20889. — *Vgl. zu* 18 *und* 140.

363 'Gerne', sprach der künic dô *Parton.* 3589. 'gerne, frouwe', sprach er z'ir *Herzm.* 194.

364 *Vgl.* daz im mîn helfe wirt versaget *Parton.* 11393. mîn kampf enwürde iu niht verseit *Parton.* 19988. mir sol von rehte sîn verseit dîn helfe *Parton.* 15573; — dîn getriuwer dienest *Lieder* 32, 137.

365 *Vgl. zu* 341.

366 sînen linden und sînen weichen lîp *Pantal.* 1540. ir linden und ir blanken lîp *Troj.* 16079; und zarten ab ir lindez vel *(die Trojanerinnen) Troj.* 12945; ab sîme vleische (velle, verche? *BA)* linde *Troj.* 38517; si zarte von den linden wangen *Alex.* 352; die (ir) blanken hende linde *Pantal.* 302. *Troj.* 23335. mit blanker hende linde *Schwanr.* 1076. die linden blanken hende sîn *Troj.* 15778. zwô linde hende blanc *Troj.* 19991; die blanken füeze linde *Parton.* 1319; sîne linden schôz *Troj.* 5767; — pfülw unde linder bette *Troj.* 13766; ein lindez brôt nam er *Otte* 64; mîn vrechez herze linde *Troj.* 21810; — und wir doch nieman vinden sô milten noch sô linden *Schwanr.* 693. mit linden und mit süezen worten *Parton.* 18982. — bûch (: rûch) *z. B. Troj.* 5948.

367 swenn ich *(Medea)* beginne drücken mich in sîne *(Jasons)* linden schôz *Troj.* 8766. want in *(BA: den Harnisch)* Hector, Prîandes

trût, mit slegen drûhte in sînen lîp *Troj.* 31166.
si hæte Kiusche an sich gedruht (: fruht : genuht
: zuht : *vgl. Joseph S.* 23 *f.*) *Kl. d. K.* 11, 7. ze
herzen mir gedrücket sint *Schwanr.* 1145. als
dâ zwei wachs gedrücket sint *Engelh.* 472.

ir bein diu wâren bêdiu sleht und ir sîten
bêde smal *Troj.* 20008.

368 diu frouwe reine dannoch an ir bette lac
Parton. 18028. — dannoch *Silv.* 3475. 3485. —
grisgrammen unde grînen *Troj.* 12245. 39933.

369 hovewart *bei Konrad nicht zu belegen.*

371 Partonopier dô kripfte (: entwipfte) wider
sîn erweltez swert *Parton.* 5952. er kripfte halsperc
unde hosen, dô si dâ lâgen bî der zît *Troj.* 28554.
und cripfte bî den wîlen den boten bî dem hâre
Troj. 38558. und hete balde erkripfet (: gewipfet)
schilt unde swert *Troj.* 39542. daz (ors) kripfte
bî dem zoume sider Hector *Troj.* 39834; *nicht
hierher gehört Parton.* 6028, *wo Bartsch vorwitzig
das hsl. überlieferte* rouften *in* kripften *ändert:*
si rouften (*so Hs., Bartsch* kripften) algelîche
swert; swert roufen, *auch im Reime, s. Engelh.*
4830. *Troj.* 9980. 33608. 34550. 37238. 39234.

374 stipfen *findet sich bei dem Dichter sonst
nicht.*

373 daz kam ze heile dirre fruht *Troj.* 565.

374 *Der Hintere kommt bei Konrad nur
in der Fabel, Lieder* 18, 22, *vor und heisst dort*
hinder: friunt, mîn hinder hât kein dach.

375 ein gestœze griuwelich. slac under slac,
stich under stich *Turn.* 1063. — *Vgl. zu* 18.

376 regen *z. B. Troj.* 36880.

377 dîn vröude diu wirt manicvalt *Troj.* 2677. diu vröude was vil manicvalt *Troj.* 37634; — *ferner prädicativ und zwar stets im Reim:* dô wart ir angest manicvalt *Troj.* 13408. und ir vil gröz beswærde wâren alsô manicvalt *Silv.* 988. swie sin craft und sin gewalt sî michel unde manicvalt *Silv.* 3911. unde ir craft ist manicvalt *Troj.* 20673. und sint mîn êre manicvalt *Parton.* 1373. sô weiz ich wol daz dîn gewalt ist vorhtesam und manicvalt *Pantal.* 337. wan daz ir krefteclich gewalt was michel unde manicvalt *Troj.* 861. sît iuwer krefteclich gewalt ist alsô rehte manicvalt *Troj.* 4401. und wart sîn heil sô manicvalt *Silv.* 535. ir klage was vil manicvalt *Parton.* 20010. ir kôsen und ir kiuten wirt mit ir vil manicvalt *Troj.* 15360. diu richeit was sô manicvalt *Troj.* 17478. doch was der Kriechen ritterschaft wol zehenstunt sô manicvalt *Troj.* 24960. diu sælde was vil (sô) manicvalt *Engelh.* 2996. *Troj.* 14636. des wart der schade manicvalt *Troj.* 36276. ir schallen und ir süezer braht ist edel unde manicvalt *Troj.* 16508. des wart ir trûren manicvalt *Troj.* 7860. der ôren und der ougen spil was dâ vil harte manicvalt *Engelh.* 5342. und ist mîn swære manicvalt *Troj.* 21517. ir tugent ist sô manecvalt *Parton.* 7190. an liuten unde an lande wart ir verlust vil manecvalt *Schwanr.* 26, — *nicht im Reim* swie manicvalt hie wære sîn liebe *Parton.* 2738. vil manicvalt was ir gedanc *Troj.* 8808; *vgl.* jô schînet alze manicvalt dar zuo sîn küneclicher prîs *Parton.* 5460. ir bel sô rehte

manicvalt und alsô wunnicltche erhal *Parton.*
2656; —

 *als Adjectiv flectiert vor dem Substantiv,
findet es sich, und zwar im Verse, nicht im Reim
Welt L.* 134 dû blüejest als ein meien rîs in
manicvalter tugende, *ferner Welt L.* 174. *Silv.* 1118.
1313. 4331. 4395. *Alex.* 908. 1099. *Engelh.* 5215.
6437. 6449. *G. Schm.* 583. 933. 949. *Parton.* 1872.
3650. 8889. 9005. 9607. 9737. 10809. 11181, 17843.
21133. 21160. 21186. *Troj.* 585. 2395. 4340. 6331. 6452.
11697. 12290. 14869. 17741. 20019. 20487. 21257.
21273. 22597. 22950. 23627. 25179. 25360. 28084.
28098. 28131. 29637. 32923. 33319. 34781. 35625.
36891. 40251. *Turn.* 309. *Pantal.* 639. 1103. 1511.
Lieder 21, 7, — *im Reim Engelh.* 6464 durch ir
manicvalten (: behalten) triuwe, *ferner G. Schm.*
1568. *Parton.* 16756; — *nach dem Substantiv
begegnet es flectiert Engelh.* 48 in kisten manic-
valten (: alten *etc.*) *u. Troj.* 12784. 19552. 28863 ; —

 *als Adjectiv unflectiert vor dem Subst. im
Verse z. B.* ir manicvalt genuht *Troj.* 25762 *u.*
35492, — *unflectiert nach dem Subst., Otte* 191
min ungenâde manicvalt, *ferner und zwar stets im
Reim Silv.* 457. 552. 1162. 2306. 4450. 4478. 4760.
Schwanr. 449. 967. *Alex.* 114. 1270. *Engelh.*
2039. 3971. *Kl. d. K.* 1, 3. *G. Schm.* 1359. 1387.
1581. 1601. 1776. *Parton.* 237. 1388. 2588. 3859.
7079. 7714. 8491. 9870. 11017. 15115. 16015. 16615.
16979. 17430. 18244. 18271. *Troj.* 840. 1359. 1522.
1634. 2409. 3277. 5349. 5992. 10953. 11215. 11705.
12897. 13348. 13550. 20306. 20792. 21758. 22085.

22802. 24013. 24069. 24133. 24617. 25108. 26183.
26883. 29451. 32705. 33304. 33539. 34325. 34570.
34599. 35737. 36267. 36659. 36922. 36937. 37255.
37343. 38576. 38663. 40091. 40157. 40218. 40257.
Pantal. 59. 626. 1341. *Lieder* 1, 41. 3, 10. 4, 10.
7, 28. 11, 28; — *von Ableitungen finden sich*
manecvaltec *Schwanr.* 394. 893. *Silv.* 1787. *Parton.*
4458. 6686. *Troj.* 1996. 19589. 20560. 24240.
24412. *Turn.* 1119, manicvalteclich *Troj.* 33485,
manicvaltekeit *Silv.* 2817. *Parton.* 3692. *Troj.*
11651. 30778. 32475. 35805. *Lieder* 31, 51.

378 den argen triuwelôsen wiht *Parton.* 18093.
der arge tiufel ungeslaht *Silv.* 3869. der übele
arge heiden *Pantal.* 74; arc *ferner Silv.* 453.
1115. 1132. 1683. 1704. 1773. 2342. 3140. 3149.
3900. 4585. 4614. 5003. 5066. 5135. *Parton.* 3397.
3563. 3575. 4027. 10016. 10659. 12760. 14816.
14843. 15594. 18158. 18591. 19552. 20440. 20545.
20825. 21380. *Troj.* 4927. 5860. 6217. 6796. 8220.
8673. 9320. 9766. 9798. 18228. 38001. 38105. 38451.
38492. *G. Schm.* 1222. 1582. *Pantal.* 967. 1124.
1423. 1439. 1526. 1847. *Lieder* 2, 8. 17, 32. 26, 14.

379 dô wart diu schœne im alsô gram *Troj.*
10896. nu bin ich im sô rehte gram *Parton.* 11392.
doch kan ich ir niht werden gram *Troj.* 15624.
daz er uns wart von herzen gram *Parton.* 18533.
der künec von Kârlingen was der keiserinne
wunnesam von herzen vîgent unde gram *Parton.*
14110. und was im doch vil sêre vîent worden
unde gram *Parton.* 4570. daz er mir was gevære
und alsô vîentlichen gram *Parton.* 18142. wan in

was sîn herze gram *Troj.* 25369. mir ist gelücke worden gram *Troj.* 22844. ir muot der ist getihte gram *Troj.* 152.

380 und dô ez in diu state kam *Alex.* 1330.

381 dur daz uns ir genâde zuo nû müeze sîgen unde ir trôst *Troj.* 24324. wizzent, daz iu gar ze vruo schad unde kumber sîget zuo *Troj.* 7169. von der uns trûren sîget zuo *Parton.* 6901. Nû diu zît was zuo gesigen *Silv.* 944; — gesîgen *z. B. Troj.* 38316 sprich daz im niemer angest zuo gesîge noch gevlieze, ob er . . . .

382 Er liez in slâfent alsô ligen (: gesigen) *Parton.* 10245.

383 als aber leides âne (: plâne) *Parton.* 4966. der in dô sorgen âne mit sîme swerte mahte *Troj.* 35402. und alles valsches âne *Parton.* 4784.

384 *Vgl. zu* 102.

385 = 425. 445.

386 = 426. 446. dur dîne (sîne) ritterlichen art *Troj.* 38647. *Schwanr.* 256. geselle, des erlâz dû mich durch dîne küneclichen art *Engelh.* 5946. durch die keiserlichen art *Parton.* 12540. dur sîne bitterlichen art *Silv.* 896. durch sîne grimmeclichen art begunde er zornic schînen *Pantal.* 1296. durch sîne milteclichen art *Troj.* 28904. durch die reinen art *Troj.* 11348. 23172. durch dîner hôhen sælden art *Herzm. (Lambel)* 147. durch die vil hôhen süezen art *Parton.* 3902. durch die swachen art *Silv.* 3761. durch sîner hôhen triuwen art *Engelh.* 6204. *Parton.* 18080 *(und so wohl auch Parton.* 6218 *statt des überlieferten* durch sîner

triuwen hôhen art). dur dîne tugentrîchen art *Troj.*
16881. durch sînen valschen art *Parton.* 6088.
6428.

387 = 427. 447 durch daz der êrste nacketage,
der von Adâm uns erbet an *Silv.* 4460. lop daz
mînen êren tûge die von geburt mich erbent an
Engelh. 296.

388 = 448.

389. 390 Der bâbest dô gewerte die vrouwen
des si gerte *Silv.* 265. wan er in dô gewerte mit
willen des er gerte *Troj.* 10195. daz er niht anders
gerte, wan daz in got gewerte *Parton.* 14845. gap
dem, der sîn dâ gerte. dâ von man in gewerte
Parton. 7451. wan des *(BA)* sîn reiner wille und
sîn gemüete gerte, dâ von er dô gewerte *Troj.*
15278. vrouw, ich tuon, des ir hânt gegert *Troj.* 8981.

391. 392 *Zu der Häufung von Verben, wie
sie hier begegnet, vgl.* si drungen unde stiezen, si
stâchen unde sluogen, si liten unde truogen *Troj.*
12534. si drungen unde stiezen, si zarten unde
brâchen, si sluogen unde stâchen *Troj.* 32690. si
sluogen unde drungen, si stâchen unde stiezen
Parton. 14356. geworfen und geschozzen, gestochen
und gehouwen *Troj.* 39942. man sluoc, man stach,
stiez unde ranc *Parton.* 21719. zorneclîche brimmende,
grisgrammend unde limmende *Parton.* 18263. Si
kam dort her geslichen, gestrûchet (gestreichet *BA)*
und gestrichen *Troj.* 20297. wart dô vil gesungen,
geschirmet und gesprungen, geharpfet und gelîret
Troj. 13737. dâ bî der cocodrille slâfet unde rûzet.
hie loset *(besser* loschet: *die Hs. vertauscht öfters*

s *und* sch *wechselseitig,* *z. B.* 607. 832. 1381. 1960. 2541. 3750. 4006 *u. s. w.)* unde lûzet der basiliske tougen *Parton.* 534. sîn volc und sîn gesinde daz lâget unde lûzet, ez loschet unde tûzet, ez forschet unde frâget vil *Troj.* 24700. — *Vgl. zu* 18.

392 menen *findet sich sonst nicht wieder; Konrad gebraucht dafür* manen, *vgl.* und riten ros vil ûz erkorn. diu manten si mit scharpfen sporn *Engelh.* 4763. die hunde mante er unde blies *Parton.* 354. und ors dâ lûte grâzen, diu man ze strîte mante (: gelante) *Troj.* 25882. wand er *(BA)* mante ez unde sluoc mit sporen zuo den sîten *Troj.* 25986.

393 *Vgl. zu* 386.

394 *Vgl. zu* 258.

395 dô dûhte ir *(der Minne)* süezekeit sô guot *Herzm. (Lambel)* 557. ir *(der Minne)* spil und alle ir süezekeit *Troj.* 2267. und ir *(der Minne)* vil hôhen süezekeit *Troj.* 2433. minn aller dinge süezekeit *Troj.* 2540. diu süezekeit der minne *Troj.* 3042. sus birget in diu minne den angel in ir süezekeit *Troj.* 17274. der wâren minne süezekeit *Lieder* 1, 14; süezekeit *ferner Silv.* 1390. *G. Schm.* 865. 1013. *Turn.* 111; *vgl. auch* diu sorge ... diu von der süezen minne gât *Parton* 6682.

sît im dâ zerran, dâ diu Sælde span *Lieder* 23, 58.

396 *Vgl. zu* 156.

397 dâ wart der junge Franzeis ûz gestôzen an daz lant *Parton.* 3012. und dô der knappe

stæte zuo dem stade gestôzen wart *Parton.* 3018.
in ein gaden er si stiez *Troj.* 23380. hie mite
wart er bî der vrist gestôzen in den hêren touf
Silv. 1777. — *Vgl. zu* 208,

398 *Den Anbruch des Tages feiert der Dichter
mit folgenden Versen:* Des morgens dô der tac
an brach *Engelh.* 2641. nû daz der morgen ûf
gebrach und der wunneclîche tac *Troj.* 22984.
swenn ûf der morgen bræche *Troj.* 29695; — Des
morgens, dô der tac erschein *Silv.* 2002. *Parton.*
2980. und dô der ander morgen schôn unde
wunneclîche erschein *Troj.* 23198; — des morgens,
dô mit sîner maht der tac begunde ûf dringen
Parton. 10196. des morgens dô der grîse tac ûf
dringen solte *Parton.* 16394. sô der tac ûf dringet
hie *G. Schm.* 675. und dô der tac begunde ûf
dringen unde nâhen *Parton.* 12382. der tac ûf
dringet *Lieder* 15, 42. der tac vil heiter unde grâ
begunde ûf dringen schiere *Troj.* 29202; — des
morgens, ê der schœne tac ûf gegangen wære
Parton. 12364. nu daz der liehte morgen rôt was
ûf gegangen und der tac *Parton.* 15692. nu was
ouch bî den zîten ... gegangen ûf der schœne tac
und des liehten morgens schîn *Parton.* 20180. des
morgens, dô der tac ûf gân begunde mit dem glanze
sîn *Troj.* 37762. ê dû, vil liehter morgenrôt, ûf ge-
gangen wærest *G. Schm.* 682; — nû sich der
morgen wunneclich wolt ûf die heide machen und
êrst begunde lachen dur den himel ûf daz velt
Troj. 40392; — des morgens, dô diu sunne schein
in den lichten palast *Parton.* 2600. des tages dô

daz morgenrôt durch den liehten himmel schein *Parton.* 13298. dô man gesach den schœnen tac ûf schînen unde glesten *Troj.* 28168; — nu kam ouch in den palas gœlichen iegenôte mit sînem morgenrôte der vil liehtebernde tac *Parton.* 8558.

bresten *z. B.* sus wart ein bresten *(BA)* manicvalt von scheften und von lanzen *Troj.* 36922.

399 und riten klagebære wider heim von dannen *Parton.* 9668. dô kêrte er wider heim von dan *Parton.* 7434. und îlte wider hein von dan *Parton.* 9235. — *Vgl. zu* 183.

401. 402 dô sprach er zuo dem knehte der alle stunt ze rehte solde dâ sîn pfleger sîn *Alex.* 739. hie mite kêrte er sich für wâr ze sîme tiursten knehte. er sprach 'nu sage mir rehte *Alex.* 874.

404 bî gote si vil tiure swuor *Alex.* 356. und swuor vil tiure bî dem gote *Troj.* 9122. dô swuor zehant der Sarrazîn bî sînen goten allen, ez müeste . . . *Parton.* 15308. und man des bî den göten swuor *Troj.* 6336. sîn herze tougenlichen swuor *Troj.* 12626. ir herze tougenlîche swuor *Troj.* 22942; *auch Parton.* 2682 sîn herze tougenlichen *(Hs.* tugentlichen, *das Bartschs Vorwitz in* tegelichen *ändert)* swuor.

405 sô daz er ûf der selben vart nie geleit kein ungemach *Silv.* 5124. weizgot, der leidet im die vart, die frîez herze triutet *Turn.* 72. ûf dirre veigen vart *Parton.* 7193.

406 *Vgl. zu* 251.

407 Ein bat was im dar în getragen *Otte* 530.

ân aller sorgen ungehabe wart er gesetzet in ein bat *Troj.* 10160.

408 dô liez er baden unde twahen vil gar beliben under wegen *Otte* 570. und hiez in baden unde twahen *Engelh.* 5833. diu reine wol gemuote in dicke badet unde twuoc *Parton.* 11132; geliutert unde wol getwagen wâren si von bresten *Engelh.* 846. si was gereinet und getwagen mit des wunsches hende *Parton.* 880. des lîp gereinet unde getwagen mit dome vil hêren toufe was *Pantal.* 148. — twahen *Engelh.* 5744. *Silv.* 979. *Parton.* 368. 9707, getwagen *Engelh.* 6350. *Silv.* 1719. *Parton.* 9757. 16753. *Troj.* 1213. 5653. 10814, ertwagen *Silv.* 1848.

409 *Vgl. zu* 150.

der schœne ist wider im ein schimel *Parton.* 17281. der alten houbetsünden schimel *Parton.* 9756. der veigen miselsühte schimel *Engelh.* 5997. dû mirren vaz ân allen schimel *G. Schm.* 198; *Reimwort ist stets* himel.

410 daz müeze got von himele sîn gar innecliche hie geclaget *Schwanr.* 708; got von himele *Engelh.* 2912; gotes sun von himele *Silv.* 332. 376. 1517. 2487. 4030. 4080.

411 sô muoz mir wol gelingen *Silv.* 3855. sô mac dir wol gelingen *Parton.* 2884. iu ist gelungen hiute wol *Parton.* 14021. uns mac gelingen harte wol *Troj.* 19173; dâ von im leider wol gelanc *Troj.* 12972; war umbe solt in allen gelingen an der helfe dîn *G. Schm.* 1082. dir ist an mir gelungen *Parton.* 1745; wie einem ritter gelanc *Welt L.* 3.

mir ist von iu sô rehte wol geschehen *Par-
ton*. 2946.

412 *Vgl.* der heiden ... den knehten seite hôhen
danc *Parton*. 21096. lop sagen unde werden danc
G. Schm. 991. prîs unde danc wart im geseit
Parton. 6574. des wart in keiner slahte danc von
dem munde sîn geseit *Parton*. 9418.

413 rât unde helfe in dô geschach *Troj*. 40228;
râtes unde lêre *Silv*. 1736. des râtes und der lêre
sîn *Engelh*. 4239; daz râte ich unde lêre *Troj*.
13646. sô râte ich unde lêre daz *Parton*. 10743;
daz lêre ich unde râte *Parton*. 18924.

414 gelf *begegnet sonst nicht, öfter findet sich*
gelm: griuweliches dônes gelm *Troj*. 40036, *ferner*
gelmen: von lûter stimme gelmen *Troj*. 33916, *und*
galm: man hôrte in claffen bî dem tage in cime
lûten galme (: twalme) *Troj*. 27396. von schrîen
wart umb in ein galm *Troj*. 34666.

415 dô sprach der knappe wol getân *Pantal*.
964. — *Vgl. zu* 139.

416 *Vgl. zu* 138.

417 wider ûf den plân *Parton*. 15753. — *Vgl.
zu* 101.

418 *Vgl. zu* 102.

419. 420 schilt noch helm (: melm) *Parton*.
15182; helm : melm *ein häufiger Reim, s. Schwanr.*
1091. *Engelh*. 2605. 4783. 4933. *Parton*. 5165.
5311. 5735. 13817. 14177. 16137. 19058. 20681.
21061. 21169. 21519. *Troj*. 3775. 3999. 4121.
12853. 25703. 25857. 31065. 33187. 33269. 33430.
33708. 35947. 39591. *Turn*. 387. 441. 867. 919.

421 mit dem schilte und mit dem sper tuot
er daz ein ritter sol *Parton.* 16904. als ein ge-
triuwer knabe sol *Engelh.* 1638.

422 ich weiz ân allen zwîvel wol *Silv.* 1021;
daz weiz ich wol *Parton.* 529. 3122. 7707. 8929.
(9492 *von Bartsch conjiciert).* 10751 *u. ö.*

424 die liute riefen über al wol zwirent nâch
ein ander hie *Silv.* 2261; zwirent *Welt L.* 101
(: Wirent). *Silv.* 2485. *Engelh.* 1935. *Parton.* 737.
Troj. 16451. 39509; *vgl. Haupt zu Engelh.* 1935.

425 = 385. 445.

426 = 386. 446.

427 = 387. 447.

428 *Vgl.* 356.

429 *Vgl. zu* 137.

430 *Vgl. zu* 272.

431. 432 *Vgl. zu* 127. 337.

432. 433 jâ, herre, ich setze ez unde nime beide
ûf leben und ûf lîp *Troj.* 5070. ich setze iu leben
unde lîp ze gisel *Parton.* 2826. des muoz ich leben
unde lîp ergeben, herre, in iuwer pfliht *Troj.* 22828;
Beispiele für leben unde lîp *bei Konrad sammelte
Haupt zu Engelh.* 3465.

435 *Vgl. zu* 438.

436 Archelaus der vrîe (: Boêzîe) *Troj.* 36753.
Panthelamon der vrîe (: Barbarîe) *Troj.* 36991. der
ritter edel unde vrî *Welt L.* 234; den frîen künic
Troj. 26053. ahlês, ir frîen frouwen *Troj.* 23276;
ûz sîner *(Richards)* frîen art *Turn.* 71. — sîn edel
verch von frîer art *Troj.* 32523; der lûter lop mit
frîer hant *Turn.* 2; man sach mit frîem *(BA)*

muote den helt ze strîte gâhen *Troj.* 36090 *(vgl.* 33507). Wære ab ich ein herre vrîes muotes *Lieder* 31, 58; ach got, waz vrîer ritterschaft und hôher vürsten dâ verdarp *Troj.* 36956; die vart, die frîez herze triutet *Turn.* 72.

437 ûf den turnei *z. B. Parton.* 11785. 12815.

438 daz truog in für niht umbe ein ei. swie vil er in dô zuo geschrei *Parton.* 451. swie vil man im dâ zuo geschrei *Parton.* 9652. schrei : enzwei *Alex.* 1001. *G. Schm.* 507. 981. 1988; sô lâ zehant die priester dîn al dîne gote schrîen an *Pantal.* 1000. si wurden alle bî der zît gar inneclichen an geschrît *Pantal.* 1055. sô wart 'Frankriche' dort geschrît (: strît) *Turn.* 1083. — *Vgl. zu* 18.

439 = 103.

440 = 104.

441 = 105.

442 *Vgl.* 106.

443 der werde ritter guot *Parton.* 19942. alsam ein edel ritter guot *Parton.* 19658. manic ritter guot *Parton.* 4722. friunt lieber, trûtgeselle guot *Troj.* 38007.

444 *Vgl.* 103. 439.

445 = 385. 425.

446 = 386. 426.

447 = 387. 427.

448 = 388.

449 Partonopier als er vernam *Parton.* 10151. 10845. wan dô der künic von im vernam *Troj.* 7369. dar nâch verstuont er und vernam *Troj.* 14159. Priant der künic lobesam als er gehôrte

und er vernam *Troj.* 18341. als er vernam die tegedinc *Troj.* 18646. Dô (als) si vernam diu mære *Engelh.* 2273. *Schwanr.* 65.

450. 451 der fröuden klupf ir herze traf sô vaste bi den stunden, daz ir nâch geswunden was von hôher trûtschaft *Parton.* 14920.

450 *S¹ liest clupf und nach den Parallelen könnte Konrad hier auch so geschrieben haben, vgl. vorher; ferner* daz im ein kluph ze herzen kam *Parton.* 10554. durch sinen wünneclichen schîn vil maneger dâ begunde erklupfen an der stunde, der in ze wunder ane sach *Parton.* 17264.

451 daz im vil ofte dâ geswant *Troj.* 38911. von strengen nœten im geswant, daz er in unmaht nider viel *Alex.* 1024. daz im von minne niht geswant, daz was ein grôzez wunder *Engelh.* 1980. nû was ouch ie genôte der frouwen sîn geswunden *Parton.* 7944. von herzen sorgen im geswant *Parton.* 9242. daz im von jâmer dô geswant *Parton.* 10852. daz ir dâ geswant *Parton.* 12014. und im von liebe niht geswant *Parton.* 12569. wand im sô dicke dâ geswant *Parton.* 20612. daz im dâ geswant *Parton.* 21525, *vgl.* 21079. von rehter liebe ir dô geswant *Troj.* 22922. geloubent, daz ir dô *(BA)* geswant durch inneclicher liebe gir *Troj.* 29244. âmehteclichen seic er nider, als im geswunden wære *Troj.* 27246; — *vgl.* im was vil nâch gebrosten an kreften *Troj.* 35718. er was nâch (vil nâch) gelegen tôt *Parton.* 17844. *Troj.* 35486. 35624. daz diu reine guote vil nâch an hôhem muote dâ nider was gesunken *Parton.* 15045. daz er vil nâch ver-

dorben was *Troj.* 4127. 35755; — vil nâch *ferner* *Parton.* 3309. 16139. 18600. *Troj.* 39250.

452. 453 und wart dô *(BA)* grüenc sam ein louch und als ein wahs geverwet gel *Troj.* 34316. man seit, daz si dâ würde von zorne bleich, grüen unde rôt *Troj.* 2338. er wart vil ofte bî dem tage geverwet rôt, grüene unde bleich *Troj.* 20428. von zorne wart bleich unde rôt *Troj.* 7086. bleich unde rôt... gemischet an in beiden *Troj.* 7770. daz si bleich wart unde rôt *Troj.* 8034. nû rôt, nû aber denne bleich wart er gemâlet dicke *Troj.* 14814. und wart denn iemer alsô rôt und alsô bleich von sender nôt *Troj.* 15779. er wart dô von geluste bleich und aber denne rôsenvar *Troj.* 15926. dô wart diu varwe sîn getân bleich unde rôt von zorne *Troj.* 18346. ouch wart diu küniginne durch in bleich unde rôsenvar *Troj.* 20432. dô wart alsam ein rôsenblat ir bilde rôt geverwet und aber dô gegerwet in einen bleichen schîn zehant *Troj.* 22898. dô wart er von ir fiure gemachet als ein lösche rôt und aber sît von rehter nôt geverwet als ein esche bleich *Troj.* 27240.

452 diu (ez) schein noch grüener, denne ein gras *Troj.* 1438. 25354. noch verre grüener denne ein gras sach man dâ glenzen sînen balc *Troj.* 24180. geworht vil grüener dan ein gras . . . ein smaract *Parton.* 1029. — *Vgl. zu 46.*

454 kamerbirse *ist sonst nicht zu belegen.*

455 *f. Vgl.* 138. 449; *ferner* ze hulden und ze gnâden komen. wir hân ez alle wol vernomen *Parton.* 8875. nu bin ich ûz dem wâne komen.

ich hân daz an iu vernomen *Parton.* 2105. die mir dâ sint ze helfe komen, ir habt daz alle wol vernomen *Parton.* 4077.

457 *Vgl. zu* 320.

458 ez was der grâve wol gezogen. mîn herze wart dâ niht betrogen *Parton.* 14947. der grâve wol gezogen *Parton.* 9938. zuo sînem mâge wol gezogen *Troj.* 37413. der künic wol gezogen *Troj.* 4124. dô sprach diu reine guote bescheiden unde wol gezogen *Parton.* 8040. vür eine maget wol gezogen *Troj.* 16803.

459. 460 *Vgl. zu* 135. 136.

461. 462 von allem itewîze. er warp mit hôhem flîze *Pantal.* 465; itewîz : flîz *Kl. d. K.* 11, 2. *G. Schm.* 1053. *Engelh.* 232. 859. 3700. *Silv.* 591. *Parton.* 258. 4637. 8435. 8653. 8674. 13561. 15740. 19711. *Troj.* 9009. 10815. 14622. 19822 *u. ö.*

461 den starken unverdienten tôt *G. Schm.* 1989. ein unverdientiu werdekeit *Lieder* 24, 34. si immer durch mich tôt als unverdienet müesten ligen *Engelh.* 5522. die von ir minneclichen solt unverdienet wellent hân *Troj.* 2428. daz si der marter ungewin solt unverdienet lîden *Troj.* 24570. schaden … den wir gar unverdienet liten *Troj.* 30465.

462 *Vgl. auch* ûf êre leite er sînen flîz *Troj.* 31786, *ferner Parton.* 4638. 8436. 8716. 8745. 9932. 11195. 13007. 13754. 14492. 14579. 14688. 15758. 15787. 16483. 17867. 18042 *u. ö.*

463 *Vgl.* der sin ze spotte gerne stât *Parton.* 13721.

464 *Vgl. zu* 193 *und* 481; verbern *z. B.* si

mîdet immer unde verbirt aller grüener böume zwî *Alex.* 380; verbirt *im Reime ferner Engelh.* 2309. 4388. *Welt L.* 260.

465 *Vgl. zu* 142.

466 beswîchen *finde ich sonst nicht;* swîchen *steht Parton.* 3308 ouch wâren im die sîne vil nâch geswichen alle.

467 lâ, herre, den besenden *Pantal.* 848. er hiez in sîner grimmekeit den man für sich besenden *Pantal.* 856. die tohter wunneclich gevar hiez er für sich besenden *Troj.* 28918. besenden heizet in zehant *Parton.* 6896.

468 dâ von die rîchen künige wert ir süne enphulhen sîner hant *Troj.* 5980. ir hôchgebornez kindelîn bevalch si dar in sîne gewalt *Troj.* 5990.

469 mit (an) lîbe und mit (an) dem guote *Troj.* 7415. 37151; beidiu leben unde guot *Troj.* 6805. — *Vgl. zu* 18.

470. 471 und nement ir ze manne dekeinen wan den êrsten *Parton.* 9050, *vgl.* 2025; alsô, daz ir mîn êlich man geruochent werden unde sîn *Troj.* 8368. lânt mich, erweltiu künigîn, hie werden iuwer êlich man *Troj.* 22812. ir swâger und ir êlich man *Troj.* 34117; — daz si mîn êlich vrouwe sîn müez iemer *Troj.* 28834. und mich geruochent minnen als ein êlichen vrouwen *Troj.* 8336. si wart im als ein êlich wîp gemahelt *Alex.* 170; êlich wîp *ferner Troj.* 13273. 37676. 38244. 40306.

470 der ritter hôchgemuot *Parton.* 14504. *Troj.* 37984. sehs tûsent ritter hôchgemuot *Troj.* 39155. der werde ritter hôchgemuot *Herzm.* 162.

vil werder ritter hôchgemuot *Parton*. 13151. 18840.
der selbe ritter hôchgemuot *Parton*. 13119. vil
werder fürsten hôchgemuot *Parton*. 13410. von den
gesellen hôchgemuot *Parton*. 19452. der knappe hôch-
gemuot *Troj*. 3304; — von sîner vrouwen hôchgemuot
Troj. 30937; — zuo dem hôchgemuoten *Engelh*.
312. die werden hôchgemuoten *(Engeltraut) Engelh*.
1002. Hie lâzen wir den guoten und den vil hôch-
gemuoten *Engelh*. 1629. den rîchen hôchgemuoten
Parton. 13896; — der hôchgemuote Achilles *Troj*.
6367; — dar umbe was er hôchgemuot *Engelh*. 1679.
durch waz bist dû niht hôchgemuot *Troj*. 5582.
sô maht dû werden hôchgemuot *Troj*. 5543.

473 behaben *im Reim z. B.* daz man vor
sturme si behabe *Parton*. 18911. alsô, daz ich den
sic behabe *Troj*. 3635.

474. 475 des wart der keiser Constantin ge-
reinet unde wol ertwagen von sünden und von
siechtagen, dâ mit er was gebunden ê *Silv*. 1847.
daz dritte was, daz si mit schame dâ von gebunden
solte sîn *Troj*. 28688; sô wil ich sînen vrîen muot
mit herzeleide binden *Troj*. 1356; — dô nieman
enbinden wolte ir strengez ungemach *(vgl. Sprenger,
Germ.* 24, 20) *Schwanr*. 676. dâ mite ich sol en-
binden ûz dirre nôt daz leben dîn *Engelh*. 4472.
und mich von mîner nœte dâ mite welle enbinden
Engelh. 5514. daz er würde bî der vrist enbunden
ûz den sorgen *Silv*. 406.

474 durch daz ich guotes willen abe und reiner
triuwe iu niht gestê *(Zs.* 15, 253) *Schwanr*. 1206. er
tet sich aller fröuden abe *Engelh*. 5210. ich bin

der êren komon abe *Parton*. 8270. ist er des lîbes komen abe *Alex*. 396 *Parton*. 6378.

475. 476 mit liebe und ouch mit leide diu schœne wart gebunden an den selben stunden *Engelh*. 1764.

476 und bî den selben stunden *Engelh*. 3672. an der selben stunde *Schwanr*. 646. an der selben stunt *Silv*. 2008. bî der selben stunt *Engelh*. 5047. *Parton*. 5281. 13071. bî dirre selben stunt *Alex*. 952. *Silv*. 3614. bî der selben stunde *Parton*. 475. 5543. zen selben stunden *Parton*. 1706.

477 dar nâch wart Pantalêôn hin zuo dem keiser ouch besant *Pantal*. 938. lâz in werden her besant *Pantal*. 1691. ouch wurden schiere dô besant die vürsten von der jüdescheit *Silv*. 2698. sus wart der pharre dô besant *Silv*. 4598. sus wart der jungelinc besant *Parton*. 6912.

478 beidiu liut unde lant *Troj*. 13148, *vgl. die Zusammenstellungen Haupts zu Engelh*. 3465. — *Vgl. zu* 18.

479 ich bin der werden minne got gewesen widerspænic, nû wil ich undertænic ir werden hie mit triuwen *Troj*. 16632; undertænic : widerspænic *Troj*. 18623. 22833. 31281.

480 die mich mit ougen sæhen an, die müestent *(BA)* ir arcwænic haben *Troj*. 22246.

481. 482 und überwant dîn güete sîn übellich gemüete und al sîn argen tücke; dîn heil sîm ungelücke *(Zs.* 2, 376; *zu Engelh. S.* 225) begunde erwecken herto *G. Schm*. 1307.

481 Nessus der ungetriuwe begunde valscher

tücke pflegen *Troj.* 38060. wan er bescheiden-
lichen wil niht vâren sîner tücke *Lieder* 32, 152.
si kunde wol bewæren in beiden minnetücke *Engelh.*
942. er tet ir mit den ougen . . . als innecliche
tücke schîn *Troj.* 15788. ir friundes ungebærde
und sîne tücke wilde *Troj.* 28110; *vgl. ferner
Schwanr.* 959. *Troj.* 15091. 16763. 28498. — bœse
Silv. 3148. *Parton.* 889. *Troj.* 22223. *Lieder*
31, 10.

. 482 von ungelücke *Troj.* 34921. 36497. vor
disem ungelücke *Troj.* 22739. 38991. von (in)
grôzem (grôzez) ungelücke *Schwanr.* 821. *Troj.*
17779. vor solhem ungelücke *Engelh.* 4923. von
strîtes ungelücke *Parton.* 20471.

483 wie des nahtes im geschach *Silv.* 1400;
vgl. Silv. 447. *Pantal.* 794. 1340. 1648. *Alex.* 738.
G. Schm. 168.

485 *S. zu* 237 *ff.*

486 dar umbe ich zallen stunden wil râten stille
und überlût *Silv.* 5206.

487. 488 mir armen ist gelungen als allen
tumben wîben, die wellen für sich triben swaz in
gevellet in den muot *Parton.* 12068. — *Vgl. zu* 355.

489 *Vgl.* 146.

490 daz ein herze wol gemuot dar an ein sælic
bilde guot ze lûterlicher triuwe neme *Engelh.* 6497.
dâ bî man sælic bilde und edel bîschaft nemen
sol *Troj.* 284. dâ neme ein rîche bilde bî, des
guot niht sî gemeine *Troj.* 18592; daz man dar
ane *(an der Erzählung)* kiesen müge ein bilde,
daz der minne tüge *Herzm.* 25. dar umbe daz die

liute ein sælic bilde kiesen dran *Engelh.* 156. und
sol dâ bilde kiesen bî *Engelh.* 1565; — dâ von sô
sulent bilde ritter unde frouwen an disem mære
schouwen *Herzm.* 4. hier an sô mac man schouwen
bilde unde rehte bîschaft *Silv.* 4280; — dran er vil
sælic bilde (*Zs.* 4, 55) ze triuwen schiere funden
hât *Engelh.* 205; — daz er den liuten künne geben
ein bilde ûf tugentrîchez leben *Troj.* 263. er gap
... ein sô nützez bilde *Alex.* 38; — von guoter liute
bilde den liuten allez guot geschiht *Pantal.* 24.

493 *f. Vgl. zu* 275 *f.*

495 *Vgl. zu* 345.

496 dô wart sîn ungemüete breit *Troj.* 6513.
der ungemüete was sô wît und alsô breit ir swære
Schwanr. 196. dô (und) wart ir ungemüete grôz
Engelh. 5140. *Troj.* 22659. dô wart ir ungemüete
sûr *Parton.* 15544.

ungemüete: *Schwanr.* 1126. *Engelh.* 3564.
6359. *Parton.* 6246. 6570. 6577. 6808. 9136. 9414.
9524. 9568. 10206. 10515. 10859. 11205. 11255.
11377. 11527. 12021. 15598. 15609. 17320. 17506.
18359. 20779. *Troj.* 3670. 5669. 7176. 8297. 8930.
9486. 13006. 15522. 15544. 15631. 15693. 15699.
15782. 16381. 17194. 17739. 18059. 18351. 18620.
22583. 22648. 23471. 25166. 28865. 29125. 29433.
34305. 38965. *Lieder* 13, 20. 31, 96.

breit: sîn êre steic gar hôhe enbor und wart
vor sîner frouwen breit *Engelh.* 2884. dîn êre ist
âne mâze breit *G. Schm.* 931 (*s. zu Engelh. S.*
243). dîn êre und dîne gnâde breit *G. Schm.* 817;
sîn breit gewalt *G. Schm.* 1250; daz dîn almehtic

gotcheit sich lâze kreftic unde breit an allen steten
vinden *Pantal.* 633; sô werde ir lop wît unde
breit gemachet ûf der erden *Pantal.* 1014. mîn
hôhez lop wær alsô breit *Parton.* 11558. durch
daz si mit ir lêre sin lob unde al sîn êre michel
machten unde breit *Silv.* 1446; din heilic name
ist worden breit *G. Schm.* 526. er machte bî der
selben vrist den namen sîn vil harte breit *Silv.*
5180; ach süezer got, wie was sô breit ir schœne,
ir adel, und ir tugent *Engelh.* 820; ouch wart der
grimme smerze ... sô tief, sô lanc und alsô breit
Parton. 8298; si machet mîne sorge breit *Kl. d. K.*
18, 3; sin frevelich (*Hs.* frolich, *Bartsch* frechiu,
besser frilich) tugent was sô breit *Parton.* 6260.
diu vil hôhe tugent breit *Silv.* 2093. von dîner
tugende breit *Pantal.* 520; daz ie dîn übermüetikeit
getorste werden alsô breit *Troj.* 26497; sîn veigez
ungelücke breit *Engelh.* 5689; der Milte schaden
machen wit, ir ungemach vil breite *Kl. d. K.* 27, 5.

497 und was im âne schult gehaz *Troj.* 6591;
vgl. zu 92.

498 sælic *von Personen häufig und besonders
beliebt in der Anrede:* *Silv.* 257. 461. 472. 531.
612. 639. *Engelh.* 1104. 1473. 3352. *G. Schm.* 792.
1771. *Parton.* 3070. 7414. 8015. 8203. 8984. 10784.
10973. 11319. 11345. 11358. 12866. 12962. 13019.
14841. 15016. 17747. 19553. 20096. 20796. *Troj.*
4415. 4430. 4922. 5294. 7947. 8479. 9263.
9351. 9400. 9515. 10413. 13157. 13524. 13654.
14175. 14190. 14195. 15619. 16924. 17150. 19166.
20938. 21370. 21718. 21910. 22293. 22690. 22790.

27605. 28019. 28687. 28753. 29026. 29102. 29148. 29372. 30078. 37439. *Pantal.* 175.

unde ein valscher merke *Engelh.* 162. sô merke rehte mînen rât *Troj.* 14988.

500 *Vgl. zu* 36.

501 **gar unde gar,** *vgl. Haupt zu Engelh.* 1625 *u. Zs.* 4, 557, *sowie Wackernagel Zs.* 7, 141 *Anm.* 8; *es findet sich auch sonst noch Parton.* 17012. *Troj.* 10777 *(BA) und von Bartschs Gnaden Lieder* 2, 68; *daneben begegnet* gar unde ganz *Engelh.* 428, genzlich unde gar *Herzm. (Lambel)* 33. *Troj.* 38111, genzlichen und begarwe *Engelh.* 2178; — *ähnliche Häufungen* si sluogen dar und aber dar *Parton.* 20566. *Troj.* 4104. si sluogen si dar unde dar *Engelh.* 2800. doch sluoc er dar und aber dar *Troj.* 9694. dar unde dar und aber dar *Alex.* 1164.

Zu verlôr *vgl. Haupt zu Engelh.* 4719; *füge hinzu* verlieren : Partonopieren *Parton.* 6909. 21587, : fieren *Parton.* 20019, — verlôr : Manziflôr *Troj.* 32539.

502 *Vgl. zu* 180.

503 *Vgl. zu* 127.

504 Ir werlte minnære *Welt L.* 1.

hübesch, hövesch: gespilen hövesch unde kluoc *Kl. d. K.* 30, 3. der hövesche und der klâre *Parton.* 557. frouwen hübesch unde fruot *Lieder* 17, 30. sin leben hövesch unde stolz *Parton.* 586. und ich mit worten süeze den hübeschen trûren stœre *Parton.* 156.

505 *Vgl. zu* 109.

506 daz mir niht misselinge *Troj.* 36544. ir liben an wîben mit fröiden muoz gelingen *Lieder* 2, 93. im kan niht misselingen *Troj.* 13820. und mac mir misselingen an der wollen, vrouwe guot? *Troj.* 8100. swer gepflac der mâze an liebe nie, dem misselanc an minnen ie *Lieder* 15, 21. dar an misselanc uns nie *Troj.* 11625. wand ir ze jungest misselanc *Troj.* 1543. Dem adelarn von Rôme werdeclichen ist gelungen *Lieder* 32, 316; — dâ von ir misselinge möhte an êren ûf gestân *Engelh.* 3752.

507 daz ist mîn bete und ouch *(BA* al) mîn rât *Troj.* 15264.

508 *Vgl. zu* 137.

509 *Vgl. zu* 127.

510 dô het er aller gernest des kampfes in erwendet *Troj.* 3558. daz sîn zegelicher muot des strîtes manegen ritter guot mit râte hæte erwendet *Parton.* 4587. dô wolte er den vil süezen knaben der verte gerne erwendet haben *Engelh.* 327; erwenden *Parton.* 457. 774. 3431.

512 *ff.* daz man ez gerne möhte sehen. niht anders kan ich iu verjehen, von Wirzeburc ich Kuonrât. swer alsô reine sinne hât *Herzm. (Lambel)* 577. Von Wirzeburc ich Kuonrât gibe iu allen disen rât, daz ir die werlt lâzet varn *Welt L.* 263 *ff.* wan er sô vil der tugende hat. Von Würzeburc ich Cuonrât muoz im immer heiles biten *Otte* 760 *(die Heidelberger Hs. ersetzt den echten Schluss des Otte durch den kürzeren unserer Halben Birne:* Svnd' alle missetat Von wirzeburch ich

Conrat Kan da von niht me v'iehen Got laze vns
allen wol geschen). dis âventiure wilde hie mite
ein zil genomen hât : von Wirzeburc ich Cuonrât
wil ir zehant ein ende geben. got lâze uns hie sô
wol geleben, daz *Schwanr.* 1352. hie sî des mæres
gnuoc gesaget, wan ez nû gar ein ende hât. Von
Wirceburc ich Kuonrât hân ez von latîne *Engelh.*
6490. von Wirzeburc ich Kuonrât *ferner Engelh.*
208. *Parton.* 192. *Troj.* 266.

513. 514 sô mac uns allen wol geschehen. ûf
mînen eit hân ich verjehen *Parton.* 17017.

kein mensche . . . daz mir künde dâ verjehen
Parton. 18225. ir namen wil ich iu verjehen
Parton. 13484. verjehen *Alex.* 580. *Silv.* 3647.
Parton. 11921. 17719 *(vgl. Sprenger, Zs.* 36, 159).

got lâze in beiden wol geschehen *Parton.* 13964.
im was sô wol von ir geschehen *Parton.* 2758.
von der mir ist sô wol geschehen *Parton.* 12658;
vgl. so muoz uns beiden wê geschchen *Parton.*
2916. dâ von ist mir nu wirs geschchen *Parton.* 9332.

REGISTER

abe gestên, komen 474
aht 103
ahten 212
âkust 316
alemannisch LXX *f.*
Alexius: Überlieferung
  LIV
alle die dâ wâren 119 *f.*
allerbeste *s.* beste
als: *comparativ* 167.
  421; *wechselt mit* sô 28
alsam, sam *mit abh.*
  Satze 349
Alten Weibes List s. List
alumbe 168
Amûr XXIII. 284
an *wechselt mit* bî 336 *ff.*
anderswâ 220
âne 383
ane brechen 398
ane erben 387
ane grîfen 349

anger 38 *f.*
angesiht 287
antlitze 151 *f.*
Apostrophe des Dichters
  84. 346. 512 *ff.*
arc CI. 378
arcwænic 480
arnen 20
art 86. 386
Auc s. Hartmann von
  Aue
Auftakt 129
Ave Maria Konrads
  von Würzburg XXX
âventiure 340

baden 408
balde *temporal* 234
bat 407
bedâht *s.* wol bedâht
begân 215. 272; *s.* wunder
beginnen: begunde 64

behaben 473
behagen 12
bejagen 40 *f.*
Beichte, Falsche: Verfasser XIII. XXX
beide 307
beiten 94
bekant werden 346
bekennen 115
berâten 237 *ff.*
bereit 281
bern: bernde 38
berûeren 52
bescheiden 84
besenden 467. 477
Besserungsvorschläge s. Engelhard, Otte, Partonopier, Turnei
beste: zem besten 9; allerbeste 326; *mit abh. Relativsatz* 76
beswîchen 466
beto: mit, durch b. 17
Betonung 177
betriegen 320
bette 336 *ff.* 337 *f.*
bî *s.* an
bî wonen 170
bieten CXXVIII
bilde : sælic bilde 490
Bilder und Vergleiche

38 *f.* 46. 153. 279. 286. 308 *f.* 342 *f.*
binden 474 *f.* 475 *f.*
Birne, Halbe: Text S. 1—62; —*Ausgaben* XI. XVI. XXII—XXIV. LXIV —LXX. LXXI. XC *f.*; — *Überlieferung* XI. XVI—XXII. XXV *f.* XXVI—XXVIII; — *Handschriften: Beschreibung* LXI—CVII, *Verhältnis* XXV. CVIII —CXXXV; *s. Handschriften;* — *Sprache* XIII. XIV. XX. XXVII; — *Stil* XXI *f.* XXXI— XLIV; — *Versbau:* XVII—XX; — *Reime* XVII. XLV—LIII; — *Parallelen* LIV—LX; — *Verfasser* XI—LX
bîten 94. 251 *f.*
bitter 59 *f.* 60
biule 200
biusche 161 *f.*
blâzo XXVI—XXVIII
blüejen 38 *f.*
blüemen 38 *f.*
bluot 38 *f.*
Bodmer, J. J. LXXXV. XC

bœse 481
brechen *s.* ane, ûf
breit 496
Breite des Stiles XXXVII
    —XLI
bresten 398
bringen 217
brinnen 286. 350
bûch 366

c *s.* k

dâ: dâ vorne 346
danc sagen 412
dannen 399
dannoch 368
dar tuon 72
De Gruyter, W. III
Deminutiva 228
denken 56
Dialektisches XXVII *f.;*
    s. alemannisch, el-
    sässisch,mitteldeutsch,
    ostfränkisch
dienest 364
dinc, kêren sîniu d. 267
dirne 332
Donaueschingen siehe
    Handschriften
drâte 175 *f.*
dringen *s.* ûf dringen

drücken 367
dulden 305 *f.*
durch 42

e, *stummes*: 264
eben-, *Composita mit*
    e. 277
ebenalte 277
ei 103
ein, einn 129
êlich 470 *f.*
ellenthaft 61
elsässisch CV
emphelhen 468
enblecken 335
Engelhard 3174: 109 *f.*
Enjambement 84
entaliezen 346
entstân 356
entwilden 124 *f.*
enwec 252
enwiht 172
enzücken 322
enzünden 286
enzwei 90 *f.*
Epitheta XXXVIII—XL
erarnen 20
erbeiten 94
erben *s.* ane erben
erbieten CXXVIII
erkennen 115

erklupfen 450
erde 153; ûf erden 76 *f.*
êre 37 *f.* 38 *f.* 39; êre
   unde guot 125
erf- *s.* erv-
ergân *s.* wille
Erlangen: Universitäts-
   bibliothek CIV
eröugen 274 *f.*
erschallen 30
ersehen : sich c. 6 *f.*
ertœren 327
ertrîche 76 *f.* 77
ertwahen 408
erfrischen 84
erwenden 510
erweschen 243 *f.*
erzeigen 274 *f.*
erzöugen 274 *f.* 276
esche 243 *f.*
êst 140
ezzen 97 *f.*

f *s.* v

galm 414
gân *s.* ûf gân
ganz 129
gar und gar 501; *s.*
   garwe
garnen 20

garwe : varwe 5 *f.* 151 *f.*;
   s. gar
gast 65 *f.*
gebâren 119 *f.* 120
geben *und* wegen 302
gebieten 292
geblüemet *s.* blüemen
gebûr 273
geburt 34
gedenken 346
gef- *s.* gev-
gehaz 92. 497
gehiure 48
gelæze, gelâze 196
gelf 414
geligen 353 *f.*
gelimpf 193 *f.*
gelingen 411
gelm 414
gelouben : geloubent
   84
gemæze 194 *f.* 195
gemeit 69. 88
gemellîche 272
gemüejen 126
genant *s.* nennen
genenden 348
genennet *s.* nennen
genôz 74
gepaarte Ausdrücke
   XXXIV *f.*

ger 281
geriusche 161 *f.* 162
gern 389 *f.*
gerne 220. 363. 463
gerwen : verwen 5 *f.*
geschehen 171; wie …
    im geschach 483; wê,
    wol g. 513 *f.*
gesîgen 381
geslaht 222 *ff.*
geslehte 34
gesten XXIII. 10
gestên *s.* abe gestên
geswinden 451
getân : sô, sus g. 218
getelle 311 *f.*
getuon *s.* tuon
gevallen : wol g. 270
gefromen *s.* fromen
gewahen 346
gewinnen 14. 19. 147
gewis sîn 84
gewonheit : altiu g. 109 *f.*
gezemen 146
gezoc 48—51. 50
giege 319
giel 269
glüejen 350
gluot 286
Götschl, Johannes: CVI
got : bî gote swern 404;

g. von himele 410;
g. lâze wol geschehen
    513 *f.*
gouch 326
gram 379
gras *im Vergleich* 46. 452
grîfen *s.* ane grîfen
Grimm, J. LXXXIII
Grimm, W. LIV *S.* 111
grînen, grisgrammen 368
grüene 46. 452 *f.* 452
grüenen 38 *f.*
grûs, grûsen 192
Gruyter s. De Gruyter
güete 355
gunnen *s.* kunnen
guot *Adj.* 140. 203. 355.
    362. 443; *s.* beste
guot *Subst. s.* êre, lîp

haben : hæte 127 *f.*,
    hâte, hete, hête 337 *f.*,
    hette XIIII *f.* XVI. 337 *f.*;
    s. wîp
Häufung von Worten
    391 *f.* 501
Halbe Birne s. Birne
halten : triuwe h. 129
Handschriften in:
    Donaueschingen,
    Fürstl. Hofbibliothek

Nr. 104: XXII *f.* LXIII
—LXXI. CIX—CXII.
XCIII—CXVIII. CXXII
—CXXXV;
*Heidelberg, Univer-
sitätsbibliothek Nr.
395: 512 ff.;
Innsbruck, Museum
16. 0. 9:* XXIV. LXI *f.*
CVIII *f.;
Karlsruhe, Hofbi-
bliothek Nr. 408:* XXIV.
LXII *f.* CVII. CXIX—
CXXI. CXXII—CXXXV;
Pommersfelden: XXIV.
LXXI—LXXXII. CXIX.
CXXI. CXXII—CXXXV;
*Strassburg: Johan-
niterbibliothek* A. 94
*(später Stadtbiblio-
thek):* XI. XVI—XXII.
XXIII. XXV *f.* LXXXII
—CV. CXIV—CXVIII.
CXXII—CXXXV; — *Uni-
versitäts- und Landes-
bibliothek* XXIV. CVI.
CXIX. CXXXI—CXXXV;
*Wien, Hofbibliothek
2885:* XXIII *f.* CVI *f.*
CIX—CXIII. CXVI—
CXVIII. CXXII—CXXXV;

s. Birne
*Hanneman, der gute,
ein Schreiber* LXXIII
hant: bî (an) der h.
336 *ff.*
*Hartmann von Aue:
Arme Heinrich* XXV *f.;
von Konrad nachge-
ahmt* 109 *f.*
*Hausen, C. R., Staats-
materialien* LXXXVII *f.*
heben, sich 183
hei, hey 103
heil: ze heile komen 373
heim varn 121—123. 121;
h. rîten 399
heizen: der was geheizen
35; als … hiez 253
helfe unde rât *s.* rât
helfen: hilf 304
helm : melm 419 *f.; s.*
schilt
helt 89
hemede 259
*Herzmäre: Überliefe-
rung* LIV; *Strass-
burger Handschrift*
CIII *f.*
hey *s.* hei
hie vor 1. 3 *und* 1
himel *s.* got

hînaht *s.* hînte

hinder, hinderteil 374

hînte, hînaht 309

hinwec 252

hiute : h. und iemer 112; h. : liute 189 *f.*

hôchgemuot 470

hœren 340; nû hœrent 84

hövesch *s.* hübesch

hovewart 369

Holder, A. LXIII

hübesch 504

hurten 63

jehen 340; sô man giht 28; *s.* sicherheit

iemer *s.* hiute

igel *im Bild* 342 *f.*

Inclination 120

Innsbruck s. Hand- *schriften*

ir *flectiert* 56

istôrje 340

itewîz 461 *f.*

jugent 38 *f.* 39

junc 55

jungest, ze : 75

kaffen, kapfen 333

kamerbelle 311 *f.*

kamerwîp 297

kapfen *s.* kaffen

Karlsruhe s. Hand- *schriften*

kemenâte 237 *ff.*

kêren *s.* dinc

kiule 199

klage : die k. treip 221

klê 46

kleine, ein k. 80

klupf 450 *f.* 450

knabe 156. 203 *f.*

kneht 401 *f.*

kolbe 154. 182

komen 31. 42 *f.* 455 *f.*; ze velde k. 45; kam gegangen, geslichen *u. ä.* 223. 227 *ff.*; *s.* abe k., heil, nider k.

Konrad von Würzburg: *fruchtbarer Schrift-* *steller* LIV *f.; Über-* *lieferung seiner Werke* XXVI. LIV; *nennt sich* XXVIII—XXX. 512 *ff.; Andere seines Namens* XIII. XXX; *seine Kunst* XXVI. XXXI; *Lüstern-* *heit* XIII. XIV *f.*

kranz 38 *f.*

Krasis 140

krimpfen 279

kripfen 371

kunnen : kunde 54;
  kanst : ganst 359 *f.*
kunt tuon 18. 346

lachen 398
laden 67
lant 62. 478
Lassberg, J. v. LXXXIII
laster unde schande 116
laz 91 *f.* 114
leben unde lîp 432 *f.*
lecken, lecker, leckerheit
  345
leie 44
leite- *in Zusammen-*
  setzungen 155
lesen : als ich las 2
Lexer, Mhd. Wb. II
  Sp. 1592: LXXXVIII
Liebesnoth 283. 285. 286.
  291; *s.* minne
lieht 22 *f.* 29
ligen 350. 353 *f.* 368. 382.
linde 366
-lîn 228
lînwât 259
lîp unde guot 469; *s.* leben
List, Alten Weibes XIII.
  XXIX *f.*
liut unde lant 478; liute
  s. hiute

lôn 36
lop 38 *f.* 40 *f.*
losen 84
louch 452 *f.*
lougen 350
Lüsternheit XIII. XIV *f.*
lust *s.* minne lust

mære 28. 30. 235 *f.*
  340, : wære 235 *f.*
man unde wîp 184; ze
  manne nemen 470 *f.*
mandelboum 38 *f.*
manen 392
manicvalt 377
Manier 84
manlich 68
maz, mazgenôze 74
meie 22 *f.*
meienrîs 38 *f.*
melm 419 *f.*
menen 392
merken 498; nû merken t 84
Metaphern XLI—XLIII;
  s. Bilder, Vergleiche
Metrik s. Auftakt,
  Senkung
minnære 504
minne 36; minne lust
  315; *s.* süezekeit
minneclîche 11

minnezwî 38

misselingen 506

missetât 137

mitteldeutsch LXXIV—
LXXXII

môr, môre 179 *f.*

*Morgen: Schilderung des
Tagesanbruchs* 398

morgen, morgenrôt 398

Mundart s. Dialektisches

nâch: vil n. 451

nâchgebûr 273

natûre 274 *f.*

nemen: prîs, sic n. 24;
s. man, war

nennen 346; genant, ge-
nennet 299

nider komen 335

niht: nihtes 165 *f.*

nû *vor Imperativ* 84

nütze 313   —

*Oberlin, J. J.: Zuver-
lässigkeit* CIII *f.; Dia-
tribe* LXXXV; *Hand-
exemplar von Myllers
Samlung* CIV

öugen 274 *f.*

ors 62

ostfränkisch LXII *f.*

*Otte: Heidelberger Hand-
schrift* 512 *ff.; zu*
240: 20

palas, palast 208

Pantaleon: Schluss
XXVIII *f.* LIV

*Parallelismus: der Ge-
danken* XXXIV—
XXXVII, *syntaktischer*
XLIII *f.*

*Partonopier: Hand-
schrift* 391 *f.; zu*
439: 28; — 534: 391 *f.;*
— 1489: 15; — 2682:
404; — 6028: 371;
— 6218: 386; — 6260:
496; — 6533: 127 *f;* —
7082: 193 *f.* — 7776:
335; — 11149: 129; —
13993: CXXVIII; —
17925: 76 *f.;* —
20206: 179 *f.*

Periodenbildung 31 *f.*
70 *ff.* 208 *ff.*

*Personen unter wechseln-
der Bezeichnung auf-
geführt:* XXXIII *f.*

pfaffe 44

pflegen 353 *f.*

pîn 352

plân 101. 417
Pommersfelden LXXI; *s.*
  Handschriften
pris bejagen 40 *f.*; *s.*
  nemen
puneiz 109 *f.*

Quelle; Berufungen da-
  rauf 340

râm 150. 409
rât 142; wîser r. 175 *f.*;
  râtes biten 134, pflegen
  301; r. und helfe 413
râten 486
rebe 38 *f.*
rede: die r. treip 221
reden *s.* wider r.
rehte 167. 401 *f.*; sô r.
  wol 411
reiger 158
Reime: dreisilb. klingend
  159 *f.*; *seltene* XLVII
  —LII; *Reimnoth* 337 *f.*;
  einzelne Reime 5 *f.*
  12. 19 *f.* 44. 48. 52.
  59 *f.* 59. 61. 65 *f.* 69.
  91 *f.* 92. 102. 127 *f.*
  130. 131. 156. 161 *f.*
  165 *f.* 170. 175 *f.*
  189 *f.* 195. 203 *f.*

208. 212. 222 *ff.* 237 *ff.*
  279. 289 *f.* 300. 332.
  333. 337 *f.* 357 *f.* 367.
  371. 377. 409. 419 *f.*
rimpfen 279. 341 *f.*
rîten *s.* heim
ritter 59 *f.*; r. guot 443;
  als ein r. sol 421
ritterschaft 27
rôse, rôsenrîs, rôsen-
  stengel, rôsenzwî 38 *f.*
rôsenzwîc 38 *f.*
rôt 452 *f.*
Roth, F.: Nachlass XCI
Roth, Dr. med. H. XCI
roufen: swert r. 371
Rückverweisungen 346

sache 303 *f.*
sælde 38 *f.*
sælic 490. 498
sagen 248. 346; rehte s.
  401 *f.*; sô man seit 28;
  s. danc
sam *s.* alsam
samit 46
sanfte *s.* senfte
sant 62
schaf- *s.* schav-
schamerôt 118
schande *s.* laster

schavaliers 103
schaffen 334
schenden 127
schepfen 334
schevaliers *s.* schavaliers
schiere 115
schilt und helm 419 *f.*
schimel 409
schimpf 193 *f.*
schîn werden 58. 346
Schönborn, Grafen von
LXXI
schœne *Adjectiv* 29;
Substantiv 8
schrecke 450 *f.* 450
schrîben: als ich ge-
schriben las 2
schrîen: schrei *im Reim*
438
schrift 340
Seemüller, J. CVI
sehen für 185; seht 84
seneclîche: 291
senfte : sanfte tuon 355
Senkung: fehlt 18; *ver-*
schleift 171
setzen: ze wette s. 432 *f.*
sicher sin 84
sicherheit jehen 53
sieden 350
sîgen 381

Silvester: Verszahl LIV;
Auftakt 129
sin: nâch . . . sinnen 148
sîn: hie vor was 1. 3
und 1; *s.* êst
site: nâch . . . siten 96
Sitte: gute Tischzucht
89 *ff.*
sitzen: ez was gesezzen
33; hie vor saz 1. 3
und 1
slahte 215
slîchen 227 *ff.*
smücken 321. 342 *f.* 343
sô *s.* als
solt 36
spæhe 249 *f.*
spehen 8
spîse 70
spot: ze spotte stân 463
Sprache s. Birne
sprechen 346; sprach 139.
300. 332; *s.* wider
Sprichwörter 205 *f.*
stæte 127 *f.*
stæteclîche 170
stampf 341 *f.*
stân: *s.* abe, spot, wunsch
starc 274 *f.*
state 380
Steinmeyer, E. VI

stich über stich 375

Stil s. Bilder, Birne, Breite, Epitheta, gepaarte Ausdrücke, Häufung von Worten, Manier, Metaphern, Parallelismus, Periodenbildung, Personen, Quelle, Rückverweisungen, Synonyma, Umschreibungen, Vergleiche, Flickverse

stipfen 372

Stöber, E. LXXXV. XC

stolz 59

stôzen 397

Strassburg: Stadtbibliothek LXXXIII; *s. Handschriften*

strenge 323

strîchen 223

stunde: sâ ze stunt 97 *f.*; an den selben stunden 474 *f.* 475 *f.* 476

sturm 280

süeze 22 *f.*

süezekeit *der Minne* 395

sullen 421; solte : wolte 19 *f.*; die . . . solten sîn 232 *f.*

sumerzît 29

sunne 398

sûr 283

swachen 303 *f.* 304

swarz 153

swarzen 179

swaz *mit abh. Genit.* 31 *f.* 70 *f.*

swern 404

swerzen 179

swichen 466

swinden *s.* geswinden

Synonyma XXVII *f.* XXXI —XXXV

Syntax s. Parallelismus, Periodenbildungen, swaz

tac 398; eins tages 67

Tagesanbruch s. Morgen

tâlanc 242

tegelichen 404

Thymo, Johannes LXIII *f.*

tisch: über t. 67

tiure 258

tobelîche 122. 148

tobic 164

tôr, tôre 179 *f.*

tougenlîche 404

tragen: ein bat t. 407

trahte 75

tríben 487 *f.; s.* klage, rede
triuwe *s.* halten
tücke 481 *f.* 481
türkel, *tützel LXXXVIII
tugent 38 *f.* 39
tumbe 330
tuon 18; *s.* dar t., kunt t.
turnei 21. 26 *f.* 27. 42 *f.*
Turnei: Schluss XXVIII *f.*

üsel 149 *f.*
uf *s.* uv
Uhland, L. LXXXVI
umbe und umbe 168
Umschreibungen XL *f.*
unbedâht 89
undertænic 479
ungef- *s.* ungev-
ungelücke 481 *f.* 482
ungemeit 69
ungemüete 496
ungeslaht 222 *ff.*
ungefuoc 107
ungefüege 341
unverdienet 461
unvermeldet 325
urdrütze, urdrützic, ur-
    drutz 314
ûf brechen, dringen, gân
    398; ûf tuon 96. 269
ûzerwelt 44

vallen : ez ist gevallen 16.
Falsche Beichte s.
    Beichte
valten 278
vart 405
varn *s.* heim
varwe *s.* garwe
vaste 65 *f.*
velt *s.* komen
Vênus 284
verandern 142
verbern 464
verdulden 206
vergelten 135
vergezzen 224
Vergleiche XLI — XLIII.
    6 *f.* 452 *f.* 452; *s. Bilder,*
    Metaphern
verjehen 9. 166. 331. 512 *ff.*
verirren 142
verkapfen 333
verkêren 142
verliesen 501
vermüseln 149 *f.*
vernemen 84. 138. 340.
    346. 455 *f.;* als er
    vernam 449
versaget 364
Verschleifung 15. 171
versehen 140
verstân 356

verswîgen 172
vertrîben 127 *f.*
verwen *s.* gerwen
verwilden 124 *f.*
verzîhen 15
vîge 37 *f.* 38 *f.*
vil nâch *s.* nâch
vîn 227
visch 158
Flickverse 340
flîz 461 *f.* 462
flîzec sîn 207
flîzen, sich 109 *f.*
volleclîche 7
vollekomen 13
Folz, Hans XIII. CVII.
vorne 346
vorst 38 *f.*
vrâz 96
vrî 436; von gebürte vrî 34
frisch 84
Fröide ellende liebet sich LXXXVII *f.*
fröude 38 *f.*
fromen, gefromen 174
fruht 357 *f.*
frumen *trans.* 324
Frymar, Hans LXXIV
füeren wâpenroc *u. ä.* 48—51. 48 *f.*

waf- *s.* wav
wâge 308 *f.*
wahs 452 *f.*
walten 130
wallen 350
wâpen 49
wâpenroc 48—51. 49
war nemen 31 *f.* 32
wâr, wârheit 340
wâfen 49
waz ob 319
wecken 335
wegen 302
Weibes List, Alten s. List
Weissenstein, Schloss, bei Pommersfelden LXXI
wellen : wolte : solte 19 *f.*
werdekeit 38 *f.*
werfen 141
wern : gern 389 *f.*
wert 103
wette *s.* setzen
wîc 37 *f.*
wider reden, sprechen 160
Wiesentheid LXXI
wiht 288
wille: der w. ergât 310
wilt, wiltprât CXXVIII
wîp 487 *f.*; *Epitheta zu* w. 355; *s.* man

wîse: in die w. (state)
komen 380
wizzen: ich weiz wol 422;
wizzent 84
wol bedâht 89
wol gevallen *s.* gevallen
wol getân 102. 111. 415
wol gezogen 458
wonen *s.* bî wonen
wünne *s.* wunne
*Würzburg: Fortleben
von Erzählungen da-
selbst* XIII
wunder, ein wunder 72;
w. begân 285
wunne 38 *f.* .

wunneclich 3
wunsch 4 *f.;* ze wunsche
stân 4 *f.*
wurm 279

zahî 103
zander 286
zehant 300
zeln 346
zerrinnen 395
zît 219
Zingerle, O. v. LXII
zunder 286
zwî, zwîc 38 *f.* 38
zwîen 38 *f.*
zwir, zwirent 424

BERICHTIGUNGEN

S. LI *Z.* 12 *f. v. o.* flôre : mandragôre *G. Schm.* 1319 *stelle nach Z.* 10 *v. o.* betrônen *G. Schm.* 1753. — *S.* LIV *Z.* 7 *v. u. lies: Herzmäre.* — *S.* XCVII *Z.* 5 *v. o. lies: einzelnen.* — *S.* CXVIII *Z.* 2 *f. v. u. statt: von S, lies: vom Text.* — *S.* 7 *Z.* 2 *v. u. setze cursives S.* — *S.* 10 *Z.* 7 *v. u. gehört* Daz merkn *V, an den Anfang der Varianten zu* 65. — *S.* 11 *Z.* 7 *v. u. lies:* vor sy. — *S.* 14 *Z.* 7 *v. u. schiebe nach* Er lait *L ein:* Vnd lait dio ander *K.* — *S.* 20 *Z.* 1 *v. o. lies:* heizent. — *S.* 38 *Z.* 9 *v. u. lies:* bekande. — *S.* 48 *Z.* 13 *v. u. lies:* schœnen *und tilge* fraw *V.* — *S.* 49 *Z.* 12 *v. u. lies:* 389—396 *fehlen K,* 389—398 *fehlen P.* — *S.* 51 *Z.* 7 *v. u. füge hinzu:* — Dez sayte hern heynrich dang *P.* — *S.* 56 *Z.* 14 *v. u. lies:* daz *S¹; Z.* 8 *f. v. u. setze nach S¹:* der hat *L, und streich:* er *fehlt L.* — *S.* 57 *Z.* 14 *v. u. lies:* VL. — *Zu V.* 35. 289. 311. 329. 341 *(mit dem Zusatz .* u) *ist in den Varianten nachzutragen: Raum für Initiale L.* — *Lies S.* 110 *Z.* 5 *v. o.* 127. 128, *S.* 114 *Z.* 8 *v. o.* 142, *S.* 121 *Z.* 16 *v. u.* 179, *S.* 122 *Z.* 16 *v. u.* 192, *S.* 124 *Z.* 12 *v. o.* 203, *S.* 165 *Z.* 8 *v. u.* 372.

Im Satz begonnen am 15. Juli, im Druck vollendet am 2. Sept. 1893.